STEPHAN HAAS

BELGISCHE SCHATTEN

EIN FALL FÜR PIET DONKER

Kriminalroman

emons:

Bibliografische Information der Deutschen Nationalbibliothek
Die Deutsche Nationalbibliothek verzeichnet diese Publikation in der Deutschen Nationalbibliografie; detaillierte bibliografische Daten sind im Internet über http://dnb.d-nb.de abrufbar.

MIX
Papier | Fördert gute Waldnutzung
FSC
www.fsc.org
FSC® C083411

Umschlagmotiv: arcangel.com/Silas Manhood
Umschlaggestaltung: Nina Schäfer, nach einem Konzept von Leonardo Magrelli und Nina Schäfer
Umsetzung: Tobias Doetsch
Gestaltung Innenteil: DÜDE Satz und Grafik, Odenthal
Lektorat: Lothar Strüh
Druck und Bindung: CPI – Clausen & Bosse, Leck
Printed in Germany 2023
ISBN 978-3-7408-1671-1
Originalausgabe

Dieser Roman wurde vermittelt durch die Literaturagentur Kai Gathemann GbR, München.

Für Hanna

Es ist so schwer, den falschen Weg zu meiden.

Johann Wolfgang von Goethe, Faust I

Samstag,
24. September 2022

Prolog

Kalter Schweiß bedeckte seine Stirn, während sein Magen sich vor Hunger zusammenzog. David hätte eine Pause machen sollen, so wie Sara es ihm angeraten hatte, ehe sie zum Laufen aufgebrochen war. Doch er wollte die Arbeit unbedingt vor Beginn des Bundesligaspiels abgeschlossen haben. Er hasste unerledigte Aufgaben. Wenn er die im Hinterkopf hatte, konnte er kein Spiel genießen. Deswegen zog er es durch, von Anfang bis Ende. Tunnelblick. Vierzig Meter Buchenhecke in fünf Stunden.

Sein T-Shirt war mit Schweiß durchtränkt. Seine Arme juckten, und die Handgelenke schmerzten. Er wollte nur mehr rein. Duschen, sich ein Bier öffnen, in den Sessel werfen und Fußball gucken. Die Arbeit war erledigt, aber er auch. Wie in Trance löste er die angespannten Finger von dem Klemm-Mechanismus. Die Gartenschere fiel unkontrolliert ins Gras, seine Finger pulsierten eine Weile nach.

Auf dem Weg ins Haus erinnerte er sich daran, dass er letztes Jahr die Hecke zusammen mit seinem Bruder auf zwei Tage verteilt geschnitten hatte.

Kein Wunder, dass ich k. o. bin.

Als er die Schiebetür aufdrückte, überkam ihn das schlechte Gewissen.

Jonny.

Der Beagle war erst vor zwei Tagen am Bein operiert worden und sollte sich ausruhen. »Guckst du gleich mal nach ihm, ja?«, hatte Sara ihn gebeten, ehe sie joggen gegangen war. »Na klar«, hatte David gesagt. Aber er hatte ihn komplett vergessen.

»Mami kommt ja bald«, beruhigte David den Hund. Mit beiden Händen streichelte er über seinen Rücken und entschuldigte sich so bei ihm. Dann schaltete David den Fernseher ein und schnappte sich ein Bier aus dem Kühlschrank. Vielleicht würde er es noch unter die Dusche schaffen, ehe der Anpfiff ertönte. Da Sara noch nicht zurück war, konnte nicht so viel Zeit vergangen sein, er rechnete sich gute Chancen aus. Doch seine Hoffnung wurde jäh zerschlagen, sobald das Bild auf dem Flachbildschirm aufflackerte. Es lief die vierundvierzigste Minute. Das bedeutete, Sara war bereits seit mehr als zwei Stunden weg.

So lange läuft sie nie.

Sie lief immer dieselbe Route. Über Langesthal durch den Hertogenwald in Richtung des Weserbeckens und über einen anderen Pfad im Wald wieder zurück. Sara war fit. Eine Stunde brauchte sie dafür. Dabei hörte sie Musik von ihrem Handy.

Ihr Handy.

Sie steckte es beim Laufen immer in ihre Laufjacke.

David wählte ihre Nummer. Jonny hob aufmerksam seinen Kopf, während im TV die Experten bereits die erste Halbzeit analysierten.

Mailbox.

Vielleicht ist sie umgeknickt.

David starrte den Fernseher an. Sah den Spieler jubeln, dessen Tor in der Wiederholung gezeigt wurde.

Nein, dann hätte sie angerufen.

David fackelte nicht lange. Er wusste, dass etwas nicht stimmte. Er nahm den Autoschlüssel aus der Kommode im Flur, hob Jonny in den Kofferraum und fuhr los. Der Wald war nicht weit entfernt, aber jeder Meter, den David nicht zu Fuß gehen musste, war in seinem ausgelaugten Zustand ein Segen. Zumal er Jonny auf dem Arm tragen musste, denn im Auto zurücklassen wollte er ihn auf keinen Fall. Zu sehr hatte David das Unglück traumatisiert, das ihm als Kind widerfahren war. Als er mit Oma einkaufen gewesen war und Franz, Davids erster Hund, währenddessen qualvoll im Auto erstickt war. Das würde ihm nie wieder passieren, das hatte er sich geschworen.

Drei Minuten dauerte es, bis David den Zugang zum Wald erreicht hatte. Er versuchte, die Schranke zu lösen, doch sie war mit einem Schloss versehen. Ab hier musste er also zu Fuß weiter. David hob Jonny aus dem Kofferraum, schloss seine Arme um den felligen Körper und machte sich auf den Weg. Es brauchte ein wenig Zeit, bis Jonny die richtige Position gefunden hatte, doch nachdem er sich damit zufriedengegeben hatte, wie ein Baby festgehalten zu werden, begann David zu laufen. Schon bald verließ er den breiten, von Tannen umgebenen Weg und schlug einen Pfad ein, der voller Unebenheiten und Wurzeln war. David bewegte sich mühsam vorwärts. Hüften und Leisten schmerzten, die Nase juckte. Doch was spielte das für eine Rolle? Er musste Sara finden. Wahrscheinlich saß sie irgendwo mit umgeknicktem Knöchel und konnte nicht mehr gehen. Oder sie war über eine Wurzel gestolpert und hatte sich an dem Knie verletzt, an dem sie erst vor einem halben Jahr operiert worden war.

Ich sollte mich beruhigen.

Vielleicht war sie nach ihrer Runde noch zu Ina gegangen, einen Kaffee trinken.

Meine Reaktion gerade ist total übertrieben.

Wie hatte es so weit kommen können? Da war seine Frau mal eine Stunde zu spät dran, und schon schrillten bei ihm die Alarmglocken. Es war sicher die Erschöpfung nach dem Heckenschneiden – David konnte nicht klar denken. Er hätte besser erst mal geduscht und etwas Zuckerhaltiges getrunken. Nein, nein – das war es nicht. Vielmehr war alles auf den Stress zurückzuführen, unter dem Sara seit Wochen stand und der inzwischen auf David übergegangen war.

Der Pfad führte hinaus aus dem Wald und durch eine Landschaft, die von Pfeifengräsern und kleinen Bächlein geprägt war. David verlagerte Jonnys Körper komplett auf den linken Arm, presste den Beagle an sich und zog mit der rechten Hand das Handy aus der Tasche. Er wählte Inas Nummer. Der Rufaufbau dauerte. Jonny lag ungünstig in Davids Arm, er rutschte mit jedem Schritt, den David machte, einen Zentimeter weiter nach unten. Der Hund strampelte mit den Beinen in der Luft. Es schien fast so, als versuchte er, sich zu befreien, aber David wollte unbedingt vermeiden, dass er mit dem frisch operierten Fuß aus einem Meter Höhe auf den Boden fiel. Er drückte Jonny mit der rechten Hand ein Stück weit hoch, doch der Beagle strampelte nur noch intensiver. Und dann passierte es doch. Jonny fiel zu Boden. Doch zu Davids Verwunderung jaulte er nicht vor Schmerzen, sondern humpelte eilig davon. Er verließ den Pfad und lief schnurstracks auf das rechts liegende Waldstück zu. David folgte ihm und warf währenddessen einen Blick auf sein Handy. Der Rufaufbau war abgebrochen. Kein Netz.

Der Wald, in den Jonny hineinlief, war dunkel. Die Tannen standen eng beieinander, sie konnten nur im Slalom passiert werden. Bei jeder kleinen Gewichtsverlagerung gab Jonny ein Winseln von sich. Er wurde dennoch schneller und verschwand bald aus Davids Blickfeld. Davids Augen rasten von links nach rechts und wieder zurück.

Wie soll ich ihn hier wiederfinden?

Ein Jaulen. Es war so eindringlich, dass Gänsehaut über Davids Arme lief. Er schüttelte sich kurz, ehe er die Richtung einschlug, aus der der Laut erklungen war.

Da! Jonny jaulte wieder. Und wieder. Und wieder. Er hörte nicht mehr auf. David lief, nein, er rannte. Er rannte, so schnell er konnte. So schnell, wie er noch nie in seinem Leben gerannt war. Und als David Jonny endlich in dem dunklen Wald gefunden hatte, erkannte er, was den Hund so sehr aufwühlte.

Sara. Sie lag nackt auf dem Bauch. Das Gesicht in den Waldboden gedrückt. Hände und Füße auf dem Rücken zusammengebunden. Während Jonny an ihr schnüffelte, rührte sie sich keinen Millimeter.

1

Wie ich es hasste, wenn der erste Blick nach dem Aufwachen dem Handy galt. Nicht vorrangig aus dem Grund, dass meine trockenen Augen nach der Dauerbeanspruchung vom Vorabend nun mit einer gefühlten Extraschicht in den Tag starteten. Was mir viel mehr zu schaffen machte, war die Abhängigkeit, die damit den Kampf gegen meinen Willen gewonnen hatte, bevor dieser überhaupt realisiert hatte, dass ihm jemand was Böses wollte. Streng genommen war es die erste Niederlage des Tages.

Und die zweite folgte auf dem Fuß. Hatten meine Bundesligawetten mir gestern Nachmittag noch vierhundert Euro eingebracht, so reichte ein NBA-Spiel aus, um alles wieder zu verzocken. Die Quote von eins Komma neun für einen Sieg der LA Clippers gegen Miami Heat war einfach zu verlockend gewesen. Gerade dann, wenn man glaubt, sich auf der Siegerstraße zu befinden … Vor knapp fünf Stunden, um sechs Uhr vierunddreißig mitteleuropäischer Zeit, hatte LeBron James das Spiel mit dem letzten Korb zugunsten seiner Mannschaft aus Miami entschieden. Als mir kurz nach Spielbeginn die Augen zugefallen waren, hatte es noch gut für LA ausgesehen. Jetzt aber war mir klar, dass es mal wieder das berühmte Spiel zu viel gewesen war.

Shit!

Das Sofa quietschte, als ich mich erhob. Die auf dem Couchtischchen angesammelten Starkbierflaschen und Chipstüten versprühten ein Aroma, das Ekel in mir hervorrief. Als ich mehr oder weniger aufrecht stand, spürte ich meinen brummenden Schädel und mein verkrampftes Bein und hörte dazu meinen Rücken knacken. Ich schleppte mich in die Küche, warf ein Aspirin ein und jagte einen Schluck Wasser vom Hahn hinterher. Dann machte ich zwei Schritte zum Fenster und zog den Rollladen hoch. Die einfallenden Sonnenstrahlen erwischten mich unvorbereitet. Ich hob den Ellenbogen vors Gesicht und stellte mit abgewandtem Blick das Fenster auf Kipp.

Wieder zurück in der Küche, öffnete ich nacheinander die drei Brottüten, die auf dem Kühlschrank lagen. Eine war leer, in einer lag ein steinhartes Stück Baguette, und in der dritten wies das Brot bereits weiße Flecken auf. Den Blick in den Kühlschrank ersparte ich mir. Für mein Frühstück standen demnach Chips oder zwei halb verfaulte Bananen zur Auswahl. Ich entschied mich dafür, das Frühstück ausfallen zu lassen und mir nachher etwas Warmes im Imbiss zu holen. Bevor ich mich aber aufmachte, wollte ich, in der Hoffnung auf einen Wachkick, unter die Dusche springen.

Ich hatte mich bereits bis auf die Unterhose ausgezogen, als die Klingel losschrillte. Es handelte sich um ein sehr altes Exemplar, wahrscheinlich noch ein Original aus dem Siebziger-Baujahr des Gebäudes. Ich fuhr jedes Mal zusammen, wenn das Ding losging. Und jedes Mal schwor ich mir, dass ich das Teil bei nächster Gelegenheit austauschen würde. Aber dazu war es bis heute nicht gekommen.

Ich zog mir ein T-Shirt über und schlüpfte in die Jogginghose.

»Piet, komm schon. Ich weiß, dass du da bist!«, hörte ich die Stimme eines Mannes vor der Tür.

Ich warf noch einen Blick in den Spiegel. Wusch mir über dem Becken kurz das Gesicht mit kaltem Wasser und richtete meine zerzausten Haare ein wenig.

»Mein Gott, Piet. Nun mach schon auf!«, ertönte wieder die Stimme des Mannes. Diesmal klopfte er zweimal kräftig an die Tür.

Schmunzelnd sprühte ich mir etwas Deo aufs T-Shirt. Und während der Mann noch einmal die Klingel betätigte, öffnete ich die Tür.

»Geduld war noch nie deine Stärke, was?«, sagte ich.

Francis Alberts Blick war wie immer: todnüchtern. Francis war ein international anerkannter Profiler. Auch wenn er eigentlich für die Tatortspuren zuständig war und nicht für die

Psyche von Verdächtigen, brauchte er nicht viel, um eine Person zu durchleuchten. Ein paar Minuten reichten, danach wusste er so ziemlich alles über jemanden. Keine Ahnung, wie er das anstellte, aber es gelang ihm immer wieder. Und jetzt stand er vor mir und musterte mich, ohne ein Wort zu sagen. Das bereitete mir gewisse Bauchschmerzen.

Auch typisch für Francis war die elegante Kleidung. Der kräftige, hundertsiebzig Zentimeter große Kerl trug ein nahezu faltenfreies weißes Hemd zu einer grauen Stoffhose, in deren Taschen er seine Hände gesteckt hatte. Francis war seit gut zwei Monaten mein Chef. Er hatte infolge meiner Auszeit meinen Posten als Leiter der Lütticher Kripo übernommen.

»Hast du fünf Minuten?«, fragte er.

Ich bat ihn in die Wohnung. Er trat ein und sah sich wie ein Interessent für die Neunzig-Quadratmeter-Fläche um. Im Wohnzimmer angekommen, blieb ich stehen, in der Hoffnung, wir würden das Gespräch so fortführen. Doch Francis visierte das Sofa an und setzte sich ungefragt darauf. Wortlos schielte er zu den leeren Bierflaschen.

»Was kann ich für dich tun?«, fragte ich, während ich mich ihm gegenüber in dem Sessel niederließ.

Francis kam direkt zum Punkt. »Als du vor vier Monaten nach einer Auszeit gefragt hast, hast du als Grund dafür angeführt, dass du deinem Familienleben mehr Zeit widmen wolltest.«

»Ja, das ist richtig. Nach der Trennung von Sina brauchte ich etwas Zeit für mich. Musste mich noch mal erden, wie man so schön sagt.«

Bilder von Sina schossen mir durch den Kopf. Nach der Trennung vor einem halben Jahr hatten wir uns noch einmal in einem Café in der Stadt getroffen. Wie zwei schüchterne Sechzehnjährige hatten wir dagesessen, kaum miteinander geredet. Es war ein ernüchterndes Wiedersehen gewesen, aber es wurde noch schlimmer, als Sina plötzlich begann zu weinen. Sie wurde selbst überrascht von diesem Gefühlsausbruch. Sie gestand, dass sie nach wie vor starke Gefühle für mich hege, aber dass es sie innerlich zerreiße, wenn sie mich länger mit meiner Arbeit teilen müsse. Ich sei dann wie besessen, mehrere Tage ohne ein Wort fort und in ständiger Lebensgefahr. Ich konnte ihren Standpunkt gut verstehen und hatte bereits selbst gemerkt, wie selbstzerfleischend mein Job war. Ich sagte ihr, dass ich gewillt sei, etwas zu ändern. Bevor ich jedoch weiter ausholen konnte, war Sina dazwischengegrätscht: »Ich habe jemanden kennengelernt.«

»Erden«, wiederholte Francis und holte mich zurück ins Hier und Jetzt. Er ließ den Blick durch das Wohnzimmer schweifen. Sein Gesicht verzog sich. »Ich weiß nicht so recht, Piet. Meinst du, das ist dir gelungen?«

»Was?«, hakte ich nach.

»Das Erden, Piet.«

»Ja«, sagte ich zögerlich. »Ich denke schon.«

Francis hob leicht den Kopf an und kratzte sich am Hals. »Sei mir nicht böse, aber ich denke, eher nicht.«

Na klasse. Das Gespräch habe ich heute auch noch gebraucht.

Ich kam gut mit Francis aus. Ich war sein Chef gewesen, und jetzt war er meiner – wir hatten seit dem Tag unseres Kennenlernens ein sehr freundschaftliches Verhältnis zueinander. Es war sogar so eng gewesen, dass ich mit ihm über meine Scheidung von Elise, mein Verhältnis zu meiner Tochter Liv und meine Beziehung zu Sina hatte reden können. Er hatte mir von der Erkrankung seiner Frau und den Sporterfolgen seiner Söhne erzählt. Er wusste alles über mich, und ich wusste alles über ihn. Doch seit vier Monaten war alles anders.

»Ich kann dir auch sagen, warum ich das denke«, fuhr er fort.

Ich spürte kalten Schweiß auf meiner Stirn und sagte nichts.

»Deine Wohnung gefällt mir nicht.«

Ich musste schmunzeln. »Zum Glück ist es nur die Wohnung.«

Er schüttelte den Kopf. »In der Küche gammelt die dreckige Wäsche vor sich hin, auf dem Boden wehen überall Staubwolken umher, und in der gesamten Wohnung liegt dieser furchtbar beißende Starkbiergeruch in der Luft.«

»Gut«, sagte ich angezählt. »Ich räume das nächste Mal auf, bevor du kommst. Versprochen.«

»Piet«, sagte Francis mit ernster Stimme und eindringlichem Blick. »Du musst wieder in die Spur finden.«

Wieder in die Spur finden. Was sollte das heißen? Bevor ich mich vor vier Monaten dazu durchgerungen hatte, eine Auszeit zu nehmen, hatte mich das Gefühl beherrscht, immer wieder dieselben Fehler zu begehen. Es stellte sich kein Lerneffekt ein. Mir war klar geworden, dass der gute Wille, ein glücklich machendes Privatleben zu führen, allein nicht ausreichte. Ich war zweimal bei Dr. Sander, meiner Therapeutin, gewesen. Sie stellte kaum Fragen, redete mir aber eine Stunde lang gut zu. Sie sprach von einem Gleichgewicht der Bedürfnisse, das irgendwann erreicht werden wollte. Dazu brauche es Geduld. Ehrlich gesagt, sie hatte mir nicht gutgetan. Und zwar aus dem Grund, dass ich zu hohe Erwartungen an sie als Therapeutin gestellt hatte. Dabei lag es in Wirklichkeit nur an mir. Ich war es, der die Entscheidungen treffen musste. Und ich war mir sicher, dass ich es irgendwann schaffen würde, die richtigen Entscheidungen zu treffen. Was mir aber bis hierhin – das musste ich mir eingestehen – nicht gelungen war.

»Wie du weißt, habe ich mir die Auszeit auch genommen, um wieder mehr Zeit mit meiner Tochter zu verbringen.«

»Ja, das hast du mir gesagt. Und wie oft habt ihr euch in den letzten Wochen gesehen?«

Ich zögerte. »Ein Mal.«

Francis zog die Augenbrauen hoch. »Was habt ihr gemacht?«

»Wir waren im Kino und später noch Pizza essen. Danach wurde sie abgeholt.«

»Von ihrem Stiefdaddy?«

Ich nickte.

»Und sie wollte nicht länger bleiben als die paar Stündchen?«, fragte er wie ein Schuljunge, der Gefallen am Hänseln fand.

»Sie wollte zu Hause schlafen, weil sie am nächsten Morgen für einen Ausflug mit den Pfadfindern früh rausmusste«, sagte ich genervt.

»Sie entwickelt eigene Interessen«, erklärte Francis, als führte er einen Lehrgang für gestörte Vater-Tochter-Beziehungen. »Du wirst ihr Vater bleiben, aber du bist nicht mehr ihr Lebensmittelpunkt. Davon gibt es jetzt ganz viele. Und wenn du noch immer glaubst, es könnte so werden wie früher, dann wirst du jedes Mal aufs Neue enttäuscht werden. Das wird dich auf Dauer brutal runterziehen.«

Ich mochte nicht, wie er mit mir redete, versuchte jedoch, ruhig zu bleiben. Vor allem wollte ich verstehen, was dahintersteckte, dass Francis mich so heftig ins Gebet nahm.

»Na ja«, sagte ich. »Da pass ich schon auf. Ich habe ja zum Glück noch andere soziale Kontakte.«

Francis lachte kurz auf. »Meinst du Anna?«

»Du weißt es?«, fragte ich überrascht. Anna war die Frau von Leo Renard, einem befreundeten Ermittler aus Lüttich. Sie war eine Woche nach Beginn meiner Auszeit mit ein paar Freundinnen in Aachen unterwegs gewesen. Ich war mit einem Kumpel unterwegs und wollte eigentlich nur ein Bier trinken. Aber irgendwann stand sie vor mir, und wir kamen ins Gespräch. Und was soll ich sagen, irgendwie stimmte an dem Abend die Chemie zwischen uns.

»Du vögelst die Frau eines Kollegen«, schimpfte Francis. »Tut man so etwas, Piet? Geht es dir besser, wenn du sie auf deiner stinkenden Matratze rannimmst?«

Bis hierhin hatte ich die Ruhe bewahrt. Aber jetzt lehnte Francis sich etwas zu weit aus dem Fenster. »Spielst du jetzt Richter und Henker zugleich? Was soll das, verdammt?«

»Versteh mich nicht falsch, Piet«, sagte Francis, während er seine Hand beschwichtigend auf meine legte. »Ich will dir nichts Böses. Ich verstehe nur nicht, warum du entschieden hast, all deine Prinzipien innerhalb weniger Wochen komplett über Bord zu werfen. Du trinkst, du zockst, du brichst Ehen, und – tut mir leid, dass ich das sagen muss – du siehst verdammt noch mal aus wie ein Penner.«

Warum macht er mich so fertig? Und woher weiß er alles über mich?

»Dass ich ab und zu wette, habe ich dir nicht gesagt.«

Er hob die Hände hoch. »Okay, schuldig. Habe ich auf deinen Kontoabbuchungen gesehen«, sagte er, bevor er die Lippen zusammenpresste. »Das thematisieren wir aber jetzt nicht.«

»Warum nicht?«, entgegnete ich. »Du spionierst mich aus und erwartest von mir, dass ich das einfach abnicke?«

»Genau, das erwarte ich. Und zwar aus dem Grund, dass die Frage, die dich interessieren sollte, viel größer ist.«

»Ach ja, und wie soll die bitte lauten?«

»Warum zockst du?«

Ich sah ihn fassungslos an. »Soll das die große Frage sein?«

»Beantworte sie!«, sagte Francis eindringlich. »Warum wettest du auf Mannschaften, von denen du keinen einzigen Spieler kennst?«

Mein Gott, er hat ganze Arbeit geleistet.

»Weil es Spaß macht, verdammt!«

»Ab und zu mag es Spaß machen, ja. Gerade dann, wenn du mal durch Zufall gewinnst. Aber ich bin mir sicher, dein Hauptantrieb, eine Wette abzuschließen, ist Langeweile. Aus demselben Grund vögelst du Anna. Ich meine, sie ist nett, ja, aber sie wird niemals die Liebe deines Lebens sein – dafür seid ihr einfach zu verschieden. Du vögelst sie, klar, weil es Spaß macht, aber wenn du ehrlich zu dir selbst bist, auch weil es dir die Zeit vertreibt. Aber bringt es dich voran, dorthin, wo du hinwillst?«

Ich presste die Lippen zusammen und schloss die Augen. Ich war den Tränen nahe. Der Top-Profiler hatte mich durchröntgt wie ein Top-Psychogutachter. Ich stand quasi nackt vor ihm.

Er wusste alles von mir und analysierte minutiös mein Leben. Dass die Scheidung von Elise und der damit einhergehende Kontaktverlust zu Liv mir einen Knacks versetzt hatten, konnte ich nicht leugnen. Aber den noch heftigeren Nackenschlag hatte mir Sina mit ihrem Auszug verpasst. Seitdem taumelte ich identitätslos umher.

»Dafür muss man erst mal wissen, wohin man möchte, nicht wahr?«, fuhr Francis fort.

Meine Augen wurden feucht. Und in meinem Hals bildete sich ein dicker, saurer Kloß. Francis hatte recht, so schwer es mir auch fiel, das einzugestehen. Mit einem Mal wurde mir wieder klar, wie sehr ich Ehebrechen, Glücksspiel und Ziellosigkeit hasste. Ich wusste derzeit vielleicht nicht, wohin es mich zog, aber ich war mir ziemlich sicher, dass ich im Moment absolut nicht die Person war, die ich sein wollte.

Ich wischte mir über die Augen, ehe ich Francis mit unsicherem Blick ansah. »Was schlägst du vor? Was soll ich tun?«

»Hör auf, dich selbst zu bemitleiden. Deiner Tochter geht es gut. Sie lebt zwar nicht bei dir, aber ihr geht es gut. Und wenn sie zu Besuch kommt, dann tu alles dafür, dass sie sich wohlfühlt. Das ist das Einzige, was du für sie tun kannst.« Er legte seine Hand auf meine Schulter. »Und Piet, du musst höllisch aufpassen, dass das Warten auf bessere Zeiten nicht zu einem Dauerzustand wird.« Er sah mir direkt in meine feuchten Augen. »Beschäftige dich!«

Ich stöhnte spöttisch auf. »Womit denn?«

»Mach etwas, das du gut kannst. Etwas, worauf du dich zu hundert Prozent fokussieren kannst.«

Jetzt durchblickte ich seinen Plan. »Du willst, dass ich einen Fall übernehme.«

»Es ist das Beste für dich.«

Ich ahnte, wo ihn der Schuh drückte. Schon als ich den Laden geführt hatte, waren wir bereits knapp besetzt gewesen. Und nun hatten sich im August noch zwei erfahrene Ermittler in den Ruhestand verabschiedet. Francis gingen die Leute aus.

»Du meinst wohl: für dich.«

Er grinste schelmisch. »Nennen wir es eine Win-win-Situation.«

Dieser verdammte Scheißkerl hatte mich genau da, wo er mich haben wollte.

»Worum geht es?«

»Eine Politikerin wurde in Eupen getötet«, sagte Francis. »Es gleicht einer Hinrichtung.«

Ich zögerte.

»Nimm in Ruhe eine Dusche«, sagte Francis. »Danach gibst du mir Bescheid, ob die Kolleginnen dich in Eupen erwarten können.«

Was hatte ich mir vor vier Monaten nicht alles vorgenommen. Ich war fest entschlossen gewesen, mein Leben aufzuräumen. In dem Maße, dass ich wieder beziehungsfähig, ja überhaupt für ein Privatleben geeignet sein würde, auch wenn es nur meines wäre. Außerdem wollte ich mehr Zeit mit meiner Tochter Liv verbringen. Doch was hatte ich stattdessen getan? Jeden Tag Sportwetten abgeschlossen, Serien gestreamt, Bier und Schnaps getrunken. Nichts Produktives hatte ich auf die Kette bekommen, nach keiner Alternative zu meinem Job als Ermittler gesucht. Es war sicher nicht nur Selbstmitleid, das mich bremste. Es war auch eine Art Niedergeschlagenheit, die ich bis dahin nicht von mir gekannt hatte. Ein Nichtanderskönnen, eine brutale Antriebslosigkeit, Lethargie. Und jetzt sollte ich die Arbeit wieder aufnehmen, die für mich so viel zerstört hatte?

Klar war: Wenn ich ermittelte, hatte ich keine Zeit für Wetten und Vögeln, dann gab es keinen Platz für Zaudern und Zögern. Wenn ich ermittelte, wusste ich immer, was zu tun war. Das Rätsel lösen und den Mörder finden. Mein Dasein würde wieder einen Sinn haben.

»Sag den Kolleginnen, dass ich in einer Stunde in Eupen bin.«

2

2004

Den Urlaub in dem Ferienhaus hatte sich Joleen anders vorgestellt. Sie schaffte es einfach nicht, sich zu entspannen. Zu viel Leid kreiste in ihrem Kopf herum. Dabei wollte sie doch Spaß haben. Das letzte Mal mit ihren Freunden feiern, bevor sie mit Benno ein neues Leben beginnen würde. Spaß haben und die negativen Gedanken ausblenden. Doch bisher wollte das einfach nicht klappen.

Aber heute Abend! Sie war fest entschlossen, dass es ihr nun endlich gelingen sollte. Dafür wollte sie alles tun.

Wie zwei sorgenfreie Schulmädchen tanzten Sara und sie zu dem Lied, das die Band »Wir sind Helden« live auf der Bühne am Werthplatz spielte. Sie befanden sich nicht in dem Pulk von Menschen, die sich direkt vor der Bühne gegenseitig einengten. Sie hielten sich dort auf, wo Platz zum Tanzen blieb und von wo aus der Weg zur Theke nicht zu weit war. »Hol den Vorschlaghammer!«, schrien die beiden in Richtung der Sängerin Judith Holofernes. »Sie haben uns ein Denkmal gebaut. Und jeder Vollidiot weiß, dass das die Liebe versaut …«

Die anderen der Clique standen wenige Meter weit entfernt. Sie bewegten sich nicht, nuckelten gelangweilt an ihren Bierflaschen. Xavier, Jan und Uma. Joleen spürte ihre Blicke, hörte ihr Gelächter. Und das Urteil, das darin mitklang. Es war zu früh, um so abzugehen, wie Sara und sie es taten. Lächerlich, im Kreis herumzutanzen, Getränke und Schmuck zu tauschen, zu kichern wie zwei Sechsjährige und einander haltlos in die Arme zu fallen. Es war der Wodka. Sechs volle Schnapsgläser hatten sie innerhalb von zwanzig Minuten geleert. Neuer Rekord.

»So jung komm'n wir nich mehr zusamm'n«, lallte Sara. Sie wollte ihren Großvater imitieren, doch ihre Stimme klang überhaupt nicht so wie seine. Aber das war egal, Joleen und sie brüllten auch so los vor Lachen. Damit zogen sie die Blicke der anderen wieder auf sich. Je länger und ausgiebiger sie lachten, desto weniger kam von den anderen. Als das Lied zu Ende gespielt war, rief die Sängerin lauthals ins Mikro: »Danke, Eupen!«

Bevor der nächste Song begann, nuschelte Sara Joleen etwas ins Ohr. Erst mit einiger Verspätung begriff Joleen, dass Sara sich auf den Weg zur Toilette gemacht hatte. Es schien dringend zu sein, denn sie rannte förmlich auf die Reihe von Dixi-Klos zu, die sich in etwa fünfzig Metern Entfernung befanden. Joleen wurde bewusst, dass auch ihre Blase schrecklich drückte. Sie eilte ihrer Freundin hinterher, schlängelte sich an den Zuschauern vorbei. Doch wenige Meter vor den Klos stolperte sie und fiel auf die Pflastersteine. Langsam setzte sie sich wieder auf. Arme und Beine bluteten.

Du betrunkenes Huhn, sagte sie zu sich. Bist wohl über eine Bierflasche oder sonst was gestolpert.

Doch als sie wieder aufrecht stand, bemerkte sie ihn. Xavier. Er musste ihr ein Bein gestellt haben.

»Spinnst du?«

»Du spinnst!«

»Ich möchte nur Spaß haben.«

»Ich frage mich, wie das geht.«

»Das Leben geht weiter, Xavier.«

»Mein Gott, du tust wirklich so, als wäre nichts gewesen. Du hattest eine Fehlgeburt, hast du das schon vergessen?«

»Danke, dass du mich wieder daran erinnerst. Ich hätte es fast vergessen, du Idiot!«

»Gehst du deswegen weg?«

»Ich verstehe nicht, was du meinst.«

»Na, zu diesem Benno. Willst uns alle vergessen, was?«

»Quatsch! Das hat doch nichts mit euch zu tun. Ich liebe Benno. Deswegen gehe ich zu ihm.«

»Du kennst ihn gerade mal seit drei Monaten. Er tut dir nicht gut.«

»Und das weißt du, weil du ihn ja schon, ähm, lass mich kurz überlegen, kein einziges Mal getroffen hast?«

»Er ist zehn Jahre älter als du.«

»Ja und? Er versteht mich. Bei ihm fühle ich mich sicher.«

»Das tut weh, Joleen. So etwas darfst du mir nicht sagen.«

»Aber es ist so. Dieses Hin und Her tut mir nicht gut. Die Fehlgeburt war ein Zeichen. Ich muss mein Leben wieder in geordnete Bahnen lenken.«

Sara trat aus einem der Toilettenhäuschen und kam schwankend auf die beiden zu, wäre aber beinahe an ihnen vorbeigelaufen. Erst im letzten Moment erkannte sie die bekannten Gesichter. »Mein Gott, bin ich besoffen«, lallte sie.

Joleen musste lachen. Xaviers bösen Blick bemerkten die beiden nicht.

»Ey, du blutest ja!«, schrie Sara, während sie wankend auf Joleens Knie zeigte.

»Bin gestolpert.« Joleen zuckte mit den Schultern. »Ist halb so schlimm.«

»Dann können wir ja weitertanzen. Oder vielleicht verarzten wir dich besser erst mal«, sagte Sara. Sie griff nach Joleens Hand und zog sie in Richtung des Sanitätszelts, das sich neben den Toiletten befand.

»Ja.« Joleen traf kurz Xaviers Blick, drehte sich dann aber um, um ihrer Freundin zu folgen. Dabei hörte sie Xavier noch etwas sagen.

»Pass nur auf, dass auf der geordneten Bahn kein zu großer Stolperstein liegt.«

3

Die Sonne stand tief, als ich Eupen erreichte. Eine Umleitung führte mich mitten durch die Stadt. Erstes Herbstlaub fiel von den Bäumen, am Himmel erblickte ich ein paar Zugvögel, die bereits das Weite suchten. Die Terrassen in der Klosterstraße und am Marktplatz waren gut gefüllt, die Gäste verweilten in Shorts und T-Shirt. Einige von ihnen unterhielten sich angeregt, andere wiederum begnügten sich damit, zurückgelehnt die letzten Sonnenstrahlen des Tages zu genießen und ab und zu an ihrem Bier zu nippen. Vor dem Dönerladen standen ein paar Jugendliche, die ihre Jupiler-Dosen öffneten und sich albern zuprosteten. Auf dem Pflastersteintrottoir schob ein Pärchen einen Kinderwagen vor sich her und machte kurz halt, um sich einen Kuss zu schenken.

Ich erinnerte mich an die Nachmittage bei meinem Großvater, als ich noch ein Kind gewesen war. Er liebte Modelleisenbahnen und das Aufbauen und Betrachten von Miniaturstädten. Jedes Bäumchen hatte seinen festen Platz, jede Figur führte eine ganz bestimmte Aktivität aus, die in den Kontext der Landschaft und Gebäude eingebettet war. Alles folgte einem klaren Plan, den mein Großvater in seinem Kopf erdacht hatte und dessen Umsetzung ihm eine gewisse innere Ruhe verlieh. Und wie ich nun durch die ostbelgische Hauptstadt fuhr, war mir, als hätte Eupen Modell gestanden für eines dieser Miniaturgebilde. Der Ort erzählte eine Geschichte, und ich erlebte diese vor dem Hintergrund des farbenfrohen Indian Summer und der Erinnerungen an meinen Großvater als eine regelrecht lebhafte Idylle.

Doch dann wurde sie von jetzt auf gleich zerstört.

Denn plötzlich rannte ein Mädchen quer über die Straße. Ich hatte sie aufgrund ihrer kurz rasierten Haare und der Jeansjacke zunächst für einen Jungen gehalten. Erst als der Blick ihrer hellblauen Augen den meinen traf, erkannte ich, dass es sich um eine Frau um die dreißig handelte. Ich hatte eine Vollbremsung hingelegt und den Motor abgewürgt. Nun sah ich der rennenden Frau hinterher. Ihre Jeansjacke flatterte. Dann verschwand sie hinter der nächsten Ecke.

Als ich den Motor wieder starten wollte, ließ mich mein BMW, Baujahr 78, im Stich. Mein Hintermann hupte genervt, unfreiwillig wurde mir die gesamte Aufmerksamkeit der zahlreichen Cafébesucher zuteil. Vier Startversuche, kein Lebenszeichen. Als dann schließlich nach dem fünften Mal der Motor endlich aufbrummte, klatschten einige Zuschauer hämisch Beifall.

Ich fuhr weiter und wurde nachdenklich. Die Vollbremsung hatte mich aus der Idylle gerissen, die ich mit Eupen verband. Ich kannte die Zwanzigtausend-Einwohner-Stadt zwischen Aachen, Lüttich und Maastricht relativ gut, war das eine oder andere Mal als stiller Besucher durch die fußgängerfreundlichen Straßen spaziert, hatte auf dem Freitagsmarkt oder in den niedlichen Lädchen meine Besorgungen gemacht, war in der Unterstadt am Ufer der Weser entlangspaziert und sogar einmal – als Sina und ich noch ein Paar waren – in einem der vielen guten Restaurants essen gewesen. Auf mich hatten die Stadt und ihre Bewohner immer sehr bodenständig und ausgeglichen, ja fast wie in sich ruhend gewirkt, was sich allzeit positiv auf mein Wohlbefinden ausgewirkt hatte. Ein Ausflug nach Eupen hatte sich immer wie ein kleiner Urlaub angefühlt.

Doch heute lag die Sache anders. Denn ich war hier, um in einem Mordfall zu ermitteln. Ich war zum Arbeiten hergekommen, nicht, um Urlaub zu machen.

Es erwartete mich Tod, nicht das Leben.

Inzwischen hatte ich das auf dem Kaperberg gelegene Fußballstadion der AS Eupen hinter mir gelassen und rollte Richtung Unterstadt, auf den Ortsteil Langesthal und den dahinterliegenden Hertogenwald zu. Die Schranke am Waldzugang stand offen. Ich kurbelte das Fenster herunter, ein Schnauzbart tragender Polizist in Uniform fragte mich, wer ich sei.

»Folgen Sie dem Weg, bis Sie die Autos am Wegesrand sehen«, sagte er, nachdem ich ihm meinen Namen verraten hatte. »Eine Kollegin wird Sie dort abholen und Sie zu der Stelle führen.«

Ich folgte dem Forstweg und ließ die kühle Waldluft, die würzig nach Kiefern duftete, ins Wageninnere strömen. Nach hundert Metern umgab mich das Rascheln der Blätter von Buchen und Birken, die im Abendlicht glänzten. Ich holte tief Luft, hielt sie an und ließ sie erst allmählich wieder aus meinem Körper entweichen. Ich spürte die wohltuende Wärme und Ruhe des Waldes, und mir wurde bewusst, wie sehr ich das vermisst hatte. Wie viele Stunden hatte ich in den letzten Wochen in den eigenen vier Wänden verbracht, ja verschwendet? Auf mein Smartphone geglotzt, die immer gleichen Seiten aufgerufen, immer in der Hoffnung, dass sich etwas Neues ergeben würde. Mit der Farbenpracht der Natur vor Augen wirkten die letzten vier Monate wie ein selbst auferlegter Arrest, ja wie ein Gefängnis, das ich wahnhaft Tag für Tag scheinbar freiwillig aufgesucht hatte. Es war mir so, als läge diese Zeit weit zurück, sie war einmal ein Teil von mir gewesen, ich hatte aber kaum mehr einen Bezug zu ihr. Und ich verlor ihn komplett, als ich auf Höhe der Autos am Wegesrand die Polizistin entdeckte, die mich offenbar empfangen sollte. Sie lehnte mit einem Arm an einer Tanne und erbrach sich. Ich parkte in der Reihe der anderen Fahrzeuge, stieg aus und ging auf sie zu.

»Hallo«, grüßte ich. Die Polizistin beugte sich weiterhin nach vorn. Ich reichte ihr eine Flasche Mineralwasser. »Hier, nehmen Sie einen Schluck«, sagte ich.

Sie schaute zu mir auf und brachte trotz ihres offensichtlichen Unwohlseins ein kurzes Lächeln zustande. Sie war noch relativ jung, ich schätzte sie auf Mitte dreißig. Sie hatte kurze, zur Seite gescheitelte schwarze Haare. In ihren Wangen steckten Piercings. Kleine Kügelchen, die ihre Grübchen unterstrichen.

Sie richtete sich auf und öffnete den Flaschenverschluss. Während sie trank, schielte sie zu mir herüber. »Haben Sie keine anderen?«, fragte sie. Ihr Blick lag auf meinen Sneakern. »Im Wald ist es an gewissen Stellen matschig.«

»Nein«, antwortete ich, während ich ihre Schuhe betrachtete. Sie trug Sicherheitsstiefel. Mir leuchtete ein, dass meine Sportschuhe nicht die ideale Ausrüstung für den Waldboden waren, aber ich würde es überleben, dachte ich. »Das wird schon gehen.«

»Gut, sind ja Ihre Schuhe«, sagte sie schulterzuckend. »Ich bin übrigens Uma, Uma Ortmann, um korrekt zu bleiben«, schob sie grinsend hinterher.

Ich stolperte über den Namen, da er in unseren Breitengraden nicht gewöhnlich war. »Ich bin Piet –«, begann ich und wollte meine Rolle in diesem Fall weiter ausführen, wurde jedoch von Uma unterbrochen.

»Ich weiß. Komm, ich führe dich zu der Stelle.«

Mit kurzen Schritten eilte sie voraus. Ich kam gehend nicht hinterher, legte ein paar Meter laufend zurück, um ihr beizukommen. Es wurde schnell dunkel, in dem dichten Wald stand Tanne an Tanne. Als wir eine sumpfige Stelle durchquerten, drohte ich wegzurutschen, konnte mich aber noch rechtzeitig ausbalancieren. Allerdings wurde der linke Schuh dabei in Matsch getränkt.

Verdammt!

»Da vorn ist es«, sagte Uma. Sie zeigte mit dem Finger voraus. Dort sah ich in der Ferne ein Licht und Umrisse von Menschen – mehr war in dem dunklen Dickicht nicht zu erkennen. Nach einigen Metern wurden die weiß schimmernden Anzüge einer Handvoll Mitarbeiter der Spurensicherung sichtbar, etwas abseits davon standen zwei andere, normal gekleidete Menschen. Und erst als wir noch näher traten und mir einer der am Boden stehenden Scheinwerfer halb ins Gesicht strahlte, entdeckte ich das Opfer. Es war eine Frau mit langen schwarzen Haaren, die mit dem Bauch auf dem Boden lag. Sie war nackt, ihr Gesicht in dem weichen Waldboden eingesunken, ihre Füße und Hände auf dem Rücken zusammengebunden. Ich war wie erstarrt von dem Anblick. Zwar hatte Francis bereits von einer Hinrichtung gesprochen, aber auf die Art und Weise war ich nicht vorbereitet gewesen.

Ein kalter Schauer lief mir über den Rücken.

Plötzlich stand eine Frau mit blonden Haaren vor mir. Sie hatte einen Pony und einen roten Haarreif. Mit ernster Miene streckte sie mir ihre Hand zur Begrüßung entgegen und kam mir dabei viel zu nah. »Andrea Melchior, ich bin die Leiterin der Polizeizone.« Sie hatte eine unangenehm krächzende Stimme.

»Piet Donker, ich werde die Ermittlungen leiten.«

Es entstand eine kurze Pause. Uma reichte uns beiden weiße Overalls, ehe sie sich selbst in Sekundenschnelle einen überstreifte.

»Wer ist das Opfer?«, fragte ich, während ich in den Anzug schlüpfte.

»Sara Hennen, sechsunddreißig Jahre alt«, sagte Melchior schnaufend. Sie hatte sichtlich Schwierigkeiten, den richtigen Eingang in den Anzug zu finden.

»Sie ist Beigeordnete der Bürgermeisterin«, ergänzte Uma, die mit Händen in den Hüften bereits fertig angezogen vor uns stand.

»Schöffin heißt das«, wurde sie von ihrer Vorgesetzten korrigiert. »Sie war Schöffin für Bauwesen und Mobilität.«

Uma verdrehte die Augen, ehe sie mir zulächelte. Melchior bekam davon nichts mit, zu sehr war sie mit dem Anziehen ihres Overalls beschäftigt.

»Wie ist sie gestorben?«, fragte ich.

Melchior zog den Reißverschluss ihres Anzugs zu und schaute dann in Richtung eines älteren Herrn mit langen weißen Haaren. Er machte einen Schritt auf uns zu, und zwar so behutsam und leise, als wollte er den Waldboden nicht zu sehr belasten.

»Keller. Gerichtsmedizin«, stellte er sich vor. Ich nickte ihm zu. »Sie wurde von einem Pfeil angeschossen«, sagte er trocken.

»Von einem Pfeil?«, fragte ich überrascht. Pfeile als Waffe verortete ich eher im Mittelalter.

Keller nickte. »Ich schätze, aus einer Entfernung von etwa dreißig, vierzig Metern. Das Teil besteht aus Carbon, guter Hersteller. Es schlug in die rechte Schulter ein und ging durch sie hindurch.«

»Sie war zum Joggen im Wald gewesen«, fügte Uma hinzu.

»Das heißt, der Tatort ist in der Nähe?«, fragte ich.

»Wahrscheinlich, ja. Getötet wurde sie jedoch nicht von dem Pfeil, sondern mit einem Messer. Es gibt sieben Einstiche in der Bauchgegend.«

»Er wollte wohl auf Nummer sicher gehen«, sagte Melchior nüchtern.

»Ja«, bestätigte Keller. »Aber er hat nicht stark zugestochen. Es könnte sein, dass es sich bei dem Täter um eine Frau oder um jemand Alten oder Gebrechlichen handelt.«

»Missbrauchsspuren?«, fragte ich.

»Auf den ersten Blick: nein«, antwortete Keller. »Eine gesicherte Einschätzung kann ich aber erst nach eingehender Untersuchung geben.«

Ich trat nach vorn. Keller machte mir unaufgefordert den Weg frei. Während ich mich der Leiche näherte, hörte ich Melchiors Stimme: »Wir haben die Leiche wieder so positioniert, wie sie gefunden wurde.«

Ich ging in die Hocke, zog mir Handschuhe an und betrachtete die tote Frau. Die eng zusammengebundenen Füße und Hände. Die schöne und reine Haut. Die rosa lackierten Zehennägel. Meine Augen schweiften hinüber zu dem Muttermal auf dem Rücken, dann zu den feinen schwarzen Haaren. Ich berührte ihren Kopf, hob ihn leicht an und drehte ihn zu mir. Ich wischte vorsichtig die Tannennadeln ab, die an ihren Wangen und auf der Stirn klebten. Ihr Gesicht war hübsch. Schmale Lippen, lange Wimpern. Die goldene Farbe auf den Lidern war verwischt. Ich entfernte noch eine Nadel, die an ihrer Lippe hing. Dabei fiel mir auf, dass noch etwas an der

Lippe zu kleben schien, etwas, das nicht vom Waldboden stammte.

Ich rief nach Keller und bat ihn, den Partikel zu beproben. Doch als er in die Hocke ging und die Pinzette am Mund der Leiche ansetzte, zog er etwas viel Größeres daraus hervor. Seine Hand zitterte, als er es mir zeigte.

»Ein Zehn-Euro-Schein«, stellte ich fest.

Ich richtete mich auf und blickte in die verdutzten Gesichter von Melchior und Uma. »Haben Sie bereits Infos zu dem Umfeld des Opfers? Hätte auf politischer Ebene jemand etwas gegen sie haben können?«, fragte ich.

Sie schüttelten im Gleichtakt ihre Köpfe. »Die Leute vertragen sich in aller Regel«, sagte Melchior, während sie die Leiche betrachtete. »Ab und zu kommt es vielleicht vor, dass jemand seine Stimme etwas erhebt, aber danach ist es auch wieder gut.«

»Vielleicht weiß David was«, sagte Uma in einer euphorischen Stimmlage.

»Wer ist David?«, fragte ich skeptisch.

»Saras Mann«, antwortete Uma, ehe sie sich umdrehte. »Er steht gleich da vorn.«

Sie schritt auf einen schwarzhaarigen Mann zu, der, mit Sporthose und weißem T-Shirt bekleidet, verbissen auf sein Handy starrte. »David«, rief Uma aus ein paar Metern Entfernung, als würde sie einen Freund auf einer Party grüßen. Der Mann blickte nur kurz auf, fixierte dann wieder sein Handy. Er sah müde aus. Abgekämpft und ausgelaugt. Und je näher wir ihm kamen, desto intensiver nahm ich den Schweißgeruch wahr, der von ihm ausging. Ich stellte mir die Frage, warum er sich ohne psychologische Betreuung neben der Leiche seiner Frau aufhielt und seit wann er das bereits tat.

Um den Mann sollte sich jemand kümmern.

»David«, sagte Uma, als wir schließlich vor ihm standen, etwas sensibler als eben. Er scrollte nervös auf dem Display auf und ab. Ich konnte einen Text erkennen, aber er war zu klein, als dass ich ihn hätte lesen können.

»David«, sagte Uma noch einmal, nachdem er bisher keine Reaktion gezeigt hatte. Da stoppte er seine Bewegung, seine Finger verharrten über dem Bildschirm. Sein Blick war wie eingefroren. Dann drehte er das Handy in unsere Richtung und präsentierte uns den Text einer Mail, die vor einer Woche an Sara Hennen geschickt worden war.

»Und weißt du, was man mit Frauen wie dir macht: verstümmeln und abschlachten!«

4

»Bist du noch wach? Was? Kannst du etwas lauter reden, ich verstehe dich nicht. Gut, ich hoffe, du hast dich etwas beruhigt. Ich verstehe, dass dir die Situation unangenehm ist und dass du mir vorhin nicht gleich mit Euphorie begegnet bist. Aber ich werde dir Zeit geben, es zu verstehen. So viel Zeit, wie nötig ist. Natürlich, es wird ein Lernprozess sein, aber ich denke, er wird dir guttun. Nein, ich denke sogar, das ist eine Entwicklungsstufe, die du zwingend nehmen musst. Sonst wirst du verloren sein. Wenn die Stufe erklommen ist, wirst du nachvollziehen können, dass man, um das große Ganze nicht zu gefährden, ab und zu ein Opfer bringen muss. Und dann wird der Tag kommen, an dem du zu mir sagst: ›Hey, du hattest recht. Du hast damals vollkommen richtig gehandelt. Die Schlampe hat es sich selbst ausgesucht. Sie hat es verdient zu sterben‹, und dann wirst du sehen, dass es keinen anderen Weg gab als diesen. Nicht weil sie eine Schlampe war, sondern weil wir es tun mussten. Weil es unsere Mission war. Weil wir keine andere Wahl hatten.«

5

»Wem gehört das Handy?«, fragte ich David Hennen, bevor ich die E-Mail auf dem Display ein zweites Mal las.

»Das ist meins«, sagte Hennen aufgebracht, mit zuckenden Mundwinkeln. Sein Hund versuchte, sich mit dem Hinterkopf an das Bein seines Herrchens zu schmiegen, aber das Bein war zu unruhig.

»Aber das ist das Mail-Postfach Ihrer Frau, oder etwa nicht?«, vergewisserte ich mich.

Er nickte hektisch. »Ja, das ist das Postfach ihrer Privatadresse. Ich kenne Saras Passwort.«

Ich sah ihn verdutzt an.

Warum kennt er ihr Passwort?

»Haben Sie auch das Passwort für ihre berufliche Adresse?«

»Nein«, sagte er genervt. Sein Kopf war inzwischen rot angelaufen. »Hören Sie, das hier ist doch eindeutig! Wir müssen das Schwein finden, das meine Frau getötet hat!«

»Ich glaube, das überlassen Sie besser uns«, sagte ich. Ich suchte Blickkontakt zu Andrea Melchior, die mir zögerlich zunickte.

Doch dann war es Uma, die sich David Hennen mit einer Flasche Wasser zuwendete. »Vielleicht trinkst du erst mal was«, sagte sie, reichte ihm die Flasche und streichelte dem Hund beruhigend über den Kopf.

»Wie eine Nutte hat das Schwein sie geschminkt«, hörte ich Hennen wettern, während ich etwas Abstand von den anderen nahm, um in Ruhe die komplette Mail zu lesen. Sie war etwa fünf Zeilen lang und stammte von einem gewissen Karl Melzer.

Mail von Karl Melzer an Sara Hennen, gesendet Sonntag, 18. September 2022

Hallo Sara,

ich wusste ja, dass du immer schon geldgeil warst. Aber dass du dir von den Scheichs so lange Zuckerwatte in den Arsch blasen lässt, bis sie oben wieder rauskommt, das habe ich nun wirklich nicht von dir erwartet. Und das für solch ein lächerliches Projekt. Aber ich sage dir, damit wirst du Probleme bekommen. Nicht nur mit Eupenern, auch mit den Scheichs. Wenn die Sache schiefgeht … Sie vertragen keinen Wortbruch. Und weißt du, was man mit Frauen wie dir macht: verstümmeln und abschlachten!

Gruß,
Karl

Es ging also um ein Projekt, zu dem es in der Mail aber keine Details gab. Jedoch war die Rede von Scheichs, die ihr, Sara, »Zuckerwatte in den Arsch blasen« würden. Und der Satz am Ende klang definitiv nach einer Drohung. Gesendet worden war die Mail vor sechs Tagen, also letzten Sonntag.

Als ich mich David Hennen näherte, brummte sein Hund mir entgegen.

»Kennen Sie den Absender?«, fragte ich.

»Ja«, sagte Hennen in einem aggressiven Ton. »Karl Melzer ist Schöffe, so wie meine Frau.«

»Zuständig für Sport und Kultur«, ergänzte Melchior nüchtern.

»Ein Kollege sozusagen«, kommentierte ich.

»Ein Kollegenschwein wohl eher«, sagte Hennen schnaubend.

»Wie kommt es, dass er Ihrer Frau so etwas schreibt?«, fragte ich, während ich beobachtete, wie Hennens Hund wieder zutraulicher wurde. Er rieb seinen Kopf am Bein seines Herrchens und schaute zu ihm auf. Hennen streichelte ihm daraufhin über die Brust.

»Laut Sara hat es bei dem letzten Schöffentreffen ordentlich geknallt«, erzählte Hennen. »Sie hatte einen Investor für die Aufhübschung des Werthplatzes an der Angel. Das hat den Melzer wahnsinnig auf die Palme gebracht.«

»Ein Investor aus dem arabischen Raum?«, hakte ich nach.

»Ja, meines Wissens war es nur einer. Er wollte Milliarden investieren und hatte wohl auch schon konkrete Pläne. Mehr weiß ich aber nicht.«

Ich wusste, dass der Eupener Fußballclub vor ein paar Jahren von einem katarischen Investor übernommen worden war. Das verhalf dem Verein, 2016 in die belgische erste Liga aufzusteigen, und bis dato hatte er sich auch Jahr für Jahr darin bewähren können.

Ob das etwas damit zu tun hat?

»Wann hat die Versammlung stattgefunden?«, fragte ich.

»Freitag vor einer Woche«, sagte Hennen niedergeschlagen.

Freitag die Versammlung, Sonntag die Mail.

Und heute der Mord.

»Ist Ihnen an Ihrer Frau in den vergangenen Tagen irgendetwas aufgefallen? War sie nach der Versammlung oder am Wochenende anders als sonst?«

Hennen überlegte, während er weiter seinen Hund streichelte. »Ja, sie war anders«, sagte er schließlich. »Irgendwie nervös und angespannt, aber gleichzeitig euphorisch.« Er verzog sein Gesicht, wohl weil ihm bewusst wurde, dass seine Beschreibung nicht eindeutig war. Aber es war etwas anderes, das ihn irritierte. »Eigentlich war sie aber erst seit gestern Morgen merkwürdig. Da wirkte sie richtig in ihren Gedanken verloren, hat sogar eine volle Tasse Kaffee fallen lassen. Vorher habe ich noch mitbekommen, wie sie nach einem Telefonat geflucht hat.«

»Erinnern Sie sich noch, was sie gesagt hat?«

»Ja«, sagte Hennen. »Es war so etwas wie: ›Da reagiert der Typ einfach nicht!‹«

»Und das war gestern? Also Freitag?«

»Ja, im Laufe des Vormittags. Danach hat sie die Hände über

dem Kopf zusammengeschlagen. Als ich sie fragte, was los ist, hat sie nur in die Backen geblasen und genervt ›Ach, nichts‹ geantwortet.«

»Und vor dem gestrigen Freitag war sie normal, sagen Sie?«

»Ja«, erwiderte Hennen, der inzwischen mit beiden Händen seinen Hund massierte. »Wir waren Mittwoch noch Sushi essen. Da war alles gut.«

Sosehr Hennen sich auch in das Hundefell wühlte, er konnte seine zitternden Hände nicht beruhigen. Er war angespannt und sah erschöpft aus. Seine Augen waren glasig. Ohne Zweifel, die Erinnerung an die lebendige Sara wühlte ihn auf. Und der Anblick der toten Sara zerriss ihm das Herz. Er würde viel verarbeiten müssen. Und dazu benötigte er den psychologischen Beistand, der soeben eingetroffen war. Es war eine einfühlsame Frau, die ihn in ihre Obhut nahm und schon bald von diesem für ihn traumatischen Ort wegbrachte.

Indes beriet ich mich mit Melchior und Uma, wie wir weiter vorgehen sollten. Wir vereinbarten, Melzer, dem Absender der Mail, jetzt gleich einen Besuch abzustatten. Die anderen drei Schöffenkollegen würden wir für morgen früh ins Präsidium bestellen. Als Uma mir die Adresse nannte, hörte ich nur mit halbem Ohr zu. Ich würde den beiden einfach folgen, dachte ich. Doch als sie losfuhren, streikte die Zündung meines Pestla. So hatte Sina belustigt meinen geliebten 78er BMW getauft, da er im Vergleich zu dem modernen elektrischen Namenspendant eine katastrophale CO^2-Bilanz aufwies.

Immer wieder drehte ich den Schlüssel im Schloss, doch mein BMW zeigte keine Einsicht. Da ich so darauf konzentriert war, das Auto doch noch zum Laufen zu bringen, bekam ich gar nicht mit, dass auch die Mannschaft der Spurensicherung ihre Arbeit beendet hatte und Besteck und Leichnam rechtzeitig vor Anbruch der Dunkelheit im Wagen untergebracht worden waren. Auf meine Nachfrage hin hätten sie mich gern mitgenommen, aber alle Plätze waren belegt. Und auch sie hatten weder von Melchior noch von Uma die Handynummer.

Das Rot der Rücklichter wirkte hell, und mir wurde bewusst, dass die Dämmerung langsam einsetzte. Ich suchte im Internet nach der Nummer der Eupener Polizeistelle, aber ehe die Seite sich vollständig aufgebaut hatte, ploppte eine Fehlermeldung auf.

Seitenaufbau abgebrochen. Verbindung zu langsam.

Einen Moment lang überlegte ich, Francis anzurufen und ihn nach der Nummer von Uma oder Melchior zu fragen, aber den Gedanken verwarf ich schnell wieder. Am Ende würde er noch den Eindruck gewinnen, ich wäre bereits nach einer Stunde Arbeit überfordert. Mir blieb also nichts anderes übrig, als den Weg in die Stadt zu Fuß anzutreten. Dreißig Minuten, schätzte ich, dann würde ich im Präsidium angekommen sein.

Ich hatte gerade mal drei Minuten geschafft, als ich hinter mir Motorengeräusche vernahm. Ich stellte mich an den Straßenrand und richtete meinen Blick in die Richtung, aus der das Fahrzeug kam. Ein schwarzer Jeep raste mit ordentlichem Tempo auf mich zu und legte, als er auf meiner Höhe war, eine glatte Vollbremsung hin. Die Scheibe der Fahrerseite fuhr langsam herunter. Ein Mann Anfang sechzig, mit hoher Stirn und schütterem grauen Haar, kam dahinter zum Vorschein. Sein Blick wirkte souverän, obschon die am Lenkrad klebenden Hände eher Unsicherheit suggerierten.

»Ist das Ihr Auto dahinten?«, fragte er.

»Ja.«

»Schönes Gefährt«, sagte er. »Aber dort dürfen Sie nicht stehen bleiben.«

»Ich würde den Wagen gern wegfahren, aber er springt nicht mehr an.«

»Ein gestrandeter Polizist«, kommentierte er.

Woher weiß der Kerl …

»Entschuldigen Sie, Herr Donker«, ergänzte er umgehend und kleinlaut. »Ich habe Ihre Marke hinter der Frontscheibe liegen sehen.«

Meine Begeisterung darüber, dass er mehr von mir wusste

als ich von ihm, hielt sich in Grenzen. Aber die Schuld dafür musste ich mir selbst zuschreiben.

Lässt ein tauglicher Polizist seine Polizeimarke im Auto liegen?

»Und was treiben Sie so?«, fragte ich nach einer kleinen Denkpause.

»Alain Collier, angenehm«, stellte er sich vor. »Ich bin wegen der Rehe hier. Mir gehört der Wald, ich jage hier ab und zu.«

»Ich habe keine Schüsse gehört«, stellte ich fest.

»Oh nein«, entschuldigte er sich mit einer beschwichtigenden Handbewegung für das Missverständnis. »Am Wochenende darf man hier gar nicht jagen. Ich habe nur nach den Tieren gesehen, also, wie viele es sind und wo sie sich aufhalten.«

Ich warf einen flüchtigen Blick auf die Freiladefläche, konnte aber nichts Konkretes erkennen.

»Wohin darf ich Sie mitnehmen?«, fragte Collier mit einem selbstsicheren Schmunzeln im Gesicht.

»Wissen Sie, wo der Schöffe Melzer wohnt?«

Collier sah mich verwundert an. »Was wollen Sie denn von dem?«

Ich zuckte mit den Schultern und ohrfeigte mich zeitgleich gedanklich dafür, dass ich so dämlich gewesen war, ihm einfach den Namen eines Verdächtigen zu nennen.

»Wie auch immer«, fuhr Collier fort. »Melzer werden Sie nicht zu Hause antreffen. Zufällig weiß ich, dass er heute auf einer Hochzeit zu Gast ist, und die findet in Teuven statt, eine gute halbe Stunde von hier.«

Reflexartig zückte ich mein Handy, um den Kolleginnen Bescheid zu geben. Doch dann fiel mir wieder ein, dass ich nicht über die Telefonnummern verfügte.

Shit!

»Geht es Ihnen gut?«, fragte Collier, während er mich eingehend musterte. »Sie sehen ziemlich erledigt aus.«

Tatsächlich stand ich etwas neben mir. Ich fühlte mich müde und schlapp und hätte am liebsten jetzt gleich ein Hotel aufgesucht und mich ins Bett gelegt. Der Umstand, dass ich in den letzten vier Monaten kaum einen Fuß vor die Tür gesetzt hatte, trug daran sicherlich eine Teilschuld. Der andere Teil war wohl darauf zurückzuführen, dass ich heute noch nichts gegessen hatte. Ich musste mich irgendwo hinsetzen und etwas zu mir nehmen.

Ich nickte schwach. »Kennen Sie ein passables Restaurant oder einen Imbiss? Am besten in der Nähe eines Hotels.«

»Natürlich kenne ich da was. Steigen Sie ein, dann bringen wir Sie schon unter«, sagte er augenzwinkernd und klopfte auf den Beifahrersitz. Ich leistete Folge und war erleichtert, dass ich den Weg, wohin auch immer er mich führen sollte, nicht zu Fuß zurücklegen musste. Zu meiner Überraschung führte Collier ein kurzes Telefonat, in dem er uns beide für ein Essen ankündigte.

Nach ein paar hundert Metern wurde dann die Internetverbindung auf meinem Handy besser. Ich konnte schließlich die Nummer der Eupener Polizeistelle finden und nach Uma Ortmann und Andrea Melchior fragen. Beide waren noch unterwegs, dem freundlichen Kollegen am Telefon gelang es aber, mich mit Melchiors Handy zu verbinden.

»Haben Sie sich verfahren?«, fragte sie etwas ungläubig.

»Mein Fahrzeug hatte eine Panne«, sagte ich mit einer gewissen Portion Demut in der Stimme.

»Oh, und Sie befinden sich noch im Wald? Sollen wir Sie dort abholen?«

»Nein, nein, keine Sorge. Ich wurde von jemandem mitgenommen.«

»Ein Glück«, sagte sie erleichtert. »Na ja, viel verpasst haben Sie jedenfalls nicht. Melzer hält sich auf einer Hochzeit in Teuven auf. Er scheint wohl etwas beschwipst zu sein.« Ich vernahm Umas Kichern im Hintergrund, während Melchior fortfuhr: »Zwei Kollegen sind gerade auf dem Weg dorthin und schaffen ihn auf schnellstem Wege nach Eupen.«

Ein schlechtes Gewissen packte mich. Die Zeit, bis er vor Ort sein würde, könnte, nein, *müsste* ich eigentlich mit dem Studium von Hintergrundinfos zu Sara Hennen und Karl Melzer verbringen. Aber mein Körper streikte. Und ich musste zugeben, dass ich erleichtert aufatmete, als Melchiors Schmatzen durch den Hörer drang und ich merkte, dass ich nicht der Einzige war, der eine Pause machte.

»Wir sind gerade noch etwas essen«, sagte sie. »Wollen Sie uns Gesellschaft leisten?«

»Würde ich gern«, antwortete ich und schielte zu Collier hinüber. Beide Hände klebten wieder am Lenkrad. Konzentriert blickte er auf die Straße. »Aber ich wurde soeben bereits eingeladen.«

»Kein Problem«, sagte Melchior so, als wäre sie nicht unglücklich über meine Absage. »Also treffen wir uns in anderthalb Stunden im Präsidium.«

»Geht klar. Bis gleich.«

Ich nahm das Handy vom Ohr.

»Wie viel Zeit haben Sie?«, fragte Collier unverhohlen.

Hat er etwa alles mitgehört? ... Beruhige dich! Viel wird er dadurch nicht erfahren haben.

»Eine Stunde ist gut«, schob er schließlich hinterher, ohne dass ich seine Frage beantwortet hatte.

Ich drehte mein Gesicht in seine Richtung. Sein Auge blinzelte. Und dann sah ich es. Zunächst nur aus dem Augenwinkel, dann aber schweifte mein Blick unweigerlich nach hinten zum Rücksitz. Mein Herz begann augenblicklich zu poltern.

Denn auf dem Rücksitz lagen Pfeil und Bogen.

Mit seinen feinen Händen legte er den Pfeil in die Auflage, ehe er den Griff des Bogens umklammerte. Souverän nahm er sein Ziel ins Visier. Schließlich spannte er die Sehne, hielt noch einen kurzen Moment inne. Und zog dann ab.

Ich zuckte zusammen. Der dreizehnjährige Junge hatte den Schaumstoffpfeil genau in die Mitte der Zielscheibe geschossen. Er riss die Hände in die Höhe. Das gleichaltrige Mädchen, das neben ihm stand, klatschte verhalten, während der Junge eine Jubelrunde quer durch den beleuchteten Garten drehte. Und schon bald verschränkte das Mädchen, das vor dem Jungen die Pfeile weniger zielsicher neben die Scheibe gefeuert hatte, die Arme.

Mein Blick wanderte weiter zu den Frauen, die sich in dem Pool aufhielten. Es waren vier, alle Mitte zwanzig. Sie lachten ausgelassen und warfen sich einen Plastikball zu. Ein etwa fünfzigjähriger Mann mit blonden Haaren tauschte die am Beckenrand stehenden leeren Cocktailgläser etwas ungelenk gegen volle aus.

»Na, halten Sie Ausschau?«, vernahm ich Colliers Stimme von hinten. Er stand an einem großen Gasgrill und zwinkerte mir zu, bevor er mir eine Flasche Bier in die Hand drückte.

Pfeil und Bogen, die ich in seinem Auto gesehen hatte, waren ein Geschenk für seine Enkel gewesen, wie er mir auf meine Nachfrage hin erklärt hatte. Von dem Mord an Sara Hennen hatte ich ihm noch nichts erzählt. Sein Erscheinen im Wald wenige Stunden nach der Tatzeit konnte man als auffällig ansehen, aber es gab noch keinen Grund, ihn mit Fakten zu konfrontieren, die ihn vielleicht nichts angingen.

»Schön haben Sie es hier«, sagte ich mit Blick auf den Pool und die ringsum stehenden mannshohen Palmen.

Collier wendete mit einer Gabel die Burgerpattys auf dem Grill. Kleine Flammen loderten auf, als das Fett durch den Rost tropfte. »Ich bin ungefähr an einem Wochenende im Monat hier. Im Sommer auch mal öfter.«

Ich nahm einen Schluck von dem Bier. Doch als ich das malzhaltige Getränk in meinem Mund schmeckte, bereute ich es bereits. Das Bier war gut, daran lag es nicht. Aber nach den vergangenen Lotterwochen wäre eine Cola als Aufputschmittel angebrachter gewesen. Ich beruhigte mich damit, dass mein Körper durch den Burger schon bald endlich den Treibstoff bekommen würde, den er benötigte.

»Ich dachte, Sie wohnen hier«, sagte ich.

»Nein«, antwortete er, ehe er sich mir zuwandte. Er stand direkt vor mir, unangenehm nah. Erst jetzt fiel mir auf, dass seine Augen hervortraten. »Mein Zuhause ist in Brüssel. Das hier ist bloß ein Ferienhaus.«

Während ich einen Schritt zur Seite trat, tauchte ein Mädchen Anfang zwanzig mit schulterlangen schwarzen Haaren neben Collier auf. Mit beiden Händen trug sie ein Tablett, auf dem die mit Beilagen und Soßen garnierten Burgerbrötchen lagen.

»Aber es ist Ihr Ferienhaus, richtig?«, fragte ich.

Collier nickte, während er mit der Gabel eine der Burgerscheiben auf dem Grill anhob. Dann ließ er sie wieder fallen und sagte dem Mädchen, dass sie das Tablett auf dem kleinen Tisch neben dem Grill abstellen könne. Sie folgte seiner Anweisung und verschwand danach mit schnellen, kleinen Schritten ins Hausinnere. Es war ein großes, weiß verputztes Haus mit Satteldach. An der linken Seite wuchs Efeu die Fassade empor. »Das Haus gehörte meinen Großeltern. Ich war als Kind oft bei ihnen zu Gast. Schon damals fand ich das Haus und die Aussicht beeindruckend.«

Ich richtete meinen Blick auf die Landschaft, die sich hinter dem Pool ausbreitete. In der Dunkelheit erkannte ich nicht viel. Doch die Umrisse ließen erahnen, dass die Fläche gänzlich den Wäldern und der Natur gehörte.

»Als mir das Haus vererbt wurde, war ich noch berufstätig. Ich schaffte es vielleicht alle drei Monate mal, nach Eupen zu kommen – was viel zu selten für dieses tolle Haus war. Deswegen habe ich nach ein paar Jahren beschlossen, drei Wohnungen daraus zu machen.«

Als ich mich umdrehte, stand er erneut direkt vor mir. Wieder viel zu nah. Er lächelte weltmännisch. Im Hintergrund das ausgelassene Gelächter der im Pool spielenden Frauen.

»Offensichtlich gefällt es den Jugendlichen hier«, stellte ich fest.

»Ja«, pflichtete er mir bei. »Das Haus ist eine Art Geheimtipp unter den jungen Leuten geworden. Ich meine, hier gibt es ja auch alles für einen fairen Preis: einen Pool, eine tolle Aussicht und eine gute Verpflegung am Morgen.«

»Das klingt nach einer Spaßgarantie«, bemerkte ich.

Weil er nicht sofort reagierte, dachte ich, er hätte mich nicht gehört. Nach ein paar Sekunden sagte er dann doch mit fahler Stimme: »Ja, die gibt es.« Sein linkes Auge zuckte, während sein Blick Richtung Terrassentür wanderte. Er machte ein Kreuzzeichen. Kurz darauf bemerkte ich die Madonnenstatue, die in einer kleinen Nische über der Schiebetür in der Hausfassade stand. »Bis auf das eine Mal.«

Ich wartete, ob er noch weiter ausholen würde. Aber bis auf ein schweres Schlucken zeigte er keine Regung.

»Was meinen Sie?«, hakte ich nach.

Er kratzte sich am Kopf, das schüttere graue Haar bewegte sich. »Es gab ein Mädchen«, sagte er leise. »Sie hieß Joleen Pohl. Sie hatte gerade ihr Abi gemacht, wollte nach dem Aufenthalt hier nach Frankreich zu ihrem Freund auswandern. Dazu ist es aber nie gekommen.«

»Was ist mit ihr passiert?«

»Das ist bis heute ein Rätsel geblieben.«

»Das heißt?«

Er redete nicht sonderlich gern über die Sache. Das merkte man ihm an.

»Sie gilt als spurlos verschwunden.«

»Wann war das?«

»2004«, antwortete er mit schwacher Stimme. »Aber auch nach der langen Zeit wühlt es mich jedes Mal aufs Neue auf, wenn ich daran denke. Und das tue ich jeden Tag.«

Collier spießte mit der Gabel die Fleischscheiben auf dem Grill auf und legte sie nach und nach auf die vorbereiteten Brötchenhälften. Dann garnierte er einen Burger mit Ketchup, Mayonnaise, Tomate und Gurken und setzte als Letztes die andere Brötchenhälfte obendrauf. Mit einem breiten Lächeln reichte er mir den Burger.

»Falls Sie noch etwas zur Übernachtung suchen – es ist heute etwas frei geworden«, sagte er plötzlich mit wieder erstarkter Stimme.

Ich hatte noch keine Ahnung, wo ich übernachten würde. Doch von der Idee, mich um nichts mehr kümmern zu müssen, war ich schnell angetan.

»Kommen Sie, wir stellen uns da vorn an einen der Tische«, wies er an und setzte sich in Bewegung. Ich folgte ihm zu einem der beiden Stehtische, die auf dem Stück Rasen zwischen Pool und Terrasse standen. Der Burger schmeckte außergewöhnlich gut. Doch nach zwei Bissen musste ich ihn kurz ablegen, da das Fleischstück verrutscht war.

»Ist es was Großes?«, nutzte Collier den Augenblick, ehe er seinen Mund weit aufriss und seine Zähne in den Burger hineingrub. Es war nicht so, als hätte ich auf die Frage nach dem Grund meiner Anwesenheit gewartet, aber mir war klar gewesen, dass sie irgendwann kommen musste.

Ich setzte zu einer ausweichenden Antwort an, doch ein Anruf hinderte mich daran, etwas zu sagen. Uma meldete sich, als ich abhob. Im Hintergrund vernahm ich das Rascheln von Papier und das Klirren einer Tasse.

»Wir haben die Förster und die Jagdvereine in Eupen und Umgebung befragt, ob ihnen Jäger bekannt sind, die einen Bogenjagdschein besitzen. Es gibt leider keinen einzigen.«

»Schade, das wäre auch zu einfach gewesen«, sagte ich, während ich ein paar Schritte in den Garten hinein machte, bis ich außer Hörweite war.

»Übrigens, die Presse hat eben angerufen. Sie weiß jetzt Bescheid über die Tat.«

»Den Zeitpunkt hätte ich lieber nach hinten verschoben«, antwortete ich. »Lässt sich ungestörter arbeiten ohne mediale Aufmerksamkeit.«

»Sorry, Piet, aber es kursierten bereits Gerüchte in den sozialen Medien. Wir haben das klargestellt, bevor noch mehr Blödsinn erzählt wird.«

Dass man nichts tun konnte, ohne dass irgendjemand sein

Handy zückte, drauflosknipste und das Foto ins Internet stellte, stieß mir immer wieder sauer auf. Diesmal aber versuchte ich, mich nicht allzu sehr darüber aufzuregen. »Na ja, hoffen wir, dass das gut geht«, sagte ich knapp. Mir kam ein anderer Gedanke. »Ich habe mal eine Frage: Collier sagt, dass ihm das Stück Wald gehört und er dort jagt. Kannst du überprüfen, ob das stimmt?«

»Woher kennst du Collier?«, fragte sie erstaunt.

»Er hat mich eben mitgenommen. Als ich im Wald mit meinem Auto liegen geblieben bin, fuhr er gerade vorbei.«

»Okay«, sagte sie missmutig. »Ist eigentlich egal, aber es ist schon merkwürdig, dass ausgerechnet er dich aufgesammelt hat. Aber ja, das Waldstück gehört ihm.«

»Was meinst du mit ›ausgerechnet er‹?«, fragte ich verdutzt.

»Na ja, Sara Hennens Handy ist aufgetaucht, und sie hat in den letzten Tagen nur mit drei Menschen telefoniert: mit ihrer Mutter, ihrem Mann und …«, Uma machte eine künstliche Pause, »… mit Collier.«

6

2004

Langsam streichelte Joleen ihren Bauch. Umkreiste den Nabel. Genoss das leichte Kitzeln, das bis in den Intimbereich vordrang. Sie schloss die Augen. Sie stellte sich vor, dass Benno neben ihr lag. Dass er es war, der sie streichelte. Sie berührte. Sie küsste. Sie liebte.

Doch ehe ihre Vorstellungskraft weiter an Fahrt aufnehmen konnte, kamen die dunklen Gedanken wieder. *Benno ist nicht dumm. Er wird sofort checken, dass du eine Fehlgeburt hattest.*

Joleen riss die Augen auf und warf die über ihr liegende Decke ab. Sie starrte auf ihren Bauch. Dort, wo bis vor drei Wochen noch ein kleines Töchterchen in ihr gewachsen war. Nur elf Wochen alt war sie geworden. »Genetische Veränderungen beim Fetus«, hatte der Arzt gesagt. Was das genau bedeutete, hatte Joleen nicht verstanden. Sie hatte es auch gar nicht verstehen wollen. Eigentlich war sie froh darüber, dass das Kind weg war. Dass es ihr nicht mehr im Weg stand. Ihre Gedanken waren ziemlich abgebrüht, das wusste sie. Sie könnte nie jemandem sagen, dass sie einem Teil von sich den Tod gewünscht hatte, bevor er beginnen konnte zu leben. Aber es war gut so. Das Kind hätte nur Probleme geschaffen. Da war sie sich sicher.

Sie war allein im Haus. Die anderen waren am frühen Morgen aufgebrochen, die Eupener Stadt erkunden. Joleen hatte Sara gesagt, sie habe Kopfschmerzen und würde sich lieber ausruhen.

Nun stand sie nackt vor dem Spiegel im Bad. Wieder betrachtete sie ihren Bauch. Drehte sich zur Seite, spannte die Bauchmuskeln an, um sie Sekunden später wieder zu lockern.

Er wird nichts merken. Wenn ich den Mund halte, wird Benno nichts davon erfahren.

Sie warf eine Aspirin ein. Dann hielt sie den Kopf unter den

Wasserhahn und ließ das Wasser laufen. Der Druck in ihrem Kopf ließ nach. Sie trank etwas Wasser und schob den Hebel weiter nach rechts. Der Wasserstrahl wurde kälter. Fast eine Minute lang ließ sie sich das Wasser über den Nacken laufen. Als sie es wieder ausstellte und den Kopf hob, waren ihre Lippen blau. Sie lachte, als sie es bemerkte und ihr bewusst wurde, dass die Extreme gar nicht so weit auseinanderlagen. Zu warm und zu kalt. Risiko und Vernunft. Freiheit und Verpflichtung.

Im Moment bist du frei, dachte sie. Du wirst zu Benno ziehen und ein neues Leben beginnen.

Das Leben, das sie sich immer gewünscht hatte. Mit dem Mann, von dem sie immer geträumt hatte. Benno Merlain. Franzose, gut aussehend, wohlhabend. Charmant und humorvoll. Privatier aus der Provence. Auf einer Gastromesse hatte sie ihn kennengelernt. Sie war für die Hotelkette, für die sie neben der Schule jobbte, als Vertreterin mitgereist. Bereits aus mehreren Metern Entfernung hatte sie ihn bemerkt. Seine Aura gespürt. Ihr Herz pochte heute noch schneller, wenn sie sich den Moment erneut vor Augen führte. *Schmetterlinge im Bauch.* Sie hatte diesen Ausdruck immer als Unsinn abgetan, aber in diesem Augenblick hatte sie die Schmetterlinge zum ersten Mal selbst gefühlt. Deswegen hatte sie sich auch gleich am ersten Abend auf ihn eingelassen. Sie liebten sich im Hotelbett. Benno überredete Joleen, den Aufenthalt über die Messe hinaus zu verlängern. Sie hängten das Wochenende mit dran. Benno bezahlte. Sie waren hin und weg voneinander. Ineinander verschossen. Verliebt. Romeo und Julia.

Doch als Joleen zu Hause in Köln ankam, holte sie die Realität wieder ein. Den ganzen Tag verbrachte sie auf der Toilette. Den ganzen Schampus, den Hummer und den Kaviar erbrach sie in die Schüssel. Sie erklärte es sich zunächst damit, dass irgendetwas mit dem Essen nicht gestimmt haben musste. Doch schon bald fiel ihr ein, was vor zwei Wochen gewesen war. Bevor sie Benno kennengelernt hatte. Sie hatte Xavier in der Kneipe getroffen. Ihren Ex, mit dem sie zu dem Zeitpunkt noch eine

On-off-Beziehung geführt hatte. Sie hatte die Pille nicht genommen und verfluchte sich nun dafür. Wie hatte sie so dumm sein können zu glauben, dass dieser Kelch an ihr vorübergehen würde?

Zwei Striche. *Den Test hättest du dir sparen können.*

Von Anfang an war ihr klar gewesen, dass Benno nichts davon erfahren durfte. Sie würde mit ihm Schluss machen, nahm sie sich vor. Sie würde ihn vergessen. Und in ein paar Jahren würde sie versonnen auf eine kurze Affäre zurückblicken. Nicht mehr, aber auch nicht weniger. Aber sie begriff schnell, dass es nicht so einfach sein würde. Denn Benno war ihr Traummann. Ihre Chance auf ein neues Leben. Ihre große Liebe.

Nach der elften Woche hatte sie es Xavier gesagt. Glücklich war er gewesen. Ganz anders, als sie erwartet hatte. Er schwor, sich zu bessern. Er sagte, dass Joleen und er es schaffen würden, wieder ein richtiges Paar zu sein. Einander zu lieben. Eine Familie zu sein.

In der Woche darauf war der Termin beim Arzt gewesen. Xavier hatte sich extra freigenommen, um sie abzuholen. Er war voller Liebe und Zärtlichkeit, voller Vorfreude. Als sie die Praxis betraten, hielten sie Händchen. Beim Ultraschall sah der Arzt dann, dass das Kind nicht mehr lebte. »Was wäre es denn geworden?«, fragte Joleen. Der Doc räusperte sich, während er die beiden ansah. »Ein Mädchen.«

Xavier hatte die ganze Zeit über kein Wort gesagt. Sein Blick blieb starr nach vorn gerichtet. Joleen weinte. Weil sie traurig war, dachte sie zuerst. Doch in Wirklichkeit war sie glücklich. Erleichtert. Darüber, dass ihr ein Leben mit Xavier erspart geblieben war. Joleen war klar, dass es das jetzt endgültig war. Zwischen ihm und ihr. Es gab keinen Grund mehr, eine Beziehung mit Xavier zu versuchen. Keinen einzigen. Sie konnte die Vergangenheit endgültig hinter sich lassen. Ein neues Leben beginnen. Sie hatte jetzt Benno.

7

Als ich zu dem Stehtisch zurückkehrte und Collier zur Rede stellen wollte, stand eine Frau – sie hatte etwa sein Alter – neben ihm. Sie legte ihren Kopf schief und grinste mir entgegen, während ich zu den beiden trat. Collier legte seinen Arm um ihren Körper. »Darf ich vorstellen: Das ist meine Frau Carla.«

»Angenehm«, entgegnete ich, während ich die Dame kurz musterte. Sie trug roten Lippenstift und einiges an Goldschmuck an Fingern und Ohren. Ein buntes Kleid, darüber eine seidene Jacke. Ich wandte mich wieder Collier zu. »Sie haben gestern mit Sara Hennen telefoniert.«

»Ja, das ist richtig«, sagte er unaufgeregt.

»Darf ich fragen, worum es ging?«, hakte ich nach.

Collier verdrehte die Augen. »Sie hat einen Gast angekündigt. Er soll aber erst in drei Wochen kommen.«

»Einen Araber«, ergänzte seine Frau. »Der muss wohl die richtigen Worte gefunden haben. Frau Hennen hat nämlich Deko im Wert von knapp tausend Euro mitbestellt.«

»Offenbar wollte er ursprünglich ein Hotelzimmer buchen, das von der Ausstattung luxuriöser ist als unsere Wohnungen«, sagte Collier. »Aber in Eupen gibt es kein Hotel mit Poolanlage. Und das war dem Gast wohl das Wichtigste.«

»Kennen Sie den Namen des Gastes?«, fragte ich.

Beide schüttelten den Kopf.

Wäre auch zu einfach gewesen.

Wir mussten Sara Hennens E-Mails durchforsten. Vielleicht würde sich darin etwas über den Scheich finden lassen. Und hoffentlich würde das Gespräch mit dem Schöffenkollegen Karl Melzer ein paar Hinweise bringen.

»Warum interessieren Sie sich für Sara Hennen?«, fragte Collier, während er mich mit seinen hervorstehenden Augen ansah.

Ich überlegte, ob ich ihm etwas sagen sollte. Eigentlich hätte ich den Mund halten und den Mord über eine offizielle Pressemitteilung kommunizieren sollen. Aber da Uma bereits die Presse informiert und wohl auch schon in den sozialen Medien ein Statement abgegeben hatte, sah ich keinen Grund mehr, die Info für mich zu behalten. Außerdem konnte ich, wenn ich Collier jetzt gleich in Kenntnis setzte, seine Reaktion beobachten.

»Sara Hennen wurde heute Nachmittag tot im Wald aufgefunden.«

Collier nickte wie benommen. Seine Frau schlug die rechte Hand vor den Mund und griff mit der linken nach der ihres Mannes. Sie hielten sich fest, so sehr, dass die Arme vor Anstrengung zitterten. Dann ließ Collier plötzlich von seiner Frau ab und flüsterte ihr etwas ins Ohr. Er redete so leise, dass sie ihn zunächst nicht verstand. Dadurch, dass er beim zweiten Mal etwas lauter sprach, konnte ich hören, was er sagte: »Du kannst die Reservierung streichen.«

Collier hatte angeboten, mich zum Präsidium zu fahren, doch als wir uns zu seinem Auto begeben wollten, fuhr Andrea Melchior vor. Sie trug einen auffälligen gelben Trenchcoat. Ihr Pony und der rote Haarreif saßen akkurat.

»Ich komme Sie abholen«, sagte sie so monoton wie ein Robotermodell aus einem Film der achtziger Jahre, während ein scheues Lächeln über ihre Lippen huschte.

Wir stiegen in ihren dunkelblauen, rund zehn Jahre alten Fiat 500 und rollten los. Am Werthplatz vorbei, den Hook hoch, dann auf die Aachener Straße. Es war ruhig auf den Straßen. Und genauso ruhig war es im Wageninneren. Melchiors Blick war allzeit auf die Straße gerichtet. Sie war nicht der Typ für lockeren Small Talk, das spürte ich sofort. Während wir vor einer roten Ampel standen, versuchte ich dennoch, das Eis zu brechen.

»Wollen wir uns nicht duzen?«, fragte ich. »Ich wollte es

Ihnen eigentlich schon vorhin angeboten haben. Ich denke, das macht alles einfacher.«

Sie starrte weiter nach vorn, ohne etwas zu sagen. Es blieb still. Unangenehm still. Es dauerte eine gefühlte Ewigkeit, bis die Ampel auf Grün sprang. Melchior fuhr an und bog nach ein paar hundert Metern in den Lascheterweg ein. Während sie die Kurve nahm, stieg von ihr der Duft eines billigen Parfüms auf, das nach Weihnachtskräutern roch. »Ich ziehe es vor, Sie zu siezen«, sagte sie schließlich in einem sachlichen Ton.

Mich überraschte die Antwort. Aus Brüssel war ich es gewohnt, meine Kollegen zu duzen. Man begegnete sich auf Augenhöhe, auch wenn die Dienstgrade unterschiedlich waren. Erfahrungsgemäß vereinfachte das die Kommunikation. Doch wenn Melchior das Sie vorzog, musste ich ihre Entscheidung respektieren.

»Wie Sie wollen«, sagte ich. »Ich dachte nur –«

»Sie dachten, Sie kriegen mich einfach so rum«, unterbrach Melchior mich. Jetzt wandte sie mir auch ihr Gesicht zu. Ich hoffte, darin ein Zeichen von Witz oder Ironie zu erkennen, doch ihr Ausdruck war todernst.

Ich fühlte mich komplett überrumpelt. Sie hatte mein Angebot in den völlig falschen Hals bekommen. »Entschuldigen Sie – das war überhaupt nicht meine Intention«, versuchte ich mich zu erklären.

Melchior lenkte den Wagen mit beiden Händen fest am Lenkrad in eine Einfahrt. Wir gelangten auf das Gelände eines Anwesens, auf dem eine cremefarbene Villa aus dem frühen 19. Jahrhundert thronte.

»So, da sind wir. Konzentrieren wir uns auf die Arbeit«, sagte sie und stieg aus. Und erst als ich ihr folgte und das beeindruckende Gebäude in voller Pracht vor mir stehen sah, erinnerte ich mich wieder daran, dass ich hier vor ein paar Jahren wegen eines Drogenfalls schon einmal zu Besuch gewesen war. Eingangssäulen aus Bruchstein, ein Schieferdach, Holzfenstertüren mit grünem Anstrich und der cremefarbene Putz, der sich über zwei Geschosse auf der Fassade erstreckte – so untypisch das Gebäude für die Niederlassung eines Polizeipräsidiums auch war, es war einfach schön anzusehen.

Es zog mich so stark in seinen Bann, dass ich Melchior ganz vergaß. Erst nachdem sie sich zweimal hintereinander laut geräuspert hatte, wandte ich den Blick von dem Gebäude ab und bemerkte, dass sie sichtlich genervt die Eingangstür geöffnet hielt.

Als ich ihr endlich folgte, würdigte sie mich keines Blickes. Wir eilten durch den Flur und gingen auf direktem Weg über die Holztreppe in die erste Etage, wo wir einen großen Versammlungsraum mit hoher Decke betraten. Es roch nach Essen, ich tippte auf Nudeln mit Tomatensoße. An einem etwa fünf Meter langen Holztisch saß Uma. Ihre Wangenpiercings bewegten sich auf und ab, während sie kaute. Mit einer Serviette wischte sie sich Tomatensoße aus dem Mundwinkel.

Richtig gerochen.

Als sie mich sah, sprang sie auf. »Kaffee?«

»Gern«, antwortete ich. »Mit Milch und Zucker.«

Sie verließ den Raum, und ich setzte mich auf einen Stuhl auf halber Länge des Tisches. Andrea Melchior hatte an dessen Ende Platz genommen. Sie hatte die Hände ineinandergefaltet und starrte auf die Tischoberfläche.

Ich überlegte, was ich sagen könnte, um die Stille zu durchbrechen. Aber dann rief ich mir unser Gespräch von vorhin in Erinnerung und ließ es bleiben.

»Melzer ist gerade angekommen«, sagte Uma, als sie kurze Zeit später mit einem gefüllten Pappbecher zurückkam.

Nachdem sie sich auch hingesetzt hatte, ergriff Melchior das Wort. »Wissen wir etwas über die Scheichs, die in der Mail von Melzer an Sara Hennen erwähnt wurden?«

»Nein«, sagte Uma. »Ich habe die Mails von Melzer an Hennen eben überflogen. Es gibt viele Anschuldigungen und Drohungen, aber nie ist von etwas Konkretem die Rede. Und Namen wurden überhaupt keine genannt.«

»Ich denke, da wird das Gespräch mit Melzer Aufschluss bringen«, sagte Melchior in einem nüchternen Tonfall.

Im selben Moment war ein lautes Poltern aus dem Treppenhaus zu vernehmen. Kurz danach betrat ein kräftiger Mann Mitte fünfzig den Raum. Seine Wangen waren rot, über der rechten Augenbraue prangte eine nicht zu übersehende Warze. Der Anzug, den er trug, saß eher schlecht als recht. Das weiße Hemd war drei, wenn nicht vier Nummern zu groß und ragte hinten aus der Hose. Auf Brusthöhe hatte sich ein Rotweinfleck auf die Größe einer Zwei-Euro-Münze ausgebreitet. Melzer machte ein paar wackelige Schritte, fand dann aber eine noch ausreichende Form von Gleichgewicht, indem er sich mit der Hand an der Wand abstützte.

»Setzen Sie sich«, sagte ich.

Melzer schüttelte den Kopf. Angestrengt atmete er über die Nase aus.

»Ich bleibe lieber stehen«, sagte er, während er sein Gewicht von einem Bein aufs andere verlagerte.

Uma prustete laut auf. Augenblicklich warf Melchior ihr einen ernsten Blick zu. Uma kriegte sich nur langsam ein, ein leises »Sorry« huschte über ihre Lippen.

»Gut«, sagte ich in Melzers Richtung. »Wenn Sie was brauchen, sagen Sie Bescheid.«

Er nickte.

»Sie kommen von einer Hochzeit, ist das richtig?«

»Ja«, antwortete er, bevor er kurz aufstieß.

»Wo war die Hochzeit? Wer hat geheiratet?«

»Mein Cousin Holger Fährman hat geheiratet, in Sankt Vith.«

Ich sah Melchior nicken. Offenbar sagte ihr der Name des Bräutigams etwas.

»Seit wann waren Sie dort?«

»Kurz nach Mittag hat die Feier begonnen«, sagte er. »Ähm, die Messe, meine ich.«

»Und Sie befanden sich die ganze Zeit in Gesellschaft?«

»Ja«, antwortete er, während er den Blick zur Decke richtete.

Damit schied er als Täter quasi schon aus. Die Fahrzeit von Sankt Vith bis Eupen betrug knapp eine Stunde. Wenn er über zwei Stunden weg gewesen sein sollte, müsste es jemandem aufgefallen sein.

»Wobei das nicht ganz stimmt«, korrigierte er. »Ich war eine Zeit lang auf Toilette. Habe gebrochen.«

Uma prustete abermals auf.

»Mensch!«, schimpfte Melchior, die sichtlich angespannt war. »Nun haben Sie sich doch mal unter Kontrolle!«

Uma hielt sich die Hand vor den Mund, während ich mit meiner Befragung fortfuhr. »Zu welcher Uhrzeit war das, dass Sie auf Toilette waren?«, fragte ich. Der Mord an Sara Hennen war gegen fünfzehn Uhr verübt worden. Demnach hätte Melzer sich von zwölf bis vierzehn Uhr in Sankt Vith aufhalten müssen, um danach nach Eupen zu fahren, den Mord zu verüben und um sechzehn Uhr wieder zurückzukehren.

Er stieß mehrmals seinen Körper nervös von der Wand ab und ließ sich wieder zurückfallen. »Da fragen Sie besser die anderen Gäste. Ich bin eingepennt. War wirklich fertig.«

Das kannte ich von Zwanzigjährigen. Aber einen Fünfzigjährigen hatte ich selten auf der Toilette versacken sehen.

»Das werden wir überprüfen«, vernahm ich Melchiors Stimme vom anderen Ende des Tisches.

»Darf ich mal erfahren, warum ich eigentlich hier bin?«, fragte Melzer. Seine Augen wirkten rot und aufgedunsen.

»Das verraten wir Ihnen gleich«, sagte ich. So leicht wollte ich ihn nicht davonkommen lassen. »Wir würden vorher gern noch etwas zu den Projekten des Scheichs erfahren.«

Melzer erstarrte. Er hatte das Wippen eingestellt, stand nun fest auf beiden Beinen und blickte auf den Boden. Und dann, nach einigen Sekunden, in denen kein anderes Geräusch als sein lautes Atmen zu hören war, verzog sich sein Gesicht langsam. »›Projekte‹«, wiederholte er verächtlich. »Der will uns 'ne Moschee auf den Werthplatz setzen!«

»Wer genau ist *der*?«, fragte ich.

»Al Jaber heißt er. Ein Scheich, wie Sie schon richtig erkannt haben. Ich bin ihm nie begegnet und, ganz ehrlich, will das auch nicht. Die Hennen hat Kontakt zu ihm. Sie hält wie immer schön die Hand auf, kassiert Provision und verkauft uns das Ganze dann als ›Neugestaltung von Stadtflächen‹. Einfach nur lächerlich. Dreist und lächerlich.«

»Ich verstehe noch nicht ganz«, sagte ich. »In welchem Stadium ist man bei der Neugestaltung des Werthplatzes? Ist die Moschee bloß eine Idee, oder gibt es konkrete Pläne?«

»Mit dem Werthplatz muss etwas passieren – das ist allen klar«, holte Melzer aus. »Im Moment ist es eine riesige, hässliche Parkfläche, die dreimal im Jahr für Festivitäten genutzt wird. Alle sind sich einig, dass der Platz einmal komplett überholt werden soll, bis auf das Kriegerdenkmal am oberen Ende. Es erinnert an die Gefallenen im Deutsch-Französischen Krieg von 1870 und steht unter Denkmalschutz. Und natürlich sollen die schönen, an beiden Seiten des Platzes errichteten Patrizierhäuser, in denen im 18. Jahrhundert die alten Tuchmacherherren lebten, viel besser zur Geltung kommen. Letztes Jahr hatten wir im Schöffenkollegium Ideen gesammelt, unter anderem auch einen Bewerberaufruf gestartet, bei dem Studenten und Landschaftsgestalter ihre Visionen präsentieren konnten. Das ist aber letztlich wegen Corona nach hinten verschoben worden. Im Juni kam Sara dann mit dem Scheich um die Ecke. Zuerst hieß es, sie hätte die Lösung für alles gefunden. Sie sprach von einem Investor, der den Werthplatz kaufen und eine Art Begegnungsort darauf installieren will. Ein Kollege hat dann herausgefunden, dass das eine Masche von diesem Al Jaber ist. Er schreibt ›Neugestaltung von irgendwas‹ in den Antrag, und am Ende kann er uns unter dem Deckmantel eines Begegnungsorts alles Mögliche vor die Nase setzen.«

»Es war also nicht explizit die Rede von einer Moschee«, stellte ich fest. »Und es gab auch noch keine konkreten Pläne. Richtig?«

Melchior und auch Uma schienen dem Gespräch aufmerksam zu folgen, blieben allerdings stumm.

»Ja, und es wurde auch alles nur im kleinen Schöffenkollegium besprochen. Aber glauben Sie mir, die Scheichs kaufen uns hier alles weg, ehe wir bis drei gezählt haben. Seit die vor ein paar Jahren gemerkt haben, dass wir Westeuropäer in ferner Zukunft nicht mehr auf Öl setzen wollen, gehen die auf unserem Immobilienmarkt auf Shoppingtour. Sie verklinkern ihr Öl sozusagen. Kaufen Grundstücke, Firmenbeteiligungen, Hotels – einfach alles!«

Ich sah ihn stirnrunzelnd an. Ich war mir für den Moment nicht sicher, was von dem, was er sagte, stimmte und was nicht. Ein Teil, wie groß er auch sein mochte, gehörte sicherlich in das Reich der Fabeln und Märchen.

»Sie glauben mir nicht«, sagte er fast eingeschnappt. »Bestes Beispiel: Schauen Sie sich unseren Fußballverein an. AS Eupen – kennen Sie, nehme ich an?«

Ich nickte schwach. Ich wusste, dass der Verein seit einigen Jahren in der ersten Division spielte und auf einem guten Weg war, sich in der Liga zu etablieren. Ich hätte jedoch keine Spieler aufzählen können.

»Gehört einem katarischen Investor«, sagte er. »Oder fahren Sie mal nach Malmedy, da gehört jedes zweite Haus, na ja, vielleicht auch jedes fünfte oder sechste, einem Scheich aus Katar.«

»Ich nehme an, es gab für all diese Transaktionen einen Kaufvertrag«, bemerkte ich.

Er sah mich trotzig an. »Was wollen Sie damit sagen?«

»Na, dass es bei einer Besitztumsübergabe immer einen Käufer und einen Verkäufer gibt. Und nur wenn beide einverstanden sind, kommt es zum Wechsel des Besitzes. Es gehören immer zwei dazu.«

»Das verstehen Sie komplett falsch«, dröhnte er. Melzer hatte sich warmgeredet. »Wir reichen den kleinen Finger, und sie nehmen die ganze Hand.«

Mir war nicht nach Thekensprüchen zumute. Außerdem

missfiel mir, wie sehr wir vom eigentlichen Thema abgekommen waren. »Sie haben Sara Hennen gedroht«, sagte ich.

Melzer passte es nicht, dass ich seine Brandrede nicht so würdigte, wie er das vielleicht erwartet hätte. Er musterte mich skeptisch, ohne etwas zu sagen.

»›Und weißt du, was man mit Frauen wie dir macht: verstümmeln und abschlachten!‹«, las ich den Text aus der Mail vor.

»Worum geht es hier eigentlich?«, fragte Melzer in einem aggressiven Ton.

Keine Frage, sein Blutdruck stieg aufs höchste Level.

»Sara Hennen ist tot«, sagte ich. »Sie wurde im Wald mit sieben Messerstichen hingerichtet. In ihrem Mund steckte ein Geldschein.«

Melzer sah mich ungläubig an. Mit einem Mal wurde sein Gesicht kreidebleich. Er rannte aus dem Raum in Richtung der Toiletten. Über den Flur hinweg hörte man Würgegeräusche. Immer und immer wieder. Als es nach fünf Minuten nicht besser wurde, erklärte sich Uma bereit, nach ihm zu sehen.

»Eindeutiger geht es nicht«, sagte Andrea Melchior, ohne aufzublicken. Sie schrieb eifrig in ihrem Notizblock. »Das Würgen ist ein klarer Beweis.«

»Ich hätte es mir noch eindeutiger gewünscht«, entgegnete ich. »Der Mediziner meinte doch, dass die Einstiche schwach waren. Melzer sieht für mich nicht wie ein alter Mann aus.«

»Wenn er es nicht war, dann einer der anderen Schöffen«, sagte Melchior, als gäbe es keine Zweifel.

»Können Sie die anderen für morgen früh vorladen?«, fragte ich.

Melchior nickte mit gesenktem Kopf.

»Dann lassen wir unseren Gast die Nacht über ausnüchtern und befragen ihn morgen noch mal«, schlug ich vor.

Melchior nickte ein weiteres Mal.

»Er sagt, er war's nicht«, sagte Uma, die soeben wieder den Raum betrat.

»Wo ist er?«, fragte Melchior. »Sie haben ihn doch nicht gehen lassen?«

Uma verdrehte die Augen. »Die Kollegen kümmern sich um ihn. Ich bin ja nicht bescheuert. Aber ich sage euch, er war's nicht. Der hat sich in seiner Mail groß aufgeplustert, aber in Wirklichkeit ist er eine kleine Nummer. Außerdem hat er von ›verstümmeln und abschlachten‹ geschrieben. Von Verstümmeln sehe ich aber nichts.«

Melchior räusperte sich, ehe sie das Wort ergriff. »Na gut, angenommen, Sie haben recht. Dann sieht mir das Ganze mehr nach der Zufallstat eines Sexualstraftäters aus.«

»Ich denke, da liegen Sie falsch«, widersprach Uma. »Denn dann würde der Geldschein im Mund des Opfers keinen Sinn ergeben.«

Da hatte Uma vollkommen recht. Der Geldschein spielte auf etwas an. Die Frage war nur, auf was. »Passt der Geldschein denn zu ihrem Wesen?«, fragte ich.

»Sara Hennen, Jahrgang 1986, der Vater Arzt, die Mutter Kindergärtnerin. 2004 Abi, dann zwei Jahre Informatikstudium in Maastricht ohne Abschluss, 2012 dann Master in Politischen Wissenschaften in Aachen, danach Praktikum im EU-Parlament in Brüssel, Promotion in Aachen und seit 2018 Mitglied der Liberalen Partei, für die sie seit 2019 als Schöffin fungiert.« Melchior ratterte den Lebenslauf herunter wie eine gelangweilte Nachrichtensprecherin.

»Sie liebte den Luxus, den Ruhm und das Schöne«, ergänzte Uma mit schwacher Stimme.

»Aber das tun viele andere auch«, entgegnete ich.

»Genau«, sagte Uma, deren Stimme beinahe versagte. »Dafür bringt man ja niemanden um.«

Ich sah ihr an, wie sehr die Situation sie mitnahm. Sara Hennen musste etwa in ihrem Alter gewesen sein. Vielleicht kannte Uma das Opfer gar persönlich.

»Und mal ehrlich, würden Sie zehn Euro als Luxus bezeichnen?«, fragte Uma weiter. »Ich meine, hätte der Täter auf ihre

Geldgeilheit anspielen wollen, dann hätte er ihr doch hundert Euro in den Rachen gesteckt oder zumindest fünfzig. Aber doch nicht zehn!«

»Na ja«, bekundete Melchior, die zum ersten Mal, seit sie an dem Tisch saß, aufblickte. »Er hätte auch fünf Euro nehmen können.«

Uma schüttelte schnaufend den Kopf. »Wie auch immer. Ich glaube, da passt noch vieles einfach nicht zusammen.«

Ob wir wollten oder nicht, so langsam setzte die Müdigkeit ein. Inzwischen war es kurz vor dreiundzwanzig Uhr, und wir sahen ein, dass es wohl mehr Sinn ergeben würde, die Ermittlungen am Folgetag fortzuführen. Erst die für morgen anberaumten Befragungen der Schöffenkollegen Melzers nährten die Hoffnung, mehr Licht ins Dunkle zu bringen.

Andrea Melchior verabschiedete sich als Erstes. Laut gähnend sah sie noch einmal nach Melzer, ehe sie die Eingangstür von außen ins Schloss fallen ließ.

Ich blieb mit Uma in dem Besprechungsraum zurück. Umas Lockerheit war wie verflogen. Nachdenklich blickte sie ins Leere.

»Du kanntest das Opfer«, sagte ich. Mir war bereits während unserer ersten Begegnung im Wald aufgefallen, dass sie nicht immer so souverän agierte, wie sie es sich offenbar wünschte.

Sie nickte betreten. »Sie war eine Freundin. In den letzten Jahren haben wir uns aber aus den Augen verloren.«

»Sie wollte wohl nach den Sternen greifen«, sagte ich, ohne sicher zu sein, ob der Kommentar passend war und ob ich mir überhaupt ein Urteil über ihre ehemalige Freundin erlauben durfte.

Uma presste ihre Hände gegen den Kopf und stand ruckartig auf. Dann stürmte sie zur Tür. »Ich muss hier raus«, sagte sie aufgeregt und marschierte in den Flur. »Wohin musst du?«

Ich sah sie verdutzt an. Ich verstand nicht ganz, was sie meinte.

»Oder bleibst du nicht in Eupen?«, fragte sie.

»Ach so«, sagte ich. »Ich muss zu Collier.«

»Was?«, fragte sie mit einem Ausdruck, als würde sie sich meinetwegen fremdschämen. »Du schläfst in dem Ferienhaus?«

»Ja, er hat mir ein Zimmer angeboten«, erklärte ich in dem Gefühl, mich rechtfertigen zu müssen.

Sie konnte sich ein Lachen nicht verkneifen. »Du meinst es wirklich ernst.« Sie war bereits an der Treppe angekommen und musterte mich verstohlen.

»Ich fürchte, ich habe keine andere Wahl«, antwortete ich schmunzelnd.

»Na ja, es gibt schlechtere Bleiben«, sagte sie grinsend. »Aber beschwer dich nicht, wenn du zu wenig Schlaf kriegst.«

Unten angekommen, hielt ich ihr die Tür auf. Ein erfrischender Windzug wehte uns entgegen. »Was meinst du?«, fragte ich.

»Na, in dem Ferienhaus ist immer was los«, erklärte Uma. »Aber vielleicht ist es ja das, was du suchst.«

»Nein, nicht unbedingt. Meine Partyzeiten sind eigentlich vorbei. Ich bin inzwischen in dem Alter, dass ich ein Bier in einer Kneipe bevorzuge.«

»Ach«, sagte Uma und ließ die Warnblinker an einem schwarzen Audi auf dem Parkplatz kurz aufleuchten. »Das kriegen wir auch noch hin.«

Wir stiegen ein. Als sie den Wagen startete, brummte er laut auf. Fröhlich zwinkerte sie mir zu. Dabei wurden die Grübchen sichtbar, in denen die Wangenpiercings blinkten. »Ich kenne da eine gute Kneipe. Hast du Lust?«

»Jetzt gleich, meinst du?«, fragte ich erstaunt.

Eigentlich sehnte ich mich nach meinem Bett. Außerdem würde mir nach den vergangenen Wochen, in denen ich gefühlt mehr Bier als Wasser getrunken hatte, eine Alkoholpause ganz guttun.

»Du bist ein Schnellchecker, was?«

Ehe ich antworten konnte, drehte sie die Musik voll auf. »Sabotage« von den Beastie Boys dröhnte aus den Lautsprechern. Dynamisch, aber nicht immer im Takt bewegte sie ihren Kopf auf und ab. Sie sang mit und lachte, ihre weißen Zähne schimmerten im Licht der Straßenlampen. Sie überschritt ein Tempolimit nach dem anderen, bretterte den Hook hinunter und bremste schließlich abrupt ab, um den Wagen in Windeseile auf dem Werthplatz abzustellen. Dann zog sie den Schlüssel aus dem Schloss und schnallte sich so schnell ab, als würde das Rennen draußen weitergehen. »Da sind wir schon«, sagte sie zufrieden.

Wir stiegen aus, und ich sah die Kneipe, von der Uma geredet hatte. »Pigalle«, prangte in gelber Neonschrift vor einer in Hellblau strahlenden Gitarre auf der Fassade. Die Gespräche der Gäste, die die Musik übertönten, drangen durch die weit geöffneten Fenster nach draußen.

»Das sieht aber ganz schön voll aus«, sagte ich.

Uma ging geradewegs auf die Kneipe zu. »Du meinst, es ist fast eine Party«, sagte sie kichernd.

Am liebsten hätte ich gefragt, ob es nichts Ruhigeres gebe. Doch Uma war bereits am Eingang angelangt.

»Wir trinken nur eins, okay?«, sagte sie, ehe sie sich den Scheitel zurechtlegte und die Pendeltür aufdrückte.

Ich folgte ihr. Ein Dunst aus Schweiß und Bier kroch in meine Nase. Warme, feuchte Luft stand in dem Raum. Kondenswasser rann an den Wänden herunter. Die Kneipe war im Stil eines Pubs eingerichtet und in L-Form geschnitten. Wir arbeiteten uns nach rechts vor und zwängten uns mühselig an den anderen Besuchern vorbei, bis wir an der Theke angelangt waren. Uma bestellte zwei Vilbas, ein lokales Bier, das innerhalb weniger Augenblicke serviert wurde. Wir stießen an und tranken einen Schluck.

Uma und ich unterhielten uns, oder, besser gesagt, wir versuchten es. Denn der Lärmpegel in dem Pub war derart hoch, dass ich nur jedes dritte Wort verstand. Ich fragte sie, ob sie in Eupen aufgewachsen sei, aber ich hätte ihre Antwort nicht mal sinngemäß wiedergeben können. Da Uma offensichtlich mit dem gleichen Problem zu kämpfen hatte, hörten wir irgendwann auf, uns gegenseitig Fragen zu stellen. Schulterzuckend sahen wir uns an. Der DJ spielte einen Remix von t.A.T.u: »All the things she said«. Uma schloss die Augen und fing spontan an zu tanzen.

Ich nahm einen großen Schluck von dem Bier und sah mich in der Kneipe um. Größtenteils Jugendliche hielten sich in dem Pub auf. Die meisten tranken Starkbier, unterhielten sich und alberten herum. Als sich mein Blick zum Rand der Theke bewegte, fiel mir eine Frau auf. Die Kombination aus den kurz rasierten Haaren und der Jeansjacke hatte ich heute Nachmittag schon einmal gesehen. Es gab keinen Zweifel. Schräg gegenüber auf der anderen Thekenseite stand die junge Frau, die ich bei meiner Ankunft in Eupen fast überfahren hätte. Zunächst dachte ich, dass sie einfach nur stark gestikulierte, doch je länger ich sie beobachtete, desto augenfälliger wurde es, dass sie in Gebärdensprache mit ihrem Gegenüber kommunizierte.

Und dann, von jetzt auf gleich, traf mich ihr Blick. Ihre Augen waren hellblau, doch sie wirkten, als wären sie grau. Ihr Gesicht verzog sich. Aus irgendeinem Grund schien mein Anblick ein beklommenes Gefühl in ihr auszulösen. Dann, nach etwa fünf Sekunden, wandte sie den Blick ab und führte das Gespräch mit ihrem Gegenüber fort.

Ich nahm einen letzten Schluck von dem Bier, ehe ich mich an Uma wenden wollte. Doch sie stand nicht mehr neben mir. Auch unter den im Raum verteilten Besuchern konnte ich sie nicht ausmachen. Da ich eh die Intention hatte, das Lokal zu verlassen, zwängte ich mich durch die Pendeltür nach draußen.

»Du hattest recht: Es ist zu voll«, vernahm ich ihre Stimme, sobald ich unter freien Himmel trat.

»Dass ich aus dem Alter raus bin, war mir bewusst. Aber du bist doch ein paar Jahre jünger«, sagte ich scherzhaft.

»Ja, aber auch junge Leute brauchen Luft zum Atmen«, sagte sie, ehe sie ohne Pause fragte: »Fahr ich dich zu Collier?«

»Ich denke, ich gehe die paar Meter zu Fuß«, antwortete ich. »Die frische Luft wird mir guttun.«

»Okay«, sagte Uma. »Dann sehen wir uns morgen.«

Ich winkte ihr zum Abschied und machte mich auf den Weg. Ich zog an den Patrizierhäusern, der kleinen Werthkapelle und dem Kriegerdenkmal vorbei und erreichte schon bald das Fußballstadion der AS Eupen. Als ich das große Banner eines Fußballers sah, zückte ich reflexartig mein Handy. Wie fremdgesteuert tippten meine Finger auf die Sportwetten-App. Von jetzt auf gleich war ich in einer anderen Welt und schloss, während ich weiter die Straße entlangging, ein paar Wetten für den folgenden Tag ab.

Ich schaute erst wieder auf, als mir ein Mann geradezu entgegeneilte. Er war Mitte fünfzig, trug einen dunkelgrünen Hut und hatte einen zerzausten, langen grauen Bart. Schnaufend zog er an mir vorbei und rempelte mich dabei an.

Was ist das für ein Typ?

Ich fasste mir an die Schulter und sah ihm verwirrt hinterher. Ihm jedoch schien die Kollision nichts ausgemacht zu haben. Er stiefelte nämlich unbeirrt weiter.

Wie auch immer. Als ich wenige Augenblicke danach das Ferienhaus erreichte, hatte ich den Vorfall bereits vergessen. Die indirekte Gartenbeleuchtung schuf ein warmes Ambiente. Es war ruhig, die Partymeute schlug sich wahrscheinlich durch die Kneipen der Stadt. Nur das plätschernde Wasser im Pool war zu hören.

Ich ging zur Tür, die zu dem Gebäudeteil gehörte, auf den Collier vor ein paar Stunden gezeigt hatte, als er mir das Angebot unterbreitet hatte, hier zu übernachten.

Nur, wie kommst du jetzt in das Haus?

Ich sah unter der Fußmatte nach und entdeckte einen Umschlag, auf dem »PD« stand. Ich öffnete ihn, und zu meiner großen Erleichterung kamen zwei Schlüssel zum Vorschein.

Dabei lag ein Zettel:

Ihr Auto steht repariert am Straßenrand.
Schlafen Sie gut.
Alain Collier

Zufrieden schloss ich die Wohnung auf und merkte gleich beim Eintreten, wie müde ich war. Ich zog die Hose aus, putzte mir flott die Zähne, stellte das Fenster auf Kipp und legte mich ins Bett. Ich wusste, dass ich heute nicht lange zum Einschlafen brauchen würde.

Ich war auch schon halb weg, als ich draußen Schritte hörte. Zunächst dachte ich, sie gehörten zu dem Traum, den ich angefangen hatte. Aber als sie immer näher kamen, gab es keinen Zweifel mehr, dass sie der realen Welt entstammten. Widerwillig öffnete ich die Augen. Ich drehte mein Gesicht zum Fenster. Und mit einem Mal fuhr Gänsehaut über meinen gesamten Körper. Denn ich sah ihn. Den Mann, der mich vorhin angerempelt hatte. Er stand direkt vor dem Fenster.

8

»Ich wünschte, ich könnte meinen Kopf ausschalten. Ich wünschte, ich würde mir weniger Gedanken machen. Aber die Bilder gehen nicht weg. Sie sind immer da. Am schlimmsten ist es abends, wenn alles still ist. Ich die Augen schließe. Dann sehe ich sie. Wie sie strampelt, wie sie winselt. Und wie sie um ihr Leben fürchtet.«

»Mein Engel, das tut mir so leid für dich. Aber glaube mir, das ist eine ganz normale Reaktion deines unerfahrenen Köpfchens. Das wird eines Tages aufhören.«

»Aber ich will, dass es jetzt aufhört.«

»Hör zu, das ist wie bei einem kleinen Kind, das Schwimmen lernt. Am Anfang hat es Angst vor dem Wasser. Es weiß nicht, wie es sich darin bewegen soll, ohne unterzugehen. Es legt die Angst erst ab, wenn es übt. Und wenn es schließlich sicher ist, dass es eigenständig im Wasser überleben kann.«

»Was willst du mir damit sagen?«

»Du musst weitermachen. Richte den Blick nach vorn und denke daran, dass du diejenige bist, die bestimmt, was passiert.«

»Ich kann das nicht. Ich bin zu schwach dafür.«

»Lass mich dir noch etwas erklären: Stell dir vor, du stehst auf einer Straße. Warte, besser noch, stell dir vor, es ist ein Highway in den USA. Also eine unendlich lange Fahrbahn, links und rechts siehst du nichts als Steppe. Plötzlich eruptiert ein Vulkan, Gesteinsbrocken werden in die Luft geschleudert, eine riesige Aschewolke legt sich über das Land, und ein mächtiger Lavastrom taucht hinter dir auf. Du sitzt im Auto. Die Lava verfolgt dich. Und sie ist schnell, sie ist gerade dabei, dich einzuholen. Du darfst auf keinen Fall stehen bleiben, ja nicht mal abbremsen. Du musst schneller werden, denn wenn sie dich hat, verbrennst du. Schmilzt du. Bist du tot.

Und genau in dem Moment, wo es auf jede Sekunde an-

kommt, genau dann läuft ein Tier auf die Fahrbahn. Es kommt von der Steppe, es läuft parallel zur Lava. Es läuft so oder so ins Verderben, weil es sich überschätzt. Weil es denkt, es ist schlauer als die Lava. Schlauer als du. Es denkt, du lässt es vorbei. ›Ach, das naive Etwas wird doch schon bremsen für mich‹, sagt es sich. Aber das machst du natürlich nicht. Sag mir, was würdest du tun in dieser Situation?«

»Was für ein Tier ist es?«

»Das ist genau die richtige Frage. Lass mich kurz überlegen. Hm. Nehmen wir an, es ist etwas Kleines.«

»Eine Maus?«

»Dafür würde wohl niemand anhalten. Nicht mal für ein Huhn würde jemand bremsen.«

»Stimmt.«

»Hingegen, wenn das Tier zu groß ist, ein Pferd zum Beispiel, dann würde ich dir nicht empfehlen weiterzufahren. Das Risiko, selbst verletzt zu werden, wäre zu groß. Was aber wäre, wenn das Tier ein Schaf, eine Ziege oder ein Reh ist? – Du sagst nichts? – Du blickst zu Boden und sagst nichts. Ich vermute, du schweigst, weil du die Antwort schon kennst. Wir haben keine andere Wahl, das hast du richtig erkannt. Du musst weiterfahren. Und wenn du das Reh überfährst, dann tust du das, um dein eigenes Leben zu retten. Und wenn dem Reh etwas passiert, trägt es selbst die Schuld daran. Das ist doch mehr als einleuchtend, findest du nicht?«

»Ja, das ist es.«

»Das beruhigt mich. Dann wird es beim nächsten Mal besser funktionieren.«

»Beim nächsten Mal?«

»Ja, gleich morgen früh. Er ist selbst schuld.«

Sonntag,
25. September 2022

9

Als ich am nächsten Morgen aufwachte, war es bereits hell. Die Strahlen der aufgehenden Sonne drängten sich durch den Spalt zwischen den Gardinen hindurch. Draußen klapperte Geschirr. Ich las die Uhrzeit von meinem Handydisplay: acht Uhr fünfundzwanzig.

Verdammt! Du hättest dir einen Wecker stellen sollen.

Ich wusste zwar nicht, für wie viel Uhr die Schöffenkollegen von Sara Hennen vorgeladen waren, aber ich startete den Tag prinzipiell nicht gern mit Rückstand. Ich zog mich flott an und wusch mir das Gesicht. Auf dem Weg nach draußen rief ich Melchior an. Doch ich erreichte sie nicht, nach mehrmaligem Tuten sprang lediglich die Mailbox an. Aus der Ferne sah ich Collier. Er stieg gerade aus dem Pool, griff nach einem Handtuch auf der Liege und trocknete sich das Gesicht ab.

»Danke für die Autoreparatur«, sagte ich. »Was bekommen Sie dafür?«

Er legte den Kopf schief und schüttelte Wasser aus dem rechten Ohr. »Gern geschehen. Das war ein Freundschaftsdienst«, sagte er weltmännisch. »Mögen Sie lieber Kaffee oder Tee?«

»Vielen Dank«, sagte ich. »Ich fürchte, für den Kaffee habe ich heute keine Zeit. Bin spät dran.«

Collier begann lauthals zu lachen, während er sich mit dem Handtuch den Rücken abrubbelte. »Aber Herr Donker, Sie können doch Ihre Kollegin nicht allein frühstücken lassen.«

Zunächst verstand ich nicht, was er meinte. Doch dann sah ich mich im Garten um und entdeckte Uma. Sie saß Kaffee trinkend an einem der Tische und winkte mir fröhlich zu. Als ich bei ihr ankam, biss sie gerade genüsslich in das mit Nougatcreme beschmierte Croissant hinein.

»Ich dachte, ich leiste dir etwas Gesellschaft«, sagte sie mit vollem Mund.

»Das ist nett«, entgegnete ich. »Aber sollten wir nicht los?«

»Mach dich locker«, sagte sie, während sie sich im Stuhl zurücklehnte. »Wir fahren gleich nach dem Frühstück. Melchior wird sich schon melden, wenn es was Dringendes gibt.«

Ich sah sie skeptisch an und zögerte noch, mich zu setzen.

»Was darf ich Ihnen bringen?«, vernahm ich eine leise Stimme von hinten. Die junge Frau, die Collier am Vorabend die Burgerbrötchen gebracht hatte, huschte erst wie ein Wiesel an mir vorbei und stellte sich dann mir gegenüber hin. Sie starrte auf ihren Block und den Stift, während sie auf meine Bestellung wartete. Ich überlegte lange, schaute dabei immer wieder gierig auf Umas Croissant. Am Ende aber bestellte ich einen Kaffee, ein Käsebrötchen und ein hart gekochtes Ei. Die junge Frau nickte knapp, ehe sie weiter zu dem Tisch zog, an dem zwei der Mädchenclique saßen, die sich am Vorabend im Pool vergnügt hatte. Die beiden trugen Sonnenbrillen und sahen ziemlich angeschlagen aus.

»Dein Auto läuft wieder?«

»Ich denke, ein Bekannter von Collier hat es repariert«, antwortete ich Uma. Collier ging gerade fast wie in Trance mit geschlossenen Augen an den Tischen vorüber, während im Hintergrund ein blonder Mann mit kernigem Gesicht mit Hilfe eines Keschers mühsam den Pool reinigte.

»Beeindruckend, wie er das immer schafft«, sagte Uma.

»Was meinst du?«

»Collier«, sagte sie. »Er isst bis mittags nichts. Absolut gar nichts. Das ist krass, oder?«

»Ja«, pflichtete ich ihr bei. »Das wäre auf jeden Fall nichts für mich. Ohne Frühstück würde mir irgendwann die Energie ausgehen. Warum macht er das?«

»Ach, er hat Probleme mit seiner Schilddrüse, glaube ich. Und da hat er auf irgendeinem Wohlfühlseminar gemerkt, dass es ihm besser geht, wenn er mehrere Stunden am Stück nichts isst.«

Schilddrüsenprobleme würden die hervorstehenden Augen erklären.

»Intervallfasten nennt man das«, ergänzte ich. »Das soll tatsächlich etwas für die Gesundheit bringen, allerdings muss man dann mit einem knurrenden Magen leben.«

Umas plötzliches Loslachen brachte die Bedienung in Verlegenheit. Beim Abstellen der Kaffeetasse vor mir zitterte ihre Hand derart, dass der Kaffee überschwappte.

»Das macht nichts«, sagte ich, während sie nervös das Danebengegangene mit einer Serviette aufwischte. Im Hintergrund sah ich Collier, der sich ins Gras setzte und die junge Frau unaufgeregt beobachtete. Als sie sich von dem Tisch entfernt hatte, schloss er die Augen und nahm eine Yogaposition ein.

»Schau genau hin«, sagte Uma spöttisch. »Wenn du mal genug Geld hast, kannst du es dir auch leisten, nach dem Morgenschwimmen noch eine Stunde Yoga zu machen.«

»Von wie viel Geld reden wir?«, fragte ich. Ich hatte nichts dagegen, mehr über Collier zu erfahren.

»Er hat viele Felder und Ländereien. Die meisten hat er verpachtet. Marc Kall, der hier im Ferienhaus auch nach dem Rechten sieht, bestellt einige von ihnen mit Mais und anderen Gemüsesorten. Na ja, dann hat Collier noch das Ferienhaus. Und was er in Brüssel noch alles besitzt, das weiß ich nicht. Aber da er hier keinen Finger krumm macht, denke ich, dass er noch einiges in der Hinterhand hat.«

Uma schob sich das letzte Stück Croissant in den Mund, was sie aber nicht davon abhielt, weiterzusprechen. »Aber«, sagte sie mit erhobenem Zeigefinger, »er ist ein cooler Typ. Er ist nämlich der Einzige, der sich nicht über den Nachtwandler beschwert.«

»Den Nachtwandler?«, fragte ich ahnungslos.

»Den wirst du auch noch kennenlernen«, sagte Uma belustigt. »Er streunt die ganze Nacht in Eupen herum. Hat überhaupt kein Problem damit, fremde Gärten zu betreten und Hausbewohner auszuspionieren.«

»Wie sieht er aus?«, fragte ich.

»Wie ein zotteliger Streuner«, sagte Uma lachend.

»Trägt er einen Hut?«

»Ja. Sag bloß, du bist ihm schon begegnet?«

»Ja, mein Gott«, sagte ich. »Er hat mich gestern Abend angerempelt und stand kurze Zeit später vor meinem Schlafzimmerfenster. Der Kerl hat mich zu Tode erschreckt.«

Uma schmiss sich weg vor Lachen.

»Mit dem stimmt doch irgendwas nicht, oder?«

Sie kam aus dem Lachen gar nicht mehr raus.

»Los, sag schon. Was ist mit ihm?«, hakte ich ungeduldig nach.

»Nichts«, sagte sie, als sie es endlich schaffte, das Lachen zu unterbinden. »Er beobachtet nur Menschen.«

»Einfach so?«

»Sein Sohn ist früh gestorben«, sagte Uma, die plötzlich todernst war. »Die Menschen erzählen sich, dass der Nachtwandler in fremde Wohnzimmer schaut, weil er hofft, dort seinen Sohn zu finden.«

Ich setzte gerade dazu an, einen Schluck Kaffee zu nehmen, als mein Handy klingelte.

»Melchior«, meldete sich die Kollegin am anderen Ende.

»Guten Morgen«, grüßte ich. »Sie rufen sicher wegen der beiden Schöffen an.«

»Funktioniert Ihr Auto wieder?«, antwortete sie mit einer Gegenfrage. »Oder kommt Frau Ortmann Sie abholen?«

»Beides«, entgegnete ich.

Uma kicherte, als ihr meine Verlegenheit auffiel.

»Wie ich höre, ist sie schon bei Ihnen«, bemerkte Melchior in einem Ton, der mir das Gefühl gab, bei etwas ertappt worden zu sein.

»Ja, richtig«, antwortete ich. »Wir machen uns jetzt gleich auf den Weg ins Präsidium.«

»Nein«, grätschte sie entschlossen dazwischen. »Nicht ins Präsidium.«

»Nicht ins Präsidium?«, wiederholte ich fragend. »Wo treffen wir uns dann?«

»Im Park Klinkeshöfchen«, sagte sie. Im Hintergrund war Vogelgezwitscher zu hören.

»Klinkeshöfchen?«

»Fragen Sie Frau Ortmann«, ergänzte Melchior. »Sie weiß, wo der Park liegt.«

Ich registrierte, wie Uma mir zunickte, ehe sie den Stuhl lautstark nach hinten rückte, aufstand und den Rest Kaffee in sich hineinkippte.

»Und beeilen Sie sich«, sagte Melchior mit tiefer Stimme. »Dort wartet eine Leiche auf uns.«

Der Park lag mitten in der Stadt. Auf den ersten Blick fiel mir auf, dass er weitläufig war und sich durch eine außergewöhnliche Baum- und Strauchvielfalt auszeichnete. Direkt hinter dem Parkplatz befanden sich ein Minigolfplatz und mehrere Pétanquebahnen. Die Parkeingänge wurden bereits durch Kollegen bewacht, das hinderte jedoch die Schüler der direkt an den Park grenzenden Schule nicht daran, durch den Zaun hindurchzulugen und mit ihren Handys Aufnahmen zu machen.

Über einen etwa zwei Meter breiten Gehweg, der uns unter dicken und groß gewachsenen Laubbäumen hindurchführte, gelangten wir zu Melchior. Sie stand vor einer dichten und hohen Strauchgruppe und winkte uns zu. Bei ihr angekommen, zwängten wir uns nach einer kurzen Begrüßung zwischen zwei Sträuchern hindurch, um zu der dahinter versteckten Leiche zu gelangen. Es war eng und dunkel. Die Mitarbeiter der Spurensicherung hockten vor der Leiche und schossen Fotos. Als sie unsere Anwesenheit wahrnahmen, traten sie einen Schritt zur Seite und gaben den Blick frei. Der Tote war männlich. Ich schätzte ihn auf Anfang bis Mitte dreißig – also ungefähr das gleiche Alter wie Sara Hennen. Es gab aber noch eine auffälligere Gemeinsamkeit: Die Leiche des Mannes war genauso hergerichtet wie die der Politikerin. Auch er war nackt und lag mit dem Bauch auf dem Boden. Füße und Hände waren auf dem Rücken zusammengebunden.

Man könnte meinen, dass der Anblick dieser zweiten Leiche einen nicht mehr so stark treffen sollte wie der der ersten. Die Annahme, dass die Wiederholung die Wirkung des Bösen schmälert, ist jedoch ein Trugschluss. An diesen Anblick gewöhnt man sich nie.

»Kennen Sie das Opfer?«, fragte ich Melchior, die wie angewurzelt neben mir stand. Der ansonsten akkurat sitzende Haarreif war durch die Berührung mit den Sträuchern in Schieflage geraten. Einige Haare waren nach vorn gefallen und hingen ihr über die Stirn. In einer langsamen Bewegung legte sie sie nach hinten.

»Xavier Thieron«, sagte sie tonlos.

In demselben Moment drängte Uma mich beiseite. Ihrem Gesicht war komplett die Farbe entwichen. Eilig suchte sie einen Weg durch die Sträucher hindurch ins Freie. Offenbar hatte sie ein Problem damit, sich in der Gegenwart von Leichen aufzuhalten.

»Geht es?«, fragte ich.

»Macht weiter«, sagte sie. Hinter ihr federte der Ast des Strauches, den sie beim Hinausgehen weggedrückt hatte, wieder zurück.

Melchior zuckte mit den Schultern.

»Gibt es eine Verbindung zu dem Scheich?«, setzte ich meine Fragerunde fort.

»Das Opfer hatte häufig wechselnde Liebschaften«, sagte Melchior trocken. »Näheres erfahren wir wohl erst, wenn wir sein Handy und seinen Laptop überprüft haben.«

»Woher wissen wir das mit den Liebschaften?«

Melchior räusperte sich. »Er ist in Eupen kein Unbekannter.«

»Ist Melzer noch in der Ausnüchterungszelle?«

Sie nickte. »Den Mord an Sara Hennen kann er jedoch nicht begangen haben. Es gibt Videoaufnahmen von der Hochzeit, die er besucht hat. Darauf ist er in regelmäßigen Abständen zu sehen. Und zwar so oft, dass er als Täter nicht in Frage kommt.« Melchior räusperte sich erneut, ehe sie fortfuhr. »Zudem bestätigen sowohl die zwei Schöffenkollegen als auch die Bürgermeisterin, die ich eben telefonisch erreicht habe, seine Version der Ereignisse. Im Kollegium waren offensichtlich drei gegen das Angebot des Scheichs und zwei dafür. Wobei das Projekt wohl noch in den Kinderschuhen gesteckt hat und keineswegs spruchreif war. Allerdings, so die anderen Schöffen, konnte Sara Hennen sich schnell in etwas festbeißen. Und sie hat wohl auch schon Projekte gegen den Willen ihrer Kollegen allein durchgezogen.«

»Tolle Recherchearbeit!«, lobte ich.

Und was hast du in der Zeit gemacht? Gepennt, Kaffee getrunken und einem alten Mann beim Yoga zugesehen.

»Wie wurde er getötet?«, fragte ich.

Melchior blickte einen der in weiße Overalls gekleideten Männer an, der skeptisch herüberschielte. Er musste der Mediziner sein.

»Ein Pfeilschuss. Mitten ins Herz«, sagte er.

Ich war immer wieder aufs Neue verblüfft, wie nüchtern Mediziner sein konnten. Ich versuchte, mich anzupassen. »Todeszeitpunkt?«

»In den frühen Morgenstunden. Ich schätze, so drei, vier Uhr.«

»Eine Gruppe von Schülern hat ihn kurz vor Schulbeginn gefunden«, ergänzte Melchior. »Sie wollten hinter den Sträuchern, na ja, wie sagt man das, ›eine durchziehen‹?«

Ich nickte, um zu signalisieren, dass ich verstanden hatte. Eigentlich aber überlegte ich bereits, was den Täter antrieb. Offenbar war ihm daran gelegen, mit der Inszenierung der Leichen etwas auszudrücken, gleichzeitig hatte er diese hier hinter den Sträuchern versteckt.

Welchen Plan verfolgt er?

»Wurde er misshandelt?«, fragte ich.

»Keine Anzeichen dafür«, sagte der Mediziner. »Sara Hennen übrigens auch nicht.«

»Sind Sie sich sicher?«, hakte ich nach. So wie Sara Hennen

drapiert worden war, hätte man davon ausgehen können, dass sich jemand an ihr vergangen hatte.

»Ja, das ist sicher«, sagte er nickend. »Das können wir inzwischen bestätigen.«

Das machte die Sache nicht einfacher. »Steckte ein Geldschein in dem Mund des Opfers?«

Der Mediziner nickte emotionslos. »Ja, ein Fünf-Euro-Schein.«

Warum kein Zehn-Euro-Schein wie bei Sara Hennen?

»Gab es sonst etwas Auffälliges? Schminke zum Beispiel?« Bei Sara Hennen hatte der Täter die Augenlider golden gefärbt.

»Nein«, antwortete der Mediziner in einem inzwischen genervten Ton. »Wir würden dann gern weitermachen, wenn es Sie nicht stört.«

Melchior und ich wollten die Spurensicherung nicht länger aufhalten und zwängten uns in gebückter Haltung durch die Sträucher. Unter freiem Himmel sah ich, dass Uma in ein paar Metern Entfernung stand. Ihr Gesicht hatte in der Zwischenzeit wieder etwas Farbe gewonnen.

»Jetzt haben wir es also doch mit einem Serienmörder zu tun, oder?«, fragte Melchior, die ihren Blick abwechselnd auf mich und Uma richtete.

»Es sieht ganz danach aus, aber noch ist es nur Spekulation«, sagte ich. »Dagegen spricht, dass die Morde zwar wie das gleiche Ritual aussehen, in der Durchführung aber nicht alles zu gelingen scheint oder, was wahrscheinlicher ist: dass die Taten nicht konsequent durchgezogen werden. Zum Beispiel scheint der Pfeil beim ersten Mal nicht so präzise abgefeuert worden zu sein wie gewünscht, und dem zweiten Opfer wurden fünf Euro statt zehn in den Mund gelegt, außerdem wurde es nicht geschminkt. Trotzdem können wir wegen der Ähnlichkeit der Fälle wohl von ein und demselben Täter ausgehen. Oder Täterin.«

Melchior überprüfte mit beiden Händen, ob der rote Haarreif noch an Ort und Stelle war. Dass er schief saß, verunsicherte sie sichtlich. »Er könnte ein Anfänger sein«, entgegnete sie, während sie in ihren Haaren wühlte. »Was nicht dagegenspricht, dass es der Beginn einer Serie ist. Vielleicht war er beim ersten Mord so nervös, dass er nicht direkt ins Ziel getroffen hat. Beim zweiten Mord war er dann schon souveräner.«

Uma wischte sich angestrengt mit der Hand durchs Gesicht. Sie versuchte, ein Gähnen zu verstecken, doch ihr Atem produzierte einen ungewollten Ton. Sie sah zwar müde und geschafft aus, aber sie schien dem Gespräch weiterhin zu folgen.

»Das ist schon richtig«, sagte ich. »Ich denke, es ist jetzt erst mal wichtig, den Lebenslauf des Opfers gründlich nach Verbindungen zu Sara Hennen zu durchsuchen. Dann sehen wir weiter.«

»Es gibt eine Verbindung«, sagte Uma unvermittelt.

»Ach.« Melchior klang erstaunt. »Und welche?«

»Es ist lange her«, sagte Uma mit leiser Stimme. »Aber ich denke, es ist wichtig, dass Sie es wissen: Die beiden waren einmal Freunde.«

10

2004

Sie ertrug sie nicht mehr, die Einsamkeit. Sie ertrug sich selbst nicht mehr. Sich und ihre Gedanken. Die Angst, dass Benno etwas merken könnte. Die Sorge, dass der Schritt, aus ihrer Heimat wegzugehen, der falsche wäre. Das Für und das Wider ihrer Entscheidung liefen in Dauerschleife durch ihren Kopf. Ihre Zweifel gaben keine Ruhe. Erst als die Tränen kamen, fühlte es sich so an, als entlade sich der Druck. Für einen Augenblick erfüllte sie Leichtigkeit. Doch es war ein trügerisches Gefühl. Denn die Furcht, dass der Traum, das schöne neue Leben mit Benno, am Ende platzen würde, war kurze Zeit später wieder zurück.

Sie rief Benno an. Sie musste mit ihm sprechen. Seine Stimme hören. Sie wollte ihm alles sagen. Um Ruhe in ihren Kopf zu bekommen, musste sie die Vergangenheit endgültig hinter sich lassen. Den Ort verlassen. Eupen und ihr Zuhause. Sie hielt es hier nicht mehr aus. Sie wollte zu Benno, so schnell wie möglich.

Doch er ging nicht ran. Die Mailbox. Aus Erfahrung wusste Joleen, dass es nichts brachte, Leuten etwas auf die Mailbox zu sprechen. Die meisten Menschen riefen eh zurück und fragten, was war, ehe sie die Mailbox abhörten. Joleen packte ihre Sachen zusammen. Sie warf alles wild in ihre große Sporttasche und ging noch einmal auf die Toilette.

Die anderen werden es schon verstehen, dachte sie. Doch dann erinnerte sie sich an die ersten Reaktionen ihrer Freunde, als sie ihnen von Benno erzählt hatte. *Ein Franzose? Was willst du mit dem Baguettefresser? Was? Der ist auch noch zwölf Jahre älter als du? Suchst wohl ein Abenteuer, was?*

Sie hörte die Stimmen der anderen immer noch in ihrem

Kopf. Sie kämpfte gegen sie an. Aber je mehr sie sich gegen sie wehrte, desto lauter wurden sie. Desto tiefer drangen sie in die Tiefen ihrer Seele. Sie musste raus. Raus aus der Enge und ab nach draußen. Unter freien Himmel.

Es musste jetzt schnell gehen. Sie wollte niemanden mehr sehen. Die anderen waren noch in der Stadt, sie amüsierten sich. *Das, was du nicht mehr kannst, Joleen.*

Sie konnten aber jeden Moment zurückkommen. Joleen überlegte, ihnen zu schreiben. Eine SMS an Sara oder an Uma. Sie zückte das Handy, begann zu texten. Sie wählte umständliche Wörter, vertippte sich mehrmals und ließ es schließlich bleiben. Sie würde sich später melden, dann, wenn sie bereits weg war.

Sie hatte das Ferienhaus hinter sich gelassen und befand sich auf dem Weg zum Werthplatz. Der Bahnhof war etwa eine Viertelstunde Fußweg entfernt. Dann würde sie in den Zug steigen und ungefähr elf Stunden später in Südfrankreich ankommen. Bis dahin sollte sie auch Benno erreicht haben. Er würde sie vom Bahnhof abholen und ihr die Sicherheit geben, die sie so dringend benötigte. Sie fest umarmen und küssen. Ihr ein neues Leben geben.

»Wohin so eilig?«

Die tiefe Männerstimme ertönte von hinten. Gänsehaut legte sich über Joleens Körper.

»Xavier«, sagte sie überrascht. »Ich dachte, du bist mit den anderen in der Stadt.«

»War ich auch. Bis gerade eben. Aber so wie es aussieht, ist es nicht gut, dich allein zu lassen.«

Joleen befand sich in einer Gasse, die zum Bahnhof führte. Xavier stierte auf die große Sporttasche, die über Joleens Schulter baumelte.

»Ich wollte –«, sagte Joleen.

»Du wolltest einfach so abhauen. Ohne Umarmung, ohne ein Lebewohl. So ist es doch, oder?«

»Es tut mir leid.«

»Das braucht dir doch nicht leidzutun, Joleen.« Xavier machte einen Schritt auf sie zu. »Du kannst es gleich wiedergutmachen.«

Er trieb sie in die Einfahrt eines Gebäudes hinein, das verlassen schien. Gegenüber entdeckte sie ein großes Parkhaus, auf einem großen Banner die Aufschrift »August-Tonnar-Center«. Sie sah Menschen hineingehen und überlegte kurz, ihnen zuzurufen. Doch sie verschwanden zu schnell. Erschrocken ließ Joleen die Tasche fallen und stolperte nach hinten Richtung Rasen und Büsche, die den Einfahrtsweg säumten. Sie schaffte es, nicht hinzufallen.

»Wie meinst du das?«, fragte sie, als sie wieder aufrecht stand.

Xavier zog sich die Hose aus. »Na los, worauf wartest du? Zieh dich aus!«

»Spinnst du?«

Xavier schubste Joleen. Sie landete mit dem Rücken auf dem Rasen. Xavier stieg ihr hinterher und zog sie an den Beinen über das Gras hinter einen Busch. Dann beugte er sich über sie. Er öffnete den Knopf ihrer Hose und zerrte wie wild daran. Joleen strampelte mit den Beinen und trat nach ihm. Doch er schaffte es irgendwie, ihr die Hose auszuziehen.

»Hör auf! Du machst mir Angst!«

»Jetzt hab dich nicht so. Früher hat es dich angemacht.«

Xavier griff nach Joleens Slip und riss so stark an dem Stück Stoff, dass es nachgab.

»Hilfe!«, schrie Joleen. »Hilfe!«

Sie schaffte es, sich auf den Bauch zu drehen und ein Bein anzuziehen, um sich vom Boden abzustoßen. Schwankend kam sie hoch, doch mitten in der Bewegung spürte sie Xaviers Hand an ihrer Wade. Er griff fest zu und riss ihr Bein wieder nach hinten. Sie stürzte zu Boden, ihr Gesicht landete im Gras. Erde klebte an ihren Lippen. Sie spuckte sie aus, ehe ihr Kopf wieder hineingedrückt wurde. Sie schmeckte Gras und Moder. Sie hustete und schnappte nach Luft, doch er presste ihr Gesicht immer wieder aufs Neue auf den Boden. Sie schrie nach Hilfe, aber es kam kein Laut aus ihrem Mund. Sie drohte zu ersticken.

Dann ließ er plötzlich von ihr ab. Joleen hob ihren Kopf, spuckte Gras aus und sog endlich wieder Luft ein. Sie war voll im Überlebensmodus. Sie brauchte ein paar Sekunden, ehe sie wieder etwas bewusst wahrnahm. Deshalb hörte sie Xaviers angestrengten Atem verzögert. Und bemerkte erst danach, was er da tat.

Sie drehte den Kopf und sah, wie er mit einem Taschenmesser etwas in die Haut auf ihrer Pobacke ritzte. Blut rann an ihrer Haut hinunter.

»Hilfe«, versuchte sie zu rufen. Aber ihre Stimme versagte. Sie schmeckte noch immer Dreck und Gras und hatte das Gefühl, ihr Mund trockne aus. Gleichzeitig setzte Atemnot ein.

Xavier hatte gemerkt, dass sie etwas sagen wollte. Er packte sie am Nacken und drehte ihren Kopf zur Seite, sodass er direkt in ihr Ohr sprechen konnte. »Du wolltest das, hörst du!«, sagte er. »Und wenn du was anderes behauptest, erzähle ich deinem Opi-Freund von dem toten Ding in deinem Bauch.«

11

»Was heißt das, die beiden waren mal Freunde?«, fragte Melchior. Sie hatte den roten Haarreif abgenommen, ihre Haare geordnet und war gerade dabei, den Reif wieder aufzusetzen.

Uma sah sie schulterzuckend an. »Na, dass sie mal Freunde waren. Was gibt's da großartig zu erklären?«

»Zum Beispiel, ob sie heute auch noch Freunde sind – äh, waren«, raunte Melchior.

»Dass sie es in letzter Zeit noch waren, bezweifle ich«, erklärte Uma. »Aber ich kann es nicht mit Gewissheit sagen.«

Melchior blickte streng. »Xavier Thieron ist nicht auf Sara Hennens Niveau.«

»So kann man es ausdrücken«, stimmte Uma zu. »Aber wie ich bereits sagte: Dass die beiden nicht mehr befreundet waren, ist nur eine Vermutung. Ich habe selbst seit Jahren keinen Kontakt mehr zu ihnen gehabt.«

»Aber früher schon?«, klinkte ich mich ein.

»Ja«, sagte sie nach einer Pause. »Wir sind auf dieselbe Schule in Bütgenbach gegangen. Und es gab zwei, drei Jahre, in denen wir uns gut verstanden haben.«

»Du und Sara Hennen?«, hakte ich nach.

Uma nickte. »Es war eher eine kleine Clique, zu der auch Sara und Xavier gehörten.«

»Wann war das?«, fragte ich.

»Ungefähr von 2002 bis 2004. Wir haben 2004 Abi gemacht. Danach hat jeder einen anderen Weg eingeschlagen, und wir haben den Kontakt verloren«, sagte Uma, in deren Stimme leichtes Bedauern mitschwang.

»So passiert es in den meisten Fällen«, sagte Melchior nüchtern.

So wie ich sie einschätzte, war sie der Typ Mensch, der den Kontakt zu jedweder Bekanntschaft abbrechen wollte.

»Wer hat noch zu der Clique gehört?«, fragte ich.

»Jan«, sagte Uma, ehe sie angestrengt in den Himmel blickte. »Ähm, ich komm jetzt nicht auf seinen Nachnamen.« Sie lachte zaghaft.

»Also insgesamt vier Personen, richtig?«, fasste Melchior zusammen.

Uma schüttelte langsam den Kopf, während ihr Blick zu Boden sank. »Joleen«, sagte sie mit leiser Stimme. »Sie gehörte auch dazu.«

»Joleen weiter?«, fragte Melchior ungeduldig.

»Joleen Pohl«, antwortete Uma.

»Okay, fünf also.« Melchior seufzte. »Ich würde jetzt erst mal davon ausgehen, dass allein die Verbindung zwischen den Opfern relevant ist. Das heißt, die Clique lassen wir besser außen vor.«

Ich reagierte nicht auf Melchiors Vorstoß. Meine Aufmerksamkeit galt allein Uma, die nach wie vor unbeirrt auf den Boden starrte.

»Auf jeden Fall sollten wir uns Hennens Mann einmal richtig packen«, schlug Melchior vor. »Wer weiß, vielleicht hatten die beiden ja etwas am Laufen, und David Hennen schmeckte das nicht. Sara Hennen und Xavier Thieron wären nicht die Ersten und nicht die Letzten, die etwas mit Freunden aus der Jugend angefangen hätten.«

Ich beobachtete Uma. Wartete auf eine Reaktion von ihr. Auf ein Zucken, ein Nicken, ein Kopfschütteln oder ein Wort. Aber sie blieb stumm.

Melchior redete unbeirrt weiter: »Wissen Sie, für viele Menschen kann es verführerisch sein, den Kontakt zu einem Jugendfreund wieder aufzunehmen. Gerade dann, wenn man so stark beruflich eingespannt ist, wie Sara Hennen es war. Der Effekt dabei ist, dass man sich tatsächlich wieder wie achtzehn fühlt. Das hält in den meisten Fällen jedoch nur kurz an, dann holt einen wieder das reale Leben ein.«

»Das ist eine steile These«, bemerkte ich. »Ich denke, wir sollten alle Möglichkeiten abchecken. Das heißt, sowohl Hennens Ehemann befragen als auch Gespräche mit Joleen Pohl, diesem Jan und natürlich auch mit dir, Uma, führen, um herauszufinden, ob die Clique etwas mit den Morden zu tun haben könnte.«

Uma blickte plötzlich auf. Ihre Augen waren glasig. »Die Clique hat was damit zu tun«, sagte sie mit fahler Stimme.

Irritiert sah ich sie an. »Warum glaubst du das?«

Sie schluckte schwer. »Wegen Joleen. Sie ist damals nach unserem gemeinsamen Wochenende nicht wiederaufgetaucht.«

Zwitschernde Vögel versuchten, das in der Ferne zu hörende Brummen von Rasentraktoren zu übertönen. Ein ängstliches Eichhörnchen rannte von einem Baum zum anderen. Es lag etwas in der Luft, das spürten auch die Tiere im Park.

Ich hätte von Uma gern direkt weitere Informationen zu Joleen erhalten. Sie war die Frau, von der Collier berichtet hatte – jetzt erinnerte ich mich wieder an den Namen. Doch die zwei Männer, die strammen Schrittes auf uns zukamen, zogen unweigerlich unsere Aufmerksamkeit auf sich. Der eine trug eine große Kamera auf seiner Schulter, der andere wedelte mit einem Mikro in der Hand herum.

»Verdammt!«, fluchte ich. »Los, verziehen wir uns.«

Nach Pressefragen stand mir überhaupt nicht der Sinn. Nicht nur, weil wir noch nicht ansatzweise einen roten Faden in unsere Ermittlungen bekommen hatten, sondern vor allem, weil ich wusste, wie die Presse einem jedes Wort im Mund umdrehte. Ich hielt mich daher am liebsten raus und konzentrierte mich auf die Ermittlungen.

»Nein, wir können jetzt nicht einfach gehen«, sagte Melchior bestimmt. »Sie müssen doch etwas sagen!«

»Ja«, pflichtete Uma ihr bei. »Wer soll es sonst tun?«

Entgeistert sah ich die beiden an und stellte fest, dass sie es ernst meinten.

Vielleicht war es tatsächlich notwendig, dass ich über die zwei Morde aufklärte und den Menschen erzählte, was in ihrer kleinen Stadt seit gestern Nachmittag Schlimmes passiert war. Doch viele Informationen hatten wir nicht, und manches von dem Wenigen, das wir hatten, wollte ich nicht preisgeben. Dennoch stellte ich mich schließlich vor die Kamera – sosehr es mir auch zuwider war. Ich berichtete von zwei Morden und betonte ausdrücklich, dass noch kein Motiv erkennbar sei. Details posaunte ich nicht in die Welt – das würde die Menschen zum jetzigen Zeitpunkt nur verstören und verunsichern. Zu meiner Überraschung gab sich der Reporter mit meinen allgemein gehaltenen Aussagen zufrieden. Bilder von der Leiche zu machen, gestattete ich ihm natürlich nicht, doch, wie sagte er schmunzelnd, bevor er sich verabschiedete: Die idyllische Inszenierung des Parks habe durch den Kontrast mit dem brutalen Mord eine ähnlich starke Wirkung auf die Zuschauer.

Als ich mich wieder den Kolleginnen zuwandte, befand sich Uma gerade mitten in der Erzählung über das Wochenende, an dem ihre Freundin Joleen verschwunden war.

»Wir hatten in Bütgenbach alle Abiprüfungen hinter uns gebracht und wollten in Eupen an dem Musikmarathon-Wochenende Party machen. Übernachtet haben wir in dem Ferienhaus von Collier.«

Ich registrierte die Information und fragte mich, ob das Ferienhaus wirklich der richtige Übernachtungsplatz für mich war. Doch der Gedanke verflog so schnell, wie er gekommen war, als Uma weiterredete.

»Wir waren jung, völlig sorgenfrei. Alles war cool. Tagsüber lagen wir am Pool und tranken Cocktails, und abends machten wir draußen Party. Wir alle waren so ein bisschen *overloaded*. Also, wie sage ich das am besten: Wir dachten, uns stünde die Welt offen. Jeder von uns hatte irgendwelche verrückten Pläne. Wir strotzten vor Optimismus und Überheblichkeit. Die einzige Ausnahme war Joleen. Sie konnte die Tage nicht genießen. Irgendetwas hinderte sie daran.«

»Und ihr hattet keine Ahnung, was das gewesen sein könnte?«, fragte ich.

Uma zuckte verhalten mit den Schultern. »Sie hatte fest vor, nach dem Wochenende zu ihrem Freund Benno nach Frankreich zu ziehen. Er war zehn Jahre älter. Oder waren es zwölf? Jedenfalls schien der Altersunterschied beide nicht gestört zu haben.«

»Und in Frankreich ist sie nie angekommen?«, hakte ich nach. »Wurde das überprüft?«

»Das war zunächst auch unsere Vermutung. Also, dass sie vorzeitig zu ihm aufgebrochen war, ohne uns was zu sagen. Doch als wir am Tag nach ihrem Verschwinden auf unsere rausgeschickten SMS an sie einen Übertragungsfehler gemeldet bekamen und Benno kurz danach anrief und fragte, ob wir wüssten, wo Joleen steckt, war uns allen klar, dass etwas Schlimmes passiert sein musste.«

»Ist sie tot?«, fragte ich unverhohlen. »Gibt es Hinweise darauf?«

»Es gibt bis heute keinen einzigen Hinweis«, antwortete Uma nachdenklich. »Weder auf ihr Weiterleben noch auf ihren Tod.«

Ich musste an die zwei Leichen der letzten vierundzwanzig Stunden denken. Mit Sara und Xavier waren zwei der fünf Cliquenmitglieder hingerichtet und im Park mit je einem Geldschein im Mund zur Schau gestellt worden. Und jetzt hatten wir erfahren, dass Joleen, ein anderes Mitglied, seit achtzehn Jahren wie vom Erdboden verschluckt zu sein schien. Die einzigen als sicher geltenden Überlebenden waren demnach Uma und dieser Jan.

Wie passt das zusammen?

Lebte Joleen noch? Trat sie nach achtzehn Jahren womöglich als Rächerin auf? Wenn ja, was waren ihre Beweggründe?

Meine Gedanken wurden durch den Messenger-Ton von Umas Handy unterbrochen. Skeptisch blickte sie auf das Display. Dann drehte sie das Gerät, damit wir einen Blick darauf werfen konnten. Wir bekamen ein Foto zu sehen, das einen Jugendlichen zeigte. Er stand mit erhobenen Armen vor einer Bühne, rings um ihn herum Zuschauer.

»Das Foto kommt von der Spusi. Sie hat es in Sara Hennens Wohnung gefunden.«

»Wer ist das?«, fragte ich, während ich Umas versteinerte Miene musterte.

Sie blieb lange stumm, ehe sie schließlich mit schwacher Stimme sagte: »Das ist Jan.«

12

»Du bist so still heute.«

»Ich bin müde.«

»Das ist nur allzu verständlich. Wir waren auch früh auf den Beinen. Kann ich dich mit einem Tee aufmuntern?«

»Nein. Ich brauche nichts.«

»Weißt du was, ich hole dir eine Decke. Dann ruhst du dich eine Weile aus und denkst erst mal an nichts. Du wirst sehen, danach geht es dir besser. Ist das was?«

»Ich weiß nicht.«

»Och nein, jetzt kommen die Tränen. Ich wusste nicht, dass es so schlimm ist. Das tut mir leid. Aber weißt du was, ich erzähle dir, was mich immer tröstet – mich beruhigt der Gedanke, warum sollte er dir dann nicht auch helfen? Also, stell dir vor, all die Menschen, die vor hundert Jahren ermordet wurden, wären nicht ermordet worden. Ja, stell dir vor, sie hätten in einer absolut friedlichen Welt gelebt, in einer Welt, in der es keine Kriege, keine Mörder und auch sonst nichts Böses gäbe. Ich weiß, ein solches Dasein wird nie ein Mensch erfahren, eine solche Welt gibt es nicht. Aber trotzdem bitte ich dich, stell sie dir vor! Denn selbst in dieser lieblich-idyllischen Welt wären diese Menschen, alle, wie sie da waren, heute tot. Warum, wirst du dich nun fragen? Ganz einfach, mein Engel: Weil die Lebenszeit endlich ist. Und das ist sie glücklicherweise für alle. Das Leben ist kurz, ja, da mag rückblickend etwas Wahres dran sein. Aber eines gilt als sicherer als diese wehmütige Scheiße: Das Leben wird von den meisten Menschen maßlos überschätzt.«

»Ich möchte jetzt schlafen.«

»Natürlich, mein Engel. Darf ich sie dir noch wegwischen, die Tränen? Wir wischen die schweren Gedanken weg. Sie belasten nur und hindern uns daran, das Ziel im Auge zu behalten.«

13

Die Schüler waren inzwischen wieder in ihre Klassen zurückgekehrt, und auch die Rasenmähermotoren waren abgestellt worden. Lediglich das Klacken der Kugeln auf dem Pétanqueplatz, auf dem sich eine kleine Gruppe älterer Herren duellierte, war zu hören. Abgesehen davon erfüllte den Park eine friedliche Stille, während Uma das Foto auf dem Handydisplay betrachtete, auf dem sie Jan zu erkennen glaubte. Erst ein am Himmel mit Getöse vorbeiziehendes Flugzeug schreckte die zwei Dutzend in der Baumkrone sitzenden Vögel auf. Synchron federten sie sich von den Ästen ab und suchten im Schwarm das Weite.

»Kennst du das Foto?«, fragte ich, als der Lärm wieder etwas abgeklungen war.

Uma schüttelte den Kopf. »Aber so wie es aussieht, wurde die Aufnahme auf dem Musikmarathon gemacht.«

Hinter dem Jungen konnte man die Bühne und sogar die darauf spielende Band erkennen. Die Gesichter der Bandmitglieder sagten mir zwar nichts, aber eindeutig war an der Bühnenüberdachung die Aufschrift »EMM 2004« zu erkennen.

»Eupen Musik Marathon«, ergänzte Melchior.

Ich nickte anerkennend. »Wo genau wurde das Foto gefunden?«, fragte ich.

»In Sara Hennens Wohnung. Hinter einer Kommode im Flur, die erst seit etwa einem Monat dort steht«, sagte Melchior mit ihrer krächzenden Stimme. Sie hatte inzwischen ebenfalls die Nachricht von der Spurensicherung erhalten und daraufhin kurz mit den Kollegen vor Ort telefoniert.

»Gibt es Einbruchsspuren?«

»Nein«, sagte Melchior. »Aber Hennen hatte einen Haustürschlüssel in der Tasche, als sie zum Joggen aufgebrochen ist. Vielleicht ist der Täter damit in die Wohnung. Dafür haben wir zwar bis dato keine Belege, aber wir können es auch nicht ausschließen. Das Schloss wurde für alle Fälle bereits gewechselt.«

»Heißt das, es wurden keine anderen Fotos gefunden?«, fragte Uma, während sie neugierig zu Melchior aufblickte.

»Ja, das heißt es«, antwortete diese knapp.

Wenn das Foto von Jan in der gesamten Wohnung das einzige mit einem Bezug zur damaligen Clique war, hatte der Täter es vielleicht tatsächlich bewusst dort platziert und wollte uns damit womöglich etwas sagen.

»Gibt es denn noch andere?«, wandte ich mich an Uma. »Ich meine, erinnerst du dich noch daran, wer aus eurer Clique eine Kamera dabeihatte?«

»Sie meinen, ein Handy?«, grätschte Melchior dazwischen.

»Nein, eher nicht«, entgegnete ich. »2004 kannte noch niemand Smartphones. Damals gab es zwar Tastentelefone, die mit einer Kamera ausgestattet waren, aber die Auflösung war noch sehr dürftig.«

»Ja«, antwortete Uma. »Ich erinnere mich. Joleen hatte eine Kamera. Sie hat immer wieder mal Fotos gemacht.«

»Joleen?«, fragte ich. »Das heißt, die Kamera ist zusammen mit ihr verschollen?«

Uma schloss die Augen, ehe sie wortlos nickte. Ihre Lippen zitterten, aus dem linken Auge löste sich eine Träne. Ich rief mir in Erinnerung, dass Uma nicht nur mit dem damaligen Verschwinden ihrer Freundin Joleen konfrontiert wurde, sondern dass in den letzten vierundzwanzig Stunden zwei ihrer früheren Freunde auf brutale Weise ermordet worden waren. Die Situation musste unwahrscheinlich belastend für sie sein. Damals schon, aber sicher noch heftiger heute.

Nachdem Uma ihre Augen wieder geöffnet hatte, schlenderten wir langsam vorwärts und folgten dem Weg, der aus dem Park heraus auf den Parkplatz neben der Schule führte. Am Ende des Parks übten sich sechs Schülerinnen auf Anweisung ihres Sportlehrers im Speerwurf.

»Zumindest können wir ausschließen, dass die Sache etwas mit dem Scheich zu tun hat«, sagte Melchior trocken.

Da vernahm ich hinter mir ein Räuspern. Als ich mich umdrehte, sah ich eine adrette Frau vor mir, die mich freundlich angrinste. »Kehrmann, Bürgermeisterin der Stadt Eupen«, stellte sie sich vor.

Neben ihr stand ein runder und grimmig dreinblickender Mann, der gut einen Kopf kleiner war als die Frau.

Er reichte mir seine labbrige Hand. »Peters, Schöffe«, sagte er knapp.

»Angenehm«, entgegnete ich. »Donker, Kriminalpolizei.«

»Wir sind also schon wieder raus als Verdächtige?«, fragte die Bürgermeisterin, während sie mich mit einem süffisanten Lächeln ansah. Der Dicke griemelte vor sich hin.

»Richtig, im Moment deutet alles auf eine andere Spur hin«, antwortete ich.

Ich sah dem Gesicht der Bürgermeisterin an, dass sie sich mit dieser Antwort nicht zufriedengab. »Darf man erfahren, welche Spur?«

Ich zögerte. Mir war bewusst, dass die Bürgermeisterin darüber informiert sein wollte und vielleicht musste, was sich in ihrer Stadt zutrug. Jedoch basierte die Spur, die wir verfolgten, bisher nur auf Vermutungen. Und ich war nicht sehr scharf darauf, diese mit jemandem zu teilen.

»Die schildere ich Ihnen, sobald wir mehr wissen. Ist das in Ordnung?«

Frau Kehrmann sah mich perplex an. »Ähm, wenn da draußen noch ein Killer rumläuft, und das tut er offensichtlich, sonst würden Sie nicht so schwammig antworten, dann würde ich gern wissen, wie ich meine Bürger schützen kann. Ich hoffe, das verstehen Sie!«

Ich stellte mir die Frage, ob ich ihr mit einer Information diesbezüglich dienlich sein konnte, doch mir fiel keine ein. Ich wusste jedoch ganz genau, womit ich ihr am ehesten helfen würde: Wir mussten unsere Arbeit machen und so schnell wie möglich den Täter finden – das wäre unbestreitbar der effektivste Schutz.

»Vertrauen Sie mir, sobald ich etwas habe, mit dem ich Ihnen und den Eupener Bürgern helfen kann, lasse ich es Sie als Erstes wissen.«

Enttäuscht suchte sie nach einer Erwiderung und sah zu dem runden Schöffen. Dieser zuckte aber nur schwach mit den Schultern. Mit trägem Blick wandte die Bürgermeisterin sich wieder mir zu. »Dürfen wir dann daraus schließen, dass Sie keine Gefahr mehr für uns Politiker sehen?«

Ich blickte hinüber zu Uma und Melchior, die mich erwartungsvoll ansahen. Melchior tippte demonstrativ mit dem Zeigefinger auf ihre Uhr.

»Sie befinden sich genauso in Gefahr wie jeder andere Eupener. Ich kann Ihnen jedoch versprechen, dass ich alles dafür tun werde, die Gefahr so schnell wie möglich auf null zu reduzieren.«

Die Bürgermeisterin raunte enttauscht.

»Wenn Sie erlauben, würde ich jetzt gern meine Arbeit fortsetzen.«

Ich ließ die beiden mit verdutzten Gesichtern stehen, wandte mich Uma und Melchior zu und ging mit ihnen ein paar Schritte, bis wir außer Hörweite waren.

»Nett«, kommentierte Melchior.

»Lassen Sie uns zu unserem Fall zurückkehren«, sagte ich genervt.

»Nichts lieber als das. Was genau hat es mit Jan auf sich?«, schoss Melchior, ohne das Gesicht zu verziehen, in Umas Richtung.

»Ich habe keine Ahnung«, antwortete diese in einem aggressiven Ton. »Er hielt sich meist im Hintergrund auf, sagte nicht viel. Trug abgetragene Jeans und Secondhand-Shirts. Er war ein kleiner Weltverbesserer und hielt sich, so war zumindest mein Eindruck, immer für supercool – ohne dass es einen Grund dafür gab. Und wenn er was getrunken hatte, drückte er blöde

Sprüche und ließ sich über das Leben anderer Leute aus. Aber wenn es um ihn ging, konnte er keinerlei Kritik ab.«

»Was für blöde Sprüche hat er denn Joleen gedrückt?«, hakte ich nach.

Uma stöhnte angestrengt. »Oh mein Gott, das ist so lange her.«

»Denk bitte nach, Uma!«, sagte ich.

Ich sah flüchtig zu Melchior hinüber. Sie war komplett in die Betrachtung ihres Handydisplays versunken.

Uma überlegte eine Weile. Dabei streichelte sie das Piercing auf ihrer rechten Wange. »Er sagte, dass Joleen Angst habe, ihre Freiheit zu verlieren, und es irgendwann bereuen werde, zu Benno gegangen zu sein.«

»Wie meinte er das?«, fragte ich. »War das eine Drohung?«

Sie lächelte zaghaft. »Das war einfach typisch Jan. Er war ein Möchtegernweltversteher, aber vor allem ein Maulheld, wenn er getrunken hatte.«

»Er heißt Jan Werts, nicht wahr?«, fragte Melchior, deren Blick jetzt über das Handydisplay raste.

»Ja, das ist sein Name«, bestätigte Uma.

»Seit wann kanntest du ihn?«, fragte ich.

»Ich bin mit sechzehn auf die Schule in Bütgenbach gegangen. Da war er in meiner Klasse. Aber ich muss gestehen, dass ich mit ihm von den Freunden aus der Clique am wenigsten zu tun hatte.«

»Von Beruf ist er Möbelpacker«, sagte Melchior und scrollte weiter auf ihrem Handy.

»Hmm«, sagte Uma nachdenklich. »Damals war er ziemlich gut im Fußballspielen und stand kurz davor, einen Profivertrag bei der AS Eupen zu unterschreiben.«

»Daraus ist offensichtlich nichts geworden«, sagte Melchior mit einem gewissen Sarkasmus in der Stimme.

»Nein, stimmt.« Uma hielt sich die flache Hand vor den Mund. »Jetzt fällt's mir wieder ein. Er hat sich am letzten Abend des Musikmarathons einen Bänderriss am Fuß zugezogen.«

»So ist schon die eine oder andere Karriere abrupt beendet worden«, sagte ich. »Wie ist das passiert?«

»Das geschah ganz unglücklich. Beim Konzert einer Punkrockband machten die Jungs den Kasper und pogten zum Spaß herum. So richtig in den harten Kern hineinzuspringen, trauten sie sich aber nicht. Xavier hatte dann die Idee, Jan bei drei in das Getümmel hineinzudrücken – wir Mädels unterstützten ihn dabei. Klar, war 'ne blöde Aktion. Vor allem, weil er sich dabei so stark verletzt hat. Ich glaube, so richtig verziehen hat er uns das nie.«

»Okay, das lässt einiges in einem anderen Licht erscheinen«, sagte Melchior, die augenblicklich eine Nummer ins Handy tippte. »Ich werde Personenschutz anfragen.«

»Das ist totaler Blödsinn – ich brauche keinen Personenschutz«, wehrte Uma sich vehement.

Melchior schüttelte wortlos den Kopf und drückte ihr Handy ans Ohr.

»Ehrlich jetzt? Wegen Jan?«, fragte Uma aufgeregt.

»Das ist zu Ihrem Schutz«, zischte Melchior.

»Zu meinem Schutz«, äffte Uma sie nach. »Ich kann mich um mich selbst kümmern.« Sie ging auf Melchior zu und riss ihr das Handy aus der Hand.

»Hören Sie«, keifte Melchior. »Wenn ich die Nummer des Personenschutzes wähle, dann geschieht das nicht aus Nächstenliebe, sondern einzig und allein aus dem Grund, dass ich eine ernsthafte Gefahr für Sie erkannt habe.«

»Wegen dieser Luftpumpe?«, fragte Uma entsetzt. »Das ist so was von übertrieben!«

»Was glauben Sie?«, antwortete Melchior wütend. »Warum liegt ausgerechnet ein Foto von ihm in Saras Wohnung?«

»Sagen Sie es mir«, entgegnete Uma, die inzwischen sichtlich mit den Nerven am Ende zu sein schien.

»Meines Erachtens könnte sein Motiv sein, dass er Sie und Ihre Freunde für das Platzen des großen Traums vom Fußballprofi verantwortlich macht.«

Uma blickte ihre Kollegin ungläubig an. Sie sah so aus, als wollte sie etwas sagen, aber sie bekam keinen Ton heraus.

»Und wenn ich damit richtigliegen sollte«, fuhr Melchior fort, »dann sind Sie mit nicht zu unterschätzender Wahrscheinlichkeit das nächste Opfer.«

14

2004

Der Rauch des Lagerfeuers zog in ihre Nase, und die laute Musik der Black Eyed Peas dröhnte durch die offene Terrassentür ins Haus. Dazwischen hörte Joleen immer wieder mal die Stimmen von Sara und Uma. Sie standen vor der WC-Tür und stellten Fragen.

»Warum weinst du denn, Joleen?«

Sie sagten das, was man immer sagte, wenn man keine treffenden Worte fand, um Trost zu spenden.

»Es wird alles wieder gut, Joleen.«

Joleen sagte nichts darauf. Sie starrte in den Spiegel, fixierte das blutige X auf ihrer Pobacke. Du musst es verarzten, sagte sie zu sich. Doch alles, was sie dabeihatte, waren Pflaster. Sie waren klein, vier von ihnen musste sie auf die Wunde kleben, damit sie komplett bedeckt war.

»Die Verabschiedung von uns und das neue Leben mit Benno – das ist alles etwas viel für sie«, hörte sie Sara auf der anderen Seite der Tür tuscheln.

Was wusste sie schon? Joleens beste Freundin. War sie das noch? Ihre beste sicherlich nicht mehr. War sie überhaupt noch eine Freundin? Vertraute man Freundinnen nicht alles an? Gutes wie Schlechtes? Erfolge und Niederlagen? Niemandem hatte sie etwas von der Fehlgeburt erzählt. Und sie hatte nicht vor, das nachzuholen. Ebenso würde sie das X auf ihrem Po schweigend verarbeiten. Sie wäre eh bald weg. Warum sollte sie sich für die paar Tage noch Sara oder Uma anvertrauen? Aber wenn sie wollte, dass die beiden nichts mitbekamen, dann musste sie jetzt da raus.

»Joleen, sag was! Wir machen uns langsam Sorgen«, hörte sie Sara sagen.

Sie wischte sich die Tränen aus den Augen. Nur ja nichts anmerken lassen. Keine Schwäche. Keine Traurigkeit. Keine Angst. Sie musste sich selbst verleugnen, um überleben zu können.

»Alles gut?«, fragte Uma skeptisch, nachdem Joleen die Toilette verlassen hatte. Joleen nickte. Aber sie wusste, dass man ihr noch die vergossenen Tränen ansah. Insgeheim hoffte sie, dass ihr Anblick sich auf dem Weg nach draußen erholen würde. Doch als sie zusammen mit ihren Freundinnen das Lagerfeuer im Garten erreichte und die Blicke der anderen wahrnahm, die um das Feuer herumsaßen, wurde ihr klar, dass sie noch immer so verheult aussehen musste wie vor fünf Minuten. Sie drehte sich um, wandte sich ab von dem Feuer. Und von den Männern. Von Xavier und Jan. Nur Sara und Uma konnten nun ihr Gesicht sehen.

»Das nennt man wohl Nervenflattern.« Jan mit seinen blöden Sprüchen. Der locker-flockige, ja ach so coole Jan. Er drückte Joleen ein Bier in die Hand. »Los, trink das! Dann wird es besser.«

»Was soll das, Jan?«, fragte Uma.

»Joleen hat Angst davor, ihre Freiheit zu verlieren – das ist doch wohl klar«, sagte er.

»Was erzählst du für einen Scheiß?« Sara gab ihm einen Schubser.

»Ey, bleib mal locker, ja! Ich sag doch nichts Böses. Kann Joleen ja auch verstehen. Sie beginnt ein neues Leben. Und lässt das alte hinter sich. Ist doch klar, dass man dann nicht man selbst ist. Ist ’ne wichtige Entscheidung, da weiß man nicht, wie die Sache ausgeht. Wer weiß, vielleicht wird sie es irgendwann bereuen, gegangen zu sein.«

»Du bist betrunken«, sagte Sara. »Komm, Joleen, das haben wir nicht nötig.« Sie nahm Joleens Hand, und die beiden schritten vom Lagerfeuer weg, tiefer in den Garten hinein. Derweil versuchte Uma weiter, Jan zu überzeugen, dass er unrecht hatte.

Als Sara und Joleen außer Hörweite waren, setzten sie sich auf eine Bank. Hinter ihnen lagen ein Gemüsebeet und ein

Komposthaufen. Es roch nach verfaultem Gras und nach der Brennnesseljauche, die Joleens Oma immer zur Stärkung auf die Bäume im Garten kippte.

»Was ist los, Joleen?«, fragte Sara.

»Hier stinkt es.«

Sara rümpfte die Nase. »Ja, das tut es. Aber das meine ich nicht.«

»Was meinst du denn?«, fragte Joleen.

»Na ja, noch vor ein paar Wochen hättest du Jan nach so einem blöden Spruch den Marsch geblasen. Wo ist deine Energie geblieben?«

Joleen hörte zwar die Frage, aber sie war mit ihren Gedanken ganz woanders.

Wie willst du Benno das X auf deinem Po erklären?

Und während sie darüber nachdachte, blieb ihr schweifender Blick an Xavier hängen. Er trank von seiner Bierflasche und sah sie mit zusammengezogenen Augenbrauen an.

»Bist du schwanger?«, fragte Sara plötzlich.

Joleen stockte der Atem. War ich, hätte sie am liebsten geantwortet, aber es war besser, das alles für sich zu behalten. Sie schluckte schwer. »Wie kommst du darauf?«

»Na ja, ich habe gesehen, wie du deinen Bauch gestreichelt hast. Der übrigens auch ein wenig gewölbt ist.«

Sie beobachtet dich.

»Ich esse zurzeit alles, was ich kriegen kann«, sagte Joleen und hoffte, dass das als Erklärung durchgehen würde.

»Und warum warst du eben so lange auf dem Klo?«

Wie sehr Joleen sie in diesem Moment hasste. Ihre sogenannten Freunde. Jan, der dumm und betrunken schwafelte. Xavier, der sie wie ein Tier behandelte. Sara, die nur etwas von ihr wissen wollte, um ihre Neugier zu befriedigen, sich aber nicht für den Menschen Joleen interessierte. Und Uma – ja, was war eigentlich mit Uma? Sie sagte einem eh nur das, was man hören wollte, aber helfen tat es letztlich keinem. Weder ihr noch ihrem Gegenüber.

»Ich frage«, sprach Sara weiter, »weil ich glaube, dass ich selbst schwanger bin.«

Eine Pause entstand.

Joleen hatte recht behalten. Sara hatte das Gespräch nur aus einem Grund angefangen: Weil es ihr selbst etwas brachte.

»Von wem?«, brachte Joleen hervor.

»Also, meine Periode ist seit einigen Tagen überfällig. Deswegen glaube ich das.« Sara lächelte. Sie sah glücklich aus. »Ach, von wem, hast du gefragt, ja. Von Xavier. Ich wollte es dir schon länger sagen, aber eigentlich wollten wir unsere Beziehung noch geheim halten.« Sie lachte noch immer, während Joleens Blick sich langsam zu Boden senkte. »Das ist doch okay für dich, hoffe ich?«, fragte Sara.

Joleen sagte nichts. Sie verstand nicht. Sie konnte Xaviers Verhalten nicht mit dem zusammenbringen, was sie da gerade gehört hatte. Xavier, der Beinahevater ihres Kindes. Xavier, der Hautritzer. Xavier, der Mann, der mit Sara ein Kind kriegen würde. »Es ist okay«, sagte Joleen schließlich, obwohl sie innerlich etwas ganz anderes schrie.

»Ich meine, ihr wart ja schon länger on-off, und es lief nicht so gut zwischen euch«, sagte Sara.

Was weißt du schon, dachte Joleen. »Es ist okay«, wiederholte sie wie in Trance. Dann stand sie auf, rannte weg und wählte Bennos Nummer.

15

Uma war ohne ein weiteres Wort enttäuscht abgezogen. Mich beschlich ein ungutes Gefühl, nachdem sie den Park zu Fuß verlassen hatte. Der Personenschutz war noch nicht vor Ort gewesen. Wenn der Täter ein weiteres Häkchen auf der Abschussliste der Cliquenmitglieder setzen wollte, dann hätte er nun leichtes Spiel. Doch kurz nachdem Melchior und ich unsere Fahrzeuge erreicht hatten und Richtung Präsidium fuhren, gaben die Kollegen von der Streife Entwarnung. Sie hatten Uma wohlbehalten aufgespürt.

»Flucht die immer so viel?«, fragte der Leibwächter und brachte mich damit zum Lachen. Ich konnte mir Uma lebhaft vorstellen. Wie sie sich nichts sagen ließ und ihr Ding durchzog. Wie ihr Gesicht dabei rot anlief, sich die feinen Grübchen bildeten und die darin liegenden Wangenpiercings blinkten. Ich mochte sie, und ich hätte ihr gern geholfen, aber objektiv gesehen war es wahrscheinlich besser, wenn sie sich von den Ermittlungen zurückzog. Sie war nicht nur befangen, sie befand sich zudem in Gefahr. Und spätestens dann war es unsere Pflicht zu handeln.

Joleen Pohl galt seit 2004, nach einem Wochenende mit ihren besten Freunden, als spurlos verschwunden. Heute, achtzehn Jahre später, waren zwei der vier Freunde, mit denen sie dieses Wochenende verbracht hatte, getötet worden. Hingerichtet, entkleidet, entwürdigt. Bei Sara Hennen, dem ersten Opfer, war ein Foto von Jan Werts, einem der beiden noch lebenden Freunde, gefunden worden. Hatte er etwas mit den Morden zu tun? Rächte er sich für das von seinen Freunden herbeigeführte bittere Aus als Fußballprofi? Nach so vielen Jahren? Oder war er womöglich das nächste Opfer?

Aber wer mordete dann? Joleen? Lebte sie noch? Gut möglich – denn einen Gegenbeweis gab es bisher nicht. Oder hatte

Uma etwas mit der Sache zu tun? Wühlte der Fall sie deswegen so sehr auf, weil Blut an ihren Händen klebte?

Nein, das passt nicht zu ihr. Das würden wir merken.

Während ich aufgrund des erhöhten Verkehrsaufkommens meinen Pestla im Schritttempo den Lascheterweg hochjaulen ließ, zückte ich mein Handy, um mir das in Sara Hennens Wohnung gefundene Foto von Jan Werts noch mal anzusehen. Ich betrachtete diesen schmalen Jungen im gelben T-Shirt, der freudig die dünnen Arme gen Himmel hob. In seinem Gesicht waren ein paar Pickel zu erkennen. Er wirkte gut gelaunt, fast überschwänglich. Um den Jungen herum befanden sich auf dem Bild ungefähr dreißig Personen, aber er war der Einzige, der sein Gesicht zur Kamera gewandt hatte. Die anderen Konzertbesucher blickten zur Bühne, von ihnen waren nur Rücken und Hinterkopf zu sehen. Obschon ich auf dem Bild nichts Auffälliges erkennen konnte, wollte mich das Gefühl nicht loslassen, dass ich etwas übersah. Als ich schließlich vor dem cremefarbenen Polizeigebäude parkte und ein paar Sekunden sitzen blieb, zogen die dunklen Fragen in meinem Kopf so lange ihre Kreise, bis ich sie nicht mehr verdrängen konnte. Was, wenn der Täter nicht aus der Clique stammte? Was, wenn die Clique jemanden verärgert hatte, und zwar so arg, dass es ihn dazu brachte, zu morden?

Als ich in dem großen Versammlungsraum auf der ersten Etage ankam, saß Melchior bereits am langen Holztisch. Vor ihr stand ein Festnetztelefon, ihr Zeigefinger schwebte über der Telefontastatur. Daneben lagen ein roter Notizblock und ein blauer Kugelschreiber.

»Dann rufen wir mal Jan Werts an«, sagte sie, während sie bereits die Nummer wählte und die Lautsprecherfunktion aktivierte. Ich hatte gerade erst einen Fuß in die Tür gesetzt und war ein wenig überrascht von ihrem Verhalten. Aber ich hatte schon bemerkt, dass sie nicht der Typ Mensch war, der viel Wert auf den Austausch von Meinungen legte. Sie wollte vorankommen, und dabei duldete sie keine Ablenkungen.

Das Telefonat mit Jan Werts war geprägt von Verbindungsstörungen. Von einem wirklichen Gespräch konnte daher nicht die Rede sein. Das Einzige, das wir mit Gewissheit vernehmen konnten, war, dass er beruflich in der Schweiz unterwegs war. »Seit sechs Uhr auf Montage«, sagte er, ehe das Rauschen seine Stimme verdrängte.

Melchior, die alle erkennbaren Wörter in ihrem Notizblock notiert hatte, schickte ihm eine Kurznachricht. Er sollte so schnell wie möglich im Präsidium vorstellig werden.

»Ich nehme den nächsten Nachtzug. Werde morgen früh vorbeikommen«, schrieb er zurück.

Ich rutschte nervös auf meinem Stuhl hin und her. Obschon die Decke in dem Raum hoch war, fühlte ich mich eingeengt. Vielleicht lag es daran, dass mein Hals sich furchtbar trocken anfühlte. Und plötzlich verspürte ich eine nie da gewesene Lust auf Bier. Ich war für einen kurzen Moment fest entschlossen, sofort aufzustehen, zum nächsten Kiosk zu laufen und dort ein Bier zu kaufen. Ich brauchte es. Wobei ich tief im Inneren wusste, was mir wirklich fehlte: Sina. Die Frau, die mich vor vier Monaten verlassen hatte und sich schon kurze Zeit später mit einem anderen traf. Sie und meine Tochter Liv fehlten mir. Und zwar so sehr, dass ich die Sehnsucht betäuben musste, um den Fall zu überleben.

Jetzt lauf los und besorg dir ein Bier!

»Kaffee?«, rief Melchior vom Flur her.

Ihre krächzende Stimme riss mich aus meinen Gedanken. »Ja«, rief ich zurück. »Gern.«

Das ist viel besser als Bier. Vielleicht kriegst du doch noch die Kurve.

Kurz danach servierte Melchior eine Kanne und eine Tasse mit Unterteller und Löffel. Schweißgeruch hatte sich mit der weihnachtlichen Note ihres Parfüms vermischt. Ich füllte die Tasse und freute mich auf den Wachmacher. Doch als ich von dem schwarzen Getränk probierte, hielt ich inne. »Der ist kalt«, sagte ich.

»Ehrlich?«, fragte Melchior.

Ich nickte und stellte die Tasse enttäuscht ab.

»Hm, wie kann das sein? Stimmt, der ist sicher von gestern.« Sie sah mir nicht in die Augen, während sie redete. »Wir haben eine Mikrowelle. Neuen Kaffee machen, da weiß ich nicht, wie das geht. Aber ich meine, gesehen zu haben, dass das Paket leer ist.«

»Kein Kaffee also«, stellte ich ernüchtert fest.

»Ich trinke nie welchen, müssen Sie wissen.«

Sie hatte etwas sehr Distanziertes. Ich überlegte, ob sie womöglich ein Problem mit Männern haben könnte. Sie sah mir weiterhin nicht in die Augen, schien wenig Interesse an einem echten Gespräch zu haben.

»Kein Problem«, sagte ich, obwohl ich mich innerlich darüber ärgerte, dass sie mich auf den Kaffee heißgemacht hatte und ich nun mit leeren Händen dasaß. Aber immerhin hatte ich mein Verlangen nach Alkohol erfolgreich abwehren können – dieses war nämlich verflogen.

Und so kam ich wieder zum Fall zurück. »Wenn Jan Werts heute Morgen erst um sechs Uhr aufgebrochen ist, könnte er den Mord an Xavier Thieron theoretisch verübt haben«, bemerkte ich. Der nüchterne Mediziner im Park hatte den Todeszeitpunkt auf drei beziehungsweise vier Uhr morgens geschätzt.

Melchior nickte, ehe sie endlich Augenkontakt mit mir herstellte. »Wir werden es morgen erfahren«, sagte sie. Sie schlug ihren Notizblock zu. »Das Foto von ihm lag jedenfalls nicht zufällig in Sara Hennens Wohnung.«

»Das denke ich auch«, sagte ich. Hinter Melchior entdeckte ich eine Papiermappe auf der Kommode. »Ist das die Akte zu Joleen Pohl?«

»Ja«, antwortete sie, ohne hinzusehen. »Das ist eine Kopie, die mir per Mail zugestellt wurde. Ich bin noch nicht dazu gekommen, sie zu lesen.«

»Das wäre auch rekordverdächtig«, versuchte ich, die Stimmung zu lockern.

Melchior blinzelte irritiert. »Warum?«

Lass die Sprüche, Piet. Nicht jeder ist für Ironie empfänglich.

»Na ja«, entgegnete ich. »Weil wir erst vor einer Stunde von der Clique und Joleen Pohl erfahren haben.«

Sie nahm das Gesagte hin, ohne eine Regung zu zeigen. Erst als im Treppenhaus Schritte zu hören waren, horchte sie auf.

Uma erschien im Türrahmen. Mit den Händen in den Hosentaschen betrat sie den Raum und setzte sich an den Kopf des Tisches. Ein Duft von frisch gewaschener Wäsche wehte hinter ihr her.

»Was –«, begann Melchior, ehe sie energisch von Uma unterbrochen wurde.

»Keine Sorge, ich bin nicht zum Arbeiten hier«, sagte sie. »Ich komme als Zeugin.«

Melchior räusperte sich. »Nun gut.« Sie schlug ihren roten Notizblock wieder auf und nahm den Kugelschreiber in die Hand. »Dann legen Sie mal los.«

Uma setzte zwar ein Pokerface auf. Doch an ihrem auf und ab wippenden Bein erkannte ich ihre Nervosität. Ihr Blick verweilte ein paar Sekunden auf Melchior, aber kurz bevor sie zu sprechen begann, wandte sie sich mir zu. »Sara und Xavier waren ein Paar.«

»Was?«, entfuhr es Melchior. »Die beiden Opfer waren ein Paar?«

Uma nickte. »Und vorher war Xavier mit Joleen zusammen.«

Melchior lachte kurz auf. »Und dann sicher auch irgendwann mal mit Ihnen, nicht wahr?«

Zwischen den beiden Kolleginnen schien es Spannungen zu geben, von denen ich noch nichts wusste.

»Nein«, entgegnete Uma in einem ernsten Ton. »Wir hatten nie was miteinander.«

»Kannst du die Beziehungen zeitlich eingrenzen?«, fragte ich.

Uma überlegte eine Weile. »Joleen und Xavier waren zwei Jahre lang ein Paar gewesen. Irgendwann im Frühjahr 2004 kam dann die Trennung – ich glaube, sie ging von Joleen aus. Sie hatte ja dann auch eine neue Liebe in Frankreich.«

»Ja, das hattest du erwähnt«, sagte ich. »Und die Beziehung zwischen Xavier und Sara, wann war die?«

»Die muss ein paar Wochen nach der Trennung begonnen haben. Die beiden waren nicht lange zusammen, soviel ich weiß. Ich denke, Xavier wollte sich ablenken.«

»Das verstehe ich nicht«, sagte Melchior.

Uma stand auf und verließ wortlos den Raum. Wenige Sekunden später kam sie mit einer leeren Tasse zurück.

»Der Kaffee ist kalt«, sagte ich.

»Wie?«, fragte sie entsetzt.

»Der ist von gestern«, sagte Melchior mit fester Stimme.

»Dann macht man halt neuen«, raunte Uma und wollte nach der Kanne greifen.

»Das erledigen dann aber wir und nicht die Zeugin.« Melchiors süffisanter Blick schien Uma ins Mark zu treffen. Ruhig stellte sie die Kanne ab und setzte sich wieder auf den Stuhl. Doch ihre Augen waren glasig, und ihre Lippen zitterten.

»Also, wovon wollte Xavier sich ablenken?«, kam Melchior auf ihre Frage und den Fall zurück.

»Von der Trennung«, entgegnete Uma prompt. »Er war vernarrt in Joleen. Und …« Sie zögerte.

»Und?«, hakte Melchior nach. Sie schien fest entschlossen, weiter voll auf Angriff zu gehen.

Uma nahm Blickkontakt mit mir auf, als würde sie mich um Hilfe bitten. Ich nickte ihr aufmunternd zu. Ich wollte sie zwar beschützen, gleichzeitig war mir aber auch daran gelegen, die Wahrheit zu erfahren – und dafur benötigten wir nun mal ihre Aussage.

»Joleen war wohl schwanger«, sagte sie schließlich.

»Das wird ja immer besser«, kommentierte Melchior höhnisch.

»Ich bin mir aber nicht sicher. Habe die Info von Sara, die es irgendwann von Joleen erfahren haben wollte.«

Es gab einen kurzen Moment der Stille. Während Melchior Umas Gesicht musterte, ging deren Blick ins Leere. Sie sah angeschlagen aus. Ganz anders als die schlagfertige Frau, die ich kennengelernt hatte.

»Warum kommen Sie erst jetzt mit diesen Infos zu uns?«, fragte Melchior.

»Erst jetzt?«, fragte Uma. Sie gab ihre lockere Sitzposition auf und beugte sich vor. »Ich weiß doch erst seit ein paar Stunden von Xaviers Tod. Ich hätte diese Verbindung vorher gar nicht herstellen können.«

»Das stimmt«, sagte Melchior. »Aber damals, als Sie nach Joleens Verschwinden verhört wurden, da hätten Sie sehr wohl etwas sagen können. Doch das haben Sie nicht. Genau wie Ihre Freunde. Absolut nichts. *Nada.* Da sollte doch die Frage erlaubt sein, warum Sie damals nicht den Mund aufgemacht haben. Warum Sie Joleen nicht geholfen haben.«

Melchior hatte die Akte also doch schon gelesen. Zumindest einen Teil davon.

»Oh Mann«, stöhnte Uma. »Ja, das war Kacke, aber dafür kann ich nichts.«

»Jetzt bin ich gespannt«, sagte Melchior.

»Xavier war die treibende Kraft«, erklärte Uma. »Er sagte, wir sollten nicht mit der Polizei reden. Er wollte das aussitzen. Er meinte, wenn wir nichts sagen, kann uns auch keiner was.«

»Und da haben Sie sich nicht gefragt, ob er vielleicht etwas zu verbergen hatte? Womöglich hat ihn die Trennung von Joleen so sehr verletzt, dass er ihr was angetan hat.«

»Nein, das glaube ich nicht«, sagte Uma. »Er hat sie geliebt. Wirklich. Sie war sein Ein und Alles. Er hätte ihr nie etwas angetan. Erst recht nicht, wenn sie auch noch ein Baby in ihrem Bauch trug.«

»Vorausgesetzt, das Baby war von ihm«, sagte ich.

Uma sah mich sprachlos an. So, als hätte sie diesen Gedanken noch nicht in Erwägung gezogen.

»Na, das werden wir wohl nie herausfinden«, bemerkte Melchior. »Die Personen, die uns dies hätten sagen können, sind nun tot.«

Umas Fassade begann endgültig zu bröckeln. Wieder rann ihr eine Träne die Wange entlang.

»Ich denke, das reicht für heute«, sagte ich.

»Das denke ich auch«, sagte Melchior schroff. »Darf ich die Zeugin dann bitten, das Gebäude zu verlassen?«

Augenblicklich sprang Uma auf und floh mit tränenüberströmtem Gesicht aus dem Raum.

Ich fand Uma im Park Klinkeshöfchen wieder. Sie saß auf einer Bank und sah den Vögeln im Baum beim Singen zu. Als ich mich setzen wollte, sprang sie auf. Zunächst dachte ich, ihre Wut richte sich auch gegen mich. Doch in ihren Augen erkannte ich, dass sie froh war, mich zu sehen.

»Gehen wir ein paar Meter?«, fragte sie.

Ich merkte ihr an, wie sehr der Fall und die Ereignisse der letzten Stunden sie mitnahmen, und hoffte, dass die Bewegung sie etwas zur Ruhe bringen würde.

»Melchior ist komisch«, sagte Uma, während wir vom Park in die Hufengasse spazierten.

»Ja, da hast du wohl recht.« Ich erinnerte mich an Melchiors befremdliche Reaktion auf mein Angebot, uns zu duzen.

»Und ob ich recht habe. Die tickt nicht mehr richtig«, schimpfte Uma.

»Ich kenne sie ja kaum«, sagte ich.

»Sie wittert überall Betrug und Gefahr. Und wenn ihr mal jemand blöd kommt, dann bläst sie zum Angriff. Wie bei Sara.«

»Wie bei Sara?«, wiederholte ich fragend.

»Ja, Melchior hatte sie auf dem Kieker. Sie hat ihr bestimmt zwanzig Knöllchen geschrieben. Hat ihr überall aufgelauert.«

»Echt jetzt?«

»Ja, ist total krank, oder?

Gesund war es auf alle Fälle nicht.

»Was war der Auslöser?«

»Ich kenne die Story nur aus Melchiors Sicht, da ich keinen Kontakt mehr zu Sara hatte. Ihr zufolge hat Sara einmal versucht, über ihr Schöffenamt ein Knöllchen verschwinden zu lassen. Aber da war sie bei Melchior an der komplett falschen Adresse.« Uma lachte. Über die verrückten Seiten ihrer Kollegin zu reden, schien ihr zu helfen.

Wir machten einen Schlenker in den Josephine-Koch-Park. Es wurde allmählich dunkel, am Himmel waren bereits die Konturen des vollen Monds zu erkennen. Die Luft war lau. Wir passierten eine Skaterrampe, auf der ein paar Jugendliche mit ihren Boards hinauf- und hinunterrollten. Mir fiel auf, wie unbeschwert sie waren und einfach das Hier und Jetzt genossen. Auch Umas Aufmerksamkeit galt den Jugendlichen. Fast sehnsüchtig blickte sie zu ihnen. Wann hatte so eine Leichtigkeit zuletzt Platz in ihrem Leben gehabt?

Hatte das Verschwinden von Joleen Pohl alles verändert?

»Erzähl mir etwas über Joleen«, sagte ich.

Uma blieb zunächst regungslos und stumm. Schließlich räusperte sie sich und begann mit leiser Stimme zu sprechen. »Sie war damals die Erste, die mit mir redete, als ich mit sechzehn nach Bütgenbach kam. Sie hat mich gefragt, wie ich heiße, woher ich komme. Sie hat sich wirklich für mich interessiert. Sie war einfach nett.«

»Sie war auch bei allen anderen beliebt, nicht wahr?«, stellte ich fest.

Uma nickte demütig. »Sie war eine gute Schülerin, sogar Klassensprecherin, spielte gut Handball, hatte viele Freunde, war bei den Jungs angesagt. Sie war echt ein starkes Mädchen. Aber nach der Trennung von Xavier und der Phase der ersten Euphorie mit Benno war irgendwas anders.«

»Wie meinst du das, anders?«, hakte ich nach.

Sie ließ sich Zeit mit ihrer Antwort. Geistesabwesend sah sie zwei Vögelchen zu, die sich in der Krone eines Baumes in der Krankenhauszufahrt zuzwitscherten. Sie lächelte kurz auf. Dann wurde ihr Gesicht wieder ernster.

»Sie zweifelte. Während sie vorher ganz genau gewusst hatte, wie, wo und was sie tun musste, war sie plötzlich unsicher. Und damit kam sie nicht zurecht.«

»Die Trennung, womöglich die Schwangerschaft, die geplante Auswanderung nach Frankreich – das ist auch schon einiges an Veränderungen«, stellte ich fest.

Uma nickte schwach.

»Meinst du, sie lebt noch?«, fragte ich. »Ich meine, ist doch gut möglich, dass sie damals aufgrund ihrer Konflikte das Weite gesucht hat.«

»Um heute ihre Freunde von damals hinzurichten?«, fragte Uma erbost.

»Das habe ich nicht gesagt«, stellte ich klar.

»Aber du meintest es so.«

»Wäre es denn möglich?«

Uma zögerte. »Ganz ehrlich: Ich glaube es nicht.«

»Was glaubst du nicht? Dass sie noch lebt oder dass sie eine Mörderin ist?«

Sie sah mich ungläubig an. »Wenn sie noch lebt, hätte sie sich eher gemeldet«, raunte sie in einem aggressiven Ton. »Und wenn sie eine Mörderin wäre, hätte sie früher damit angefangen.«

Die Antworten stellten mich nicht zufrieden. Ich wartete gespannt darauf, ob Uma noch mehr zu sagen hatte. Doch auf dem weiteren Weg durch die Stadt, über den Werthplatz und den Kaperberg hinauf blieb sie vollkommen still. Ich passte mich ihr an. Mir lag es fern, sie mit noch mehr Fragen zu löchern, die sie womöglich noch tiefer in den dunklen Graben hineindrängten, den die Morde an Sara und Xavier aufgeworfen hatten.

»Worüber denkst du nach?«, fragte ich schließlich, als wir an dem Fußballplatz vorbeikamen.

»Ich rechne«, antwortete sie schneller als erwartet.

»Was denn?«, fragte ich gespannt.

»Ob Benno der Vater hätte sein können.«

»Und?«

»Wenn ich mich recht erinnere, haben die beiden sich in den

Karnevalsferien kennengelernt. Joleen jobbte für so ein Hotel und sie durfte mit zu einem Event in Frankreich. Da hat sie ihn das erste Mal gesehen. Zwischen Februar und Juni liegen vier Monate.«

»Zwei Monate genügen, um zu merken, dass man schwanger ist«, sagte ich. »Ausreichend Zeit also.«

»Ja«, sagte sie nachdenklich.

»Hast du diesen Benno eigentlich mal kennengelernt?«, fragte ich.

»Nein«, sagte Uma. »Keiner von uns. Nur Joleens Eltern, soviel ich weiß. Ich habe gehört, dass Benno nach Joleens Verschwinden mal in Eupen war, um sie zu suchen. Aber sicher bin ich mir da nicht.«

Wir blieben neben dem Kreisverkehr am Kopf der Frankendelle stehen. Wir waren so weit gegangen, dass es sich für mich nicht mehr lohnte, für mein Auto zum Präsidium zurückzukehren.

»Ich wohne in der Unterstadt«, sagte Uma. Sie war bereits im Begriff, sich mit einem kraftlosen Nicken und einem laschen Winken von mir zu verabschieden und die steile, zur Unterstadt führende Straße hinunterzulaufen.

»Wenn du möchtest, können wir morgen zusammen frühstücken«, sagte ich. Ich vermutete, dass sie allein lebte. In ihrer derzeitigen Verfassung täte ihr jeder Moment, den sie in Gesellschaft verbringen könnte, sicher gut.

»Gern«, antwortete sie. »Ich komme zum Ferienhaus. Halb neun?«

»Schön«, sagte ich. Ein vorsichtiges Lächeln erschien in ihrem Gesicht. »Hatte Benno damals eigentlich eine Familie?«, legte ich noch eine letzte Frage nach. »Wenn er zwölf Jahre älter als Joleen war, war sie vielleicht nur eine Affäre für ihn.«

»Ja, das ist mir auch schon in den Sinn gekommen«, sagte sie. »Eine Affäre, die ihm spätestens dann leidig wurde, als sie ihre Schwangerschaft vermeldete.«

16

»Was ist eigentlich das Ziel?«

»Ich verstehe nicht ganz, was du meinst.«

»Na, du redest immer davon, dass wir das Ziel nicht aus den Augen verlieren dürfen. Und ich frage nun: Welches Ziel meinst du genau?«

»Du bist wirklich zu süß für diese Welt. Was glaubst du denn?«

»Ich weiß es nicht. Deswegen frage ich ja.«

»Also, hör gut zu. Es gibt Dinge, die behält man für sich. Niemand weiß von ihnen außer man selbst. Na, hast du eine Ahnung, wie man diese Dinge nennt?«

»Geheimnisse?«

»Kluges Köpfchen. Wirklich kluges Köpfchen.«

»Und was ist das Geheimnis?«

»Das Ziel, wenn man es so nennen möchte, ist, dass das Geheimnis ein Geheimnis bleibt. Und ein Geheimnis bleibt nur dann ein Geheimnis, wenn man es mit niemandem teilt. Das heißt, ich werde es auch dir nicht verraten dürfen.«

»Aber Menschen dafür umbringen darf ich, oder wie?«

»Glaube mir, mein Engel, das war notwendig. Und wenn ich es selbst hätte tun können, sei versichert, ich hätte es getan.«

»Ein weiteres Mal wird es jedenfalls nicht geben. Ich verstehe nicht, wie ich das tun konnte. Ich bekomme Brechreiz, wenn ich daran denke, was ich getan habe.«

»Jaja, ist gut. Ich denke, wir haben nun erst einmal Ruhe. Wir werden erst wieder handeln, wenn unser Geheimnis in Gefahr ist.«

»Warum sagst du ›unser‹ Geheimnis? Es ist dein Geheimnis, das hast du doch eben selbst gesagt.«

»Wenn es mein Geheimnis ist, ist es automatisch auch dein Geheimnis. Wir kommen da nur noch zusammen raus.«

Montag,
26. September 2022

17

Als ich am nächsten Morgen wach wurde, nahm ich als Erstes den faden Geschmack in meinem Mund wahr. Ich hatte gestern keinen Tropfen Alkohol getrunken, und doch fühlte ich mich, als hätte ich die ganze Nacht durchgezecht. Während ich mich aufrichtete, kam ein fürchterliches Brummen in meinem Kopf dazu.

Mein Gott, du wirst alt!

Ein Blick aufs Handy verriet mir, dass ich alle gestrigen Sportwetten verloren hatte. Und dass ich verdammt spät dran war. Ich zog mir schnell was über und eilte nach draußen auf die Terrasse, wo Uma bereits an dem Tisch saß, an dem wir gestern gefrühstückt hatten.

»Morgen«, grüßte sie trocken.

Als ich mit verkratzter Stimme zurückgrüßte, konnte sie sich das Lachen nicht verkneifen. »Noch spät geworden gestern?«, fragte sie, während ich Platz nahm. Die junge Bedienung eilte sofort an den Tisch.

»Kaffee und Frühstück?«, fragte sie so schnell, als hätte man ihre Stimme aufgenommen und auf doppelte Wiedergabegeschwindigkeit gestellt.

»Ja, bitte«, sagte ich, ehe ich mich wieder Uma zuwandte. Sie musterte mich amüsiert. »Ich war früh im Bett, aber irgendwie fühle ich mich trotzdem wie gerädert.«

Ich ließ meinen Blick über die weite Landschaft und den großen Garten schweifen. Das Laub der Bäume raschelte. Im hinteren linken Bereich des Gartens trat der Mann mit den blonden Haaren mit einem Körbchen Möhren aus dem Gemüsegarten hervor. Es war alles wie immer, alles wirkte vertraut. Collier lag auf der Liege vor dem Pool. Jedoch meditierte er heute nicht, sondern las mit einer schweren Brille auf der Nase die Zeitung. Sein Blick war konzentriert. Aus der Ferne erspähte ich die Titelseite. Darauf waren Fotos der Opfer zu erkennen.

Ich bezweifelte, dass die Familien sie zur Verfügung gestellt hatten. Wahrscheinlicher war, dass sie aus den sozialen Medien stammten.

Im hinteren rechten Bereich des Gartens, dort, wo mehrere Tannen und Kiefern eng beieinanderstanden, übten sich Colliers Enkel im Pfeil- und Bogenschießen. Diesmal war es der Junge, der verdutzt dreinschaute, denn das Mädchen traf von Versuch zu Versuch immer besser. Als sie schließlich den Pfeil mitten ins Schwarze schoss, drehte sie sich um und lief mit hochgestreckten Armen durch den Garten.

»Super hast du das gemacht«, sagte ich, als sie dicht an uns vorbeirannte.

Sie drehte sich überrascht um, ehe sie mir freundlich zulächelte. »Ich habe auch viel geübt.«

Dann lief sie zurück zu dem Jungen, der bereits wieder sein Glück an der Zielscheibe versuchte.

Plötzlich stürzte die junge Bedienung mit den schwarzen Haaren nervös nach draußen und rief: »Herr Collier, kommen Sie bitte!«

Collier wandte seinen Kopf zur Seite und sah die junge Frau durch die dicken Brillengläser skeptisch an. »Ich? Was gibt es denn?«

»Ihre Frau«, keuchte sie aufgebracht. »Sie ist zusammengebrochen.«

Erst bei dem Wort »zusammengebrochen« legte Collier die Zeitung weg, erhob sich und eilte ins Haus. Uma und ich sprangen auf und wollten ihm folgen, um Hilfe zu leisten, doch Collier rief mit energischer Stimme: »Sie bleiben hier!«

»Aber wenn ihr etwas zustößt«, entgegnete ich.

»Das hat sie nicht zum ersten Mal. Wir kommen allein zurecht«, wiegelte er ab, ehe er im Haus verschwand.

Wir traten bis an die Terrassenschiebetür vor und beobachteten das Geschehen von draußen, um im Notfall doch noch eingreifen zu können. Aber es dauerte keine zehn Sekunden, da richtete Frau Collier sich wieder auf, setzte sich auf einen

Stuhl und winkte uns zaghaft zu. Wir winkten zurück, auch wenn wir die Situation nicht recht einordnen konnten. Aber offenbar wussten die beiden, was sie taten.

Uma und ich kehrten zu unseren Plätzen zurück und widmeten uns den Brötchen und Eiern, die die junge Frau inzwischen serviert hatte. Noch bevor wir alles verzehrt hatten, trat Collier erneut nach draußen.

»Es ist alles wieder gut«, sagte er, als er außer Atem, aber mit offenen Armen auf uns zusteuerte.

»Das freut uns. Wir hoffen, es ist nichts Ernstes?«, sagte ich.

»Nein, nein. Meine Frau hat es manchmal mit dem Kreislauf«, sagte Collier, ehe er, ohne Luft zu holen, das Thema wechselte. »Aber sagen Sie mal, was für fürchterliche Dinge muss ich denn da aus der Zeitung erfahren?«

»Das versuchen wir gerade aufzuklären«, sagte ich knapp und entschied mich kurzerhand dazu, seine Neugier für unsere Zwecke zu nutzen. »Aber vielleicht können Sie uns weiterhelfen. Sie haben mir gestern erzählt, dass Sie regelmäßig an die 2004 verschwundene Joleen Pohl denken müssen.«

»Ja«, sagte er nickend.

»Und jetzt sind zwei ihrer damaligen Freunde ermordet worden«, sagte ich.

»Zwei?«, fragte er überrascht. »Frau Hennen, ja, das wusste ich. Aber der Kerl ist doch ein Mottes, wenn ich richtig informiert bin.«

»Ja, er stammt aus der Eifel«, bestätigte ich. »Die gesamte Clique, die damals das Wochenende in Ihrem Ferienhaus verbracht hat, kam aus Bütgenbach. Einige der Jugendlichen sind danach nach Eupen gezogen – das tut aber hier erst mal nichts zur Sache. Meine Frage ist eigentlich, wie Sie damals das Wochenende erlebt haben.«

»Ich war an dem Wochenende nicht hier«, sagte er seufzend. »Ich hatte also keinen Kontakt zu dieser Clique.«

»Und doch sagten Sie, dass Sie jeden Tag an Joleen Pohl denken müssen«, stellte ich irritiert fest.

»Ja, immerhin wurde sie in dem Ferienhaus zuletzt gesehen«, verteidigte er sich, während seine Hand durch das schüttere graue Haar streifte. »In meinem Haus, verstehen Sie? Ich habe den Fall verfolgt, als wäre ich selbst dabei gewesen. Das Mädchen lag mir am Herzen. Nicht so sehr wie Benno, aber ich denke oft an sie, ja.«

»Benno?«, fragte ich verwundert. »Kennen Sie ihn?«

»Ja, er ist mal hier gewesen. Ein paar Wochen nach Joleens Verschwinden. Er hat kein Wort gesagt – ich nehme an, er war todtraurig. Er wollte das Haus sehen und das Zimmer, in dem sie geschlafen hat. Ich habe ihm alles gezeigt, mehr konnte ich aber leider nicht für ihn tun.«

Warum war er hier?

Ich schaute hinüber zu Uma, die wohl das Gleiche dachte wie ich und mir mit den Augen deutete, dass wir bald aufbrechen sollten. Doch ehe ich Collier gegenüber etwas in diese Richtung formulieren konnte, ergriff er das Wort. »Wenn Sie erlauben, schaue ich noch mal nach meiner Frau.«

»Selbstverständlich«, sagte ich. Er entfernte sich vom Tisch.

»Das stinkt doch zum Himmel«, zischte Uma, als Collier außer Hörweite war. Sie ließ ihr Croissant auf den Teller fallen, bevor sie mit dem Stuhl ein Stück näher an mich heranrückte. »In der Akte von damals steht, dass die französischen Kollegen Benno verhört haben.«

»Und, was ist dabei herausgekommen?«

»Er war zum Zeitpunkt von Joleens Verschwinden in Frankreich. Hat also ein Alibi.«

»Damit war er für die Ermittler nicht mehr interessant«, stellte ich fest.

Eine Weile schwiegen wir.

»Wen hat Benno damals angerufen, als Joleen verschwunden war?«

»Mich«, sagte Uma mit fester Stimme. »Aber ich weiß bis heute nicht, woher er meine Nummer hatte.«

»Hm, vielleicht hat Joleen sie ihm gegeben«, sagte ich.

»Ja, kann sein«, bekundete Uma. »Aber da gibt es noch etwas. Der Ermittler aus Frankreich hat mir heute Morgen verraten, dass sie Benno damals geschützt haben. Auf seinen Wunsch hin haben sie den Fall kleingehalten.«

Ich sah darüber hinweg, dass Uma ermittlungstechnische Telefonate führte, obschon sie offiziell von dem Fall abgezogen worden war. Ich wusste, dass sie das gleiche Ziel verfolgte wie ich: den oder die Täter zu finden.

»Was bedeutet das denn genau? Also, dass die französischen Ermittler ihn geschützt haben?«, hakte ich nach.

»Benno hat damals behauptet, dass er allein zu Hause in Frankreich gewesen wäre. Das hat man ohne Überprüfung als Wahrheit akzeptiert.«

»Warum?«, fragte ich.

»Er hatte Familie. Eine Frau und zwei Kinder. Seine Frau ist die Enkelin eines Hotelbarons, sie erbte von heute auf morgen das Familienimperium, das sie schließlich allein leitete. Benno, der als bildender Künstler lebte, rückte ins zweite Glied und sollte sich um die Kinder kümmern. Irgendwann kamen wohl der Frust und der Wunsch nach einem neuen Leben. Und dann traf er Joleen.«

»Und für Joleen wollte er seine Familie verlassen?«, fragte ich. »Immerhin war sie erst achtzehn.«

Die junge Bedienung servierte die Getränke. Als sie die Kaffeetasse vor mir abstellen wollte, schwappte das Heißgetränk leicht über. Hastig zog die Frau ein Tuch hervor und wischte die schwarzen Flecken weg. Im Weggehen sagte sie kaum hörbar: »Entschuldigung.«

Ich rief noch »Kein Problem« hinterher, aber sie schien es nicht zu registrieren, denn ihr Gang blieb schnell und ihr Blick starr zu Boden gerichtet.

»Laut dem Ermittler aus Frankreich hatte Benno genau das vor«, fuhr Uma fort. »Als er jedoch von Joleens Verschwinden hörte, habe er Angst bekommen, dass die Affäre auffliegen könnte. Ihm sei klar geworden, was er alles verlieren würde, wenn er weiter mit Joleen zusammenbliebe: seine Frau, die Kinder, das Geld. Er hat die Affäre dann aufgegeben.«

»Aber so ganz vergessen konnte er Joleen offenbar nicht«, bemerkte ich. »Laut Collier ist er ja nach ihrem Verschwinden in Eupen gewesen.«

»Ja, und genau das stört mich«, sagte Uma, während sie sich nach vorn beugte. »Warum war er hier, wenn er nichts mehr mit ihr zu tun haben wollte?«

»Vielleicht wollte er Abschied nehmen? Oder sich vergewissern, dass sie wirklich verschwunden ist und sich nicht nur vor ihm versteckt?«

Uma schüttelte den Kopf. »Ich denke da eher an etwas anderes. Wenn du mich fragst, war er hier, um Spuren zu verwischen.«

Nach dem Frühstück erhielt ich eine SMS von Melchior: »Jan Werts kommt für 10 Uhr. Gruß AM«

Da ich gestern zusammen mit Uma zu Fuß zum Ferienhaus gegangen war, stand mein Auto noch auf dem Präsidiumsgelände. Ich musste also auch jetzt wieder laufen. Auf dem Weg dorthin verirrte ich mich zwar einmal kurz, schaffte es dann aber doch noch, pünktlich um neun Uhr neunundfünfzig im Präsidium anzukommen.

»Ihr Auto scheint früher aufzustehen als Sie«, sagte Melchior, als ich den Versammlungsraum betrat. Sie saß am Tisch, vor ihr summte ein aufgeklappter Laptop. Wenn sie jeden Kollegen mit solchen Sprüchen bedachte, konnte ich verstehen, dass sie nicht viele Fürsprecher hatte.

»Ich würde sagen, es verträgt die Nächte unter freiem Himmel besser als ich«, entgegnete ich.

»Sie haben wohl immer einen klugen Spruch auf den Lippen, nicht wahr?«, fragte sie.

Was ist nur mit dieser Frau los?

Dann stand sie auf und ging schnellen Schrittes an mir vorbei. Der Duft des weihnachtlichen Parfüms kroch mir in die Nase.

Im Türrahmen blieb sie plötzlich stehen. »Übrigens«, sagte sie, »die Nachbarin von Xavier Thieron hat Sara Hennen aus seinem Haus kommen sehen, und zwar am Tag vor dem ersten Mord. Zuerst dachte sie, dass Hennen eine seiner oft wechselnden losen Bekanntschaften gewesen sei, aber als sie dann Hennens Foto mit der blauen Jacke, die sie sowohl während der Tat als auch bei ihrem Besuch bei Thieron getragen hatte, in der Zeitung sah, hat sie sie erkannt.«

»Das spricht dafür, dass die beiden etwas wussten, was dem Täter nicht gefallen hat«, vermutete ich.

»Genau. Mal sehen, was Jan Werts dazu sagt.« Unvermittelt drehte sie sich um und stieß die Tür zum Nebenraum auf.

Zuerst begriff ich nicht, was sie vorhatte, doch dann vernahm ich eine tiefe Männerstimme und hörte Melchior sagen: »Folgen Sie mir bitte.« Da wurde mir klar, dass Jan Werts sich bereits im Gebäude aufhielt.

Als er eintrat, dachte ich zunächst, Melchior hätte den falschen Jan Werts zum Verhör geladen. Denn der Mann, den ich zu sehen bekam, sah dermaßen jung und schmächtig aus, dass ich ihm höchstens zwanzig Jahre gegeben hätte und nicht die sechsunddreißig, die er laut Ausweis, den er unaufgefordert auf den Tisch legte, bereits hinter sich gebracht hatte. Diesen Eindruck verstärkte noch die Akne, die Halsbereich und Gesicht zeichnete. Er trug einen dünnen dunkelgrauen Sweater, der mehr als nur eine Nummer zu groß war. Melchior wies ihm den Platz uns gegenüber an. Als er sich setzte, stießen seine langen Hände gegen die Tischkante.

»Guten Morgen«, grüßte er mit tiefer Stimme, während er sich in den Stuhl zurücklehnte und Augenkontakt zu mir aufnahm. »Der Escortservice wäre nun wirklich nicht nötig gewesen.«

Wir hatten ihn, entgegen seiner Absicht, mit dem Nachtzug nach Eupen zu kommen, aus der Schweiz abholen lassen. Solange nicht geklärt war, inwiefern die Clique in die Mordfälle verwickelt war, befanden sich Jan Werts und Uma nach wie vor in Gefahr.

»Ich nehme an, Sie wissen, was passiert ist?«, fragte ich. Wenn er einen Blick in die Nachrichten geworfen hatte, war er über die Morde informiert.

»Ja«, sagte er bestimmt. »Aber ich befürchte, der Aufwand, mich hierherzubringen, war umsonst. Ich weiß nämlich wirklich nicht, wie ich Ihnen bei der Aufklärung der Taten behilflich sein könnte. Ich habe die beiden Opfer zuletzt vor achtzehn Jahren gesehen. Sara ist nach dem Studium nach Eupen gezogen, und Xavier ... keine Ahnung, wo der lebte.«

Das sichere Auftreten, das der Mann an den Tag legte, wollte nicht so ganz zu seinem äußeren Erscheinungsbild passen.

»Ich werde Ihnen auf die Sprünge helfen«, sagte ich und legte das Foto, auf dem er im Jahre 2004 mit ausgestreckten Armen vor der Musikbühne stand, vor ihm auf den Tisch.

»Ja, und?«, fragte er mit einem belustigten Lächeln. »Das bin ich.«

»Das steht außer Zweifel«, sagte ich. »Das Problem ist, dass das Foto in einem Haus aufgetaucht ist, in dem seit einigen Tagen ein Mann um seine Frau trauert.« Ich formulierte es absichtlich etwas umständlicher, in der Hoffnung, Werts damit eine Reaktion abzugewinnen. Doch er zuckte nur ahnungslos mit den Schultern.

»Wir haben das Foto in Sara Hennens Haus gefunden. Und zwar hinter einer Kommode, die erst vor einem Monat dort hingestellt wurde.«

Er räusperte sich. Sein Blick ging an mir vorbei.

»Sie waren bei ihr«, sagte Melchior. Es klang mehr wie eine Feststellung als wie eine Frage.

Werts schüttelte langsam den Kopf. Das Lächeln war verschwunden. »Nein. Wie ich schon sagte, ich habe sie seit Jahren nicht mehr gesehen.«

»Warum liegt dann ein Foto von Ihnen in Sara Hennens Wohnung?«, hakte Melchior nach.

»Ich kann's mir nicht erklären«, erwiderte Werts, ehe er sich wieder räusperte. Dann setzte er sich aufrecht hin und kratzte sich mit den knochigen Händen an einer der Aknepusteln am Hals.

Melchior beugte sich nach vorn und stützte ihr Kinn auf ihrer Faust ab. »Wer hat Sie damals geschubst?«

Werts' Blick schnellte zu ihr. »Wie bitte?«, fragte er entgeistert.

»Wer hat Sie damals geschubst?«, wiederholte Melchior. »Na, Sie wissen schon: als Sie sich auf dem Musikmarathon verletzt haben.«

Jan Werts stieß einen selbstgefälligen Seufzer aus. »Jetzt begreife ich so langsam, warum in diesem Land alles schiefläuft«, sagte er, während er wieder Augenkontakt zu mir aufnahm. »Durchforsten Sie jetzt jede Station meines Lebenslaufs und erstellen eine Analyse von jedem Toilettenspülgang, den ich ausgelöst habe? Na dann, viel Spaß. Aber ich prophezeie Ihnen, dass Sie dann in zwanzig Jahren noch immer hier sitzen und keinen Schritt weiter sind.«

Ich spürte, dass er langsam aus seiner Haut fuhr. Indem ich ihm nur stumm zunickte, erhoffte ich mir, ihn zum Zeigen von mehr Emotionen zu verleiten. Jeder Ausdruck könnte Aufschluss über seine Verstrickung in diesen Fall geben.

»An Ihrer Stelle«, fuhr er nach einer Pause fort, in der er sich wiederholt räusperte, »würde ich mich auf Joleen konzentrieren.«

»Warum?«, fragte Melchior. »Was ist plötzlich an dem Fall dran? Damals haben Sie ja nichts ausgesagt.«

Er verzog den Mund und schüttelte den Kopf. »Xavier wollte damals nicht, dass wir aussagen. Hat gesagt, wenn wir anfangen zu reden, drehen uns die Bullen einen Strick daraus. Und ich denke, er hatte recht. Wenn Sie mich heute fragen, dann war allein Joleen komisch und sonst niemand. Sie war dauernd abwesend mit ihren Gedanken und total durcheinander. Wenn sie denn mal was zu sagen hatte, dann erzählte sie von Dingen, die gar nicht passiert waren.«

»Zum Beispiel?«, fragte ich.

»Zum Beispiel«, wiederholte er plump, »schrie sie das ganze Haus zusammen. Fühlte sich nicht geliebt und dachte, sie wird verfolgt.«

»Und, wurde sie verfolgt?«, fragte Melchior.

»Blödsinn!«, raunte Werts. »Wenn Sie mich fragen, sah sie Gespenster. Da war nichts. Absolut nichts.« Er ließ sich genervt in den Stuhl fallen.

»Und so wie es aussieht, ist sie auch im Nichts verschwunden«, bemerkte ich.

Melchior gab einen seltsamen Ton von sich. Aber nicht, wie ich zunächst dachte, als Reaktion auf meine Bemerkung, sondern weil sie die SMS, die sie soeben erhalten hatte, zu amüsieren schien.

»Ja, und genau das kapier ich nicht«, schimpfte Werts. »Wie kann es sein, dass diese Frau noch immer nicht gefunden wurde?« Er redete in einem befremdlichen Ton über Joleen Pohl. Kaum zu glauben, dass die beiden einmal Freunde gewesen sein sollten. »Was ist, wenn sie noch lebt und für die Morde verantwortlich ist? Dann bekämen Sie nun für achtzehn Jahre Nichtstun endlich die Quittung!«

»Was wollen Sie damit sagen?«, fragte ich. »Haben Sie etwa Hinweise darauf, dass Joleen Pohl lebt?«

Werts hielt sich zurück mit seiner Antwort. Womöglich ahnte er, dass jedes Wort, das er jetzt sagen würde, eines zu viel sein könnte.

Dann blickte Melchior von ihrem Handy auf. »Sie haben uns ja gar nicht verraten, dass Sie zwei Jahre Sportwissenschaften studiert haben.«

Werts wurde kreidebleich. »Ich wollte Fußballtrainer werden, habe mich dann aber umentschieden. Habe stattdessen eine Lehre gemacht.«

»Eigentlich schade, wie ich finde«, bekundete Melchior. »Denn Sie hätten sicherlich einen guten Coach in Ihrer Paradedisziplin Bogenschießen abgegeben.«

18

2004

Das hatte sie nicht erwartet. Ausgerechnet Benno widersprach ihr. Der Mann, dem sie vertraute. Der Mann, den sie liebte. Mit dem sie ihre Zukunft aufbauen wollte. Ihr Mann. Benno.

»Nein, so kannst du nicht zu mir kommen. Das ist nicht fair, weder deinen Freunden noch mir gegenüber, und am allerwenigsten dir selbst gegenüber. Du musst dich vernünftig von ihnen verabschieden. Nur dann bist du wirklich frei.«

Sie hatte dagegengehalten. Hatte ihn angefleht und erklärt, dass sie mit den Nerven am Ende war. Dass sie sich von ihren Freunden nicht verstanden fühlte. Dass sie Hilfe benötigte. Seine Liebe brauchte.

»Joleen, du wirst deine Freunde danach nur noch selten sehen. Genieße die letzten Tage mit ihnen.«

Warum empfing er sie nicht mit offenen Armen? Warum war er so streng gewesen? Hatte sie am Telefon weinen lassen, ihr gesagt, dass sie sich irrte, dass sie sich zusammenreißen sollte, anstatt ihr eine Stütze zu sein und ihr Beistand zu leisten?

Joleen war allein. Sie lag bäuchlings auf dem Bett und weinte in ihr Kissen. Uma und Sara waren noch nicht zurück von der kleinen Feier am Lagerfeuer. Zum Glück, dachte Joleen. Sie wollte allein sein. Niemandem in die Augen sehen. Mit keinem reden. Sie wollte einfach weg aus diesem Zimmer, weg aus dieser Stadt.

Dann hielt Joleen plötzlich inne. Sie hörte ein Geräusch. Es kam von draußen.

Eine Katze?

Sie richtete sich im Bett auf. Es war dunkel. Sie spitzte die Ohren. Sie wollte das Geräusch identifizieren. Oder es zumindest lokalisieren. Doch nun hörte sie nichts mehr. Es war vollkommen still. So ruhig, dass sie sich bald wieder entspannte. Sich wieder hinlegte, bereit, endlich einzuschlafen.

»Hallo, Joleen.«

Xaviers Stimme zuckte wie ein Stromschlag durch ihren Körper. Sie schreckte auf, suchte aufgeregt nach dem Lichtschalter, fummelte mit der Hand an der Wand herum. Aber sie fand den verdammten Schalter nicht. Es blieb dunkel.

»Hilfe!«, schrie sie. »Hilfe!«

Sie kniete auf dem Bett und schrie. Fünfmal. Und mit jedem Mal wurde sie lauter.

Dann ging das Licht an. Jan trat in das Zimmer. Er bewegte sich auf sie zu. Nahm sie in den Arm, tröstete sie. »Ruhig, Joleen. Es ist alles gut.«

Doch sie ließ sich nicht beruhigen. Sie sah ihn panisch an, grub ihre Fingernägel in seine Haut, zog an seinem T-Shirt. Dann stieß sie ihn plötzlich von sich.

»Xavier«, sagte sie gehetzt. »Xavier.«

»Was ist mit ihm?«, fragte Jan aufgebracht.

»Er ist hier. Er will mir wehtun.«

Jan stand auf, schaltete auch im Nebenraum und in der Küche das Licht an. »Hier ist niemand.«

»Er war hier«, flüsterte Joleen. Ihre Zähne klapperten.

Uma betrat den Raum. »Was ist passiert?« Sie ging direkt auf Joleen zu und schloss sie in ihre Arme. Joleen konnte nichts sagen. Sie wollte, aber es kam kein Ton heraus. Ihre Augen blieben auf Xavier geheftet, der gleich hinter Uma hereingekommen war. Als er Joleens verunsicherten Blick registrierte, schaute er hinter sich. Dann wendete er sich wieder Joleen zu. »Guckst du mich an?«, fragte er verwundert.

»Sie will dich in diesem Zimmer gesehen haben«, sagte Jan amüsiert. »Du hast wohl irgendwas gemacht, das ihr eine Heidenangst eingejagt hat.«

»Was kann das wohl gewesen sein?« Xavier lachte. »Komm, lassen wir die Mädels mal allein. Wir gehen weitertrinken.«

Jan folgte seinem Freund nach draußen. »Guck mal, die hat

mich zerkratzt«, hörte Joleen ihn sagen. »Die ist total krank. Hat ’nen Verfolgungswahn oder was weiß ich.«

»Voll der Psycho!«, antwortete Xavier.

»Haut ab, ihr Idioten!«, schrie Uma den beiden hinterher. Dann streichelte sie Joleen übers Haar und wischte ihr die Tränen aus dem Gesicht.

Langsam beruhigte Joleen sich. »Er hat mir wehgetan«, sagte sie.

Uma stutzte und ließ sie los. »Ich dachte, du hättest dich von ihm getrennt.«

»Das meine ich nicht.« Joleen zog ihre Unterhose herunter und zeigte Uma das blutige X auf ihrem Hintern.

»Das war er?«

Joleen nickte.

»Wann?«

»Gestern. Er wollte, dass ich mich ausziehe.«

»Hat er dich …?

»Nein.«

Uma zeigte auf Joleens Po. »Warum tut er so was?«

»Ich weiß es nicht. Er hasst Benno. Und mich.«

»Der Kerl ist krank.«

Joleen nickte. »Ich habe Angst vor ihm.«

Uma nahm Joleens Hand. »Ab jetzt bleibst du an meiner Seite.«

19

Seitdem Melchior Jan Werts mit seiner Vergangenheit als Bogenschütze konfrontiert hatte, hüllte er sich uns gegenüber in Schweigen. Seine tiefe Stimme erfüllte nur noch einmal den großen Besprechungsraum, und zwar, als er mit seinem Anwalt telefonierte. Sein Anwalt war sein Schwager und befand sich noch bis morgen Abend im Familienurlaub auf Korsika. Bis er zurückkehrte und seinen Mandanten vertreten konnte, würden wir Werts in Untersuchungshaft verwahren. Zu viele Hinweise deuteten auf ihn, als dass wir ihn hätten laufen lassen können. Er war Mitglied der Clique, er hätte ausreichend Zeit gehabt, beide Taten auszuführen, er war geübter Bogenschütze und schien generell ein Faible für den Schießsport zu haben, zudem hatte er mit der zerstörten Fußballerkarriere ein Motiv. Er gab den perfekten Mörder ab.

Das Einzige, was fehlte, war sein Geständnis.

Melchior meldete sich für die kommenden Stunden ab. Sie musste ihre Mutter zu einem wichtigen Arzttermin begleiten und würde erst am Nachmittag wieder zur Verfügung stehen.

Ich nutzte die frei gewordene Zeit für etwas, das ich schon längst hätte tun sollen: Ich schlug die Akte zu dem Vermisstenfall Joleen Pohl auf. Und was ich zu lesen bekam, ließ mich erschüttert zurück.

Joleen Pohl war das letzte Mal am Dienstag, den 29. Juni 2004 gesehen worden. Eine Bewohnerin der Bahnhofstraße hatte sie beobachtet, wie sie gegen zweiundzwanzig Uhr fünfunddreißig mit ihrem roten Rucksack zum Bahnhof gewandert war.

»Sie sah gestresst aus«, hatte die Zeugin berichtet. »Beinahe so, als fühlte sie sich verfolgt.«

Mit dem Zug schien sie nicht gefahren zu sein, die Zugbegleiter konnten sich jedenfalls nicht an sie erinnern. Die Bahnhofsmitarbeiter hatten bereits um siebzehn Uhr das kleine Stationsgebäude verlassen.

Zusammen mit ihren Freunden hatte Joleen Pohl von Samstag, den 26. Juni, bis Mittwoch, den 30. Juni, das Ferienhaus am Eichenberg 13 gemietet. Wie Uma erzählt hatte, hatte Joleen geplant, direkt von Eupen nach Frankreich zu ihrem Freund Benno Merlain zu fahren. Die Aussagen ihrer Freunde bescheinigten ihr ein seit Wochen unausgeglichenes Wesen. Sie war hektisch von einem Ziel zum anderen gehetzt, ohne zu wissen, wo sie wirklich hinwollte. Durch die Bank sagten sie, dass Joleen Pohl während des verlängerten Wochenendes in Eupen von einer unbeschreiblichen Angst getrieben zu sein schien.

Der damalige Ermittler fasste es in seinem Fazit folgendermaßen zusammen: »Sie sah Gestalten, wo keine waren, wollte in einem Moment abhauen und im nächsten wieder zurückkehren. Jede Faser ihres Körpers stand unter Strom, und sie wurde von einem diffusen Gefühl der Unsicherheit geleitet. Sie hatte zwar vorgehabt, nach Frankreich auszuwandern, letztlich war sie aber in ihrem eigenen Körper gefangen und machte den Eindruck, in ihrem (Gefühls-)Leben die Orientierung verloren zu haben. Vor diesem Hintergrund ist nicht auszuschließen, dass Pohl sich aufgemacht hat – weder nach Frankreich noch nach Bütgenbach –, um irgendwo in der Welt ein neues Leben zu beginnen und das alte, das sie nur noch belastete, hinter sich zu lassen. Da sie offensichtlich nicht mit dem Zug gefahren ist, könnte sie Eupen per Anhalter verlassen haben.«

Der Ermittler hatte sein Urteil gefällt und sich ein Szenario ausgemalt, das ein Verbrechen ausschloss. Aber dass es sich auch wirklich so zugetragen hatte, dafür fehlten bis heute jegliche Beweise.

Insgesamt hätten die Cliquenmitglieder »wortkarg« gewirkt, wie der Ermittler schrieb. Einzig Uma habe sich an Joleens blutige Wunde am Gesäß erinnert, die ihr laut Joleen durch Xavier zugefügt worden war. Xavier stritt dies jedoch ab.

Die Eltern wurden damals ebenfalls von dem Ermittler befragt. Sie bescheinigten ihrer Tochter ein liebevolles Wesen. Sie sollte viele Freunde gehabt und gern Handball gespielt haben, in der Schule habe sie stets gute Noten geschrieben. In den Wochen vor ihrem Verschwinden habe sie dann zunehmend für »diesen Benno« geschwärmt, wie ihr Vater ihn stets nannte. Die Eltern hatten versucht, ihr den Wegzug nach Frankreich auszureden, doch als Joleen argumentierte, dass Benno ihre große Liebe und es einen Versuch wert sei, hatten die Eltern eingelenkt und ihren Entschluss unterstützt. In dieser Darstellung klang die Entscheidung, nach Frankreich zu gehen, wie ein wohlüberlegter Entschluss und nicht wie ein nervöses Hin und Her. Aber bekanntlich wussten Eltern nicht immer alles über ihre Kinder oder verbogen oftmals die Wahrheit, bis sie in ihr Vorstellungsbild hineinpasste.

Ich nahm mir vor, die Eltern zu kontaktieren, unter anderem, um in Erfahrung zu bringen, ob sie seitdem neue Erkenntnisse gewonnen oder – sollte Joleen Pohl noch leben – eine Nachricht von ihr erhalten hatten.

Die Eltern wohnten in einem alten Bauernhaus in Bütgenbach. Zwischen den Bruchsteinen bröckelte der Mörtel ab, das Dach war leicht gewölbt und wirkte so, als würde es bald nachgeben.

»Sind Sie ein Freund von Joleen?«, fragte die müde und rau klingende Frau, die mir die Tür öffnete.

»Piet Donker, ich bin von der Kripo«, stellte ich mich vor.

Sie seufzte enttäuscht, drehte sich um und bewegte sich träge ins Wohnzimmer. Ich folgte ihr.

»Was wollen Sie?«, fragte sie und ließ sich auf ein Sofa mit in die Jahre gekommenen Blumenmustern fallen. Mir wies sie den Platz gegenüber in einem blauen Sessel an. Ihr Mann trat ins Wohnzimmer, brummte ein »Hallo« und nahm neben seiner Frau Platz. An den Wänden hingen mehrere Fotos von Joleen. Ihr ganzes junges Leben im Schnelldurchlauf: Joleen als auf dem Bauch robbendes Baby, als mit dem Hund spielendes Kleinkind, als mit dem Fahrrad fahrendes Kind und als Minidisc hörende Teenagerin.

»Ihre Freunde sagten aus, dass Joleen sehr unsicher war und etwas verwirrt wirkte, bevor sie verschwand. Ich wollte wissen, ob Sie das auch so empfunden haben.«

In der Akte stand zwar bereits, dass die Eltern eine Wesensveränderung wahrgenommen hatten, aber ich wollte es von ihnen selbst hören.

»Sie war frisch verliebt«, antwortete die Mutter in einem melancholischen Ton. Dabei blickte sie zu ihrem Mann und griff nach seiner Hand. »Da ist man immer etwas durcheinander.«

Sie sind nicht wirklich in Gesprächslaune.

»Sind Sie Benno Merlain einmal begegnet?«, versuchte ich es mit einer anderen Frage. Vielleicht würde diese irgendwelche Emotionen hervorrufen.

»Zwei Wochen vor ihrem Verschwinden wollte Joleen ihn uns an einem Wochenende vorstellen. Aber er hat dann kurzfristig abgesagt«, antwortete Joleens Mutter.

»Er hat ein paar Wochen nach ihrem Verschwinden bei uns angerufen und gesagt, dass ihm leidtut, was passiert ist«, ergänzte Joleens Vater.

»Das hat er gesagt?«, fragte ich. »Dass es ihm leidtut?«

Sagt man das, wenn man sich nichts hat zuschulden kommen lassen?

»Ja«, bestätigte der Vater. »Auch wenn es in einem sehr holprigen Deutsch war.«

Beim Übersetzen aus der Muttersprache bleiben gern Nuancen auf der Strecke oder bringen gar falsche Wörter hervor. Die Wahrscheinlichkeit, dass sie ein bisschen was anderes verstanden hatten, als es gemeint gewesen war, lag also relativ hoch.

»Hat sonst noch jemand Kontakt zu Ihnen aufgenommen?«

Sie schauten sich in die Augen, blieben aber stumm.

»Es tut mir leid«, fuhr ich fort, »aber ich muss diese Frage stellen: Haben Sie irgendetwas gefunden oder ein Zeichen gleich welcher Art erhalten, das uns helfen könnte?«

Die beiden schauten sich noch immer an, inzwischen mit gläsernen Augen. Die Mutter umschloss fest die Hand des Vaters.

»Nein«, sagte er mit leiser Stimme. »Nichts.«

Danach machte sich Stille breit. Die beiden lösten ihre Blicke voneinander und starrten voller Traurigkeit auf den Teppich. Ich wollte sie nicht länger quälen und richtete mich auf.

»Die Morde in Eupen – denken Sie …?«, begann der Vater.

»Dazu kann ich noch nichts sagen.«

»Natürlich«, sagte er, während er mich zur Haustür führte. Aus dem Wohnzimmer ertönte Schluchzen. »Sie hätte uns Bescheid gesagt.«

Das denke ich auch, dachte ich, ohne es auszusprechen.

Danach verließ ich das Haus.

Als ich wieder im Auto saß und über das Hohe Venn den einstündigen Weg nach Eupen antrat, überkam mich ein beängstigendes Gefühl der Schwere. Ich blickte hinaus auf die weite Moorlandschaft, auf das träge, trockene Pfeifengras. Das Land wirkte so leblos, wie ich mich in diesem Moment fühlte. Die Stimmung der Mutter von Joleen Pohl hatte mich heruntergezogen. Die erdrückende Stille, die Gelähmtheit, ja die Leere, die Joleen hinterlassen hatte und die mit jedem Tag, an dem sie nicht wiederkehrte, ein Stück weit unerträglicher wurde. Sie würde erst dann nachlassen, wenn klar wäre, was mit Joleen geschehen war. Erst dann, wenn Gewissheit herrschte. Und es war meine Aufgabe, dafür zu sorgen, dass dieses Gefühl der Ungewissheit aufhörte und die Wahrheit endlich ans Licht kam.

»Gibt es was Neues?«, fragte Uma in einer Sprachnachricht.

Sie kann es nicht lassen.

Sie war so wahnsinnig neugierig. Ich musste schmunzeln.

Ich rief sie an und sagte: »Vielleicht«, statt einer Begrüßung.

»Hm, ich hätte da auch ein, zwei Infos«, sagte sie. »Was hältst du davon, wenn wir gleich eine Runde im Wald spazieren gehen?«

Im Wald war Sara Hennen umgebracht worden. Da trieb mich freiwillig vorerst gar nichts hin.

»Den Wald und alle anderen öffentlichen Plätze würde ich gern erst mal meiden«, meldete ich meine Sicherheitsbedenken an.

»Mein Beschützer«, antwortete Uma lachend. »Okay, dann komm zu mir. Weserstraße 12.«

»Alles klar, bis gleich!«

Die Weserstraße ging am unteren Ende von der steilen, in die Unterstadt führenden Frankendelle ab. Uma bewohnte eine Hälfte eines der Doppelhäuser, die irgendwann in den Siebzigern in einer Reihe gebaut worden waren. Sie kamen etwas schmucklos daher, und doch befanden sie sich, mit der Weser vor der Nase und dem Wald im Rücken, mitten in der Natur. Als ich aus dem Auto stieg, nahm ich den Geruch von Knoblauch und frischen Kräutern wahr. Die Tür des Hauses mit der Nummer zwölf stand weit offen, doch Uma war nicht zu sehen. Ich klingelte. Kurz darauf vernahm ich Umas Stimme: »Komm rein!«

Ich trat ein und folgte dem Geruch, in den sich nun auch der Duft von Hefeteig und Tomaten mischte. Mir blies ein Windhauch entgegen, der sich offenbar der offen stehenden Schiebetür im Wohnzimmer verdankte.

Uma schaute gespannt durch die Scheibe des Ofens, der auf Augenhöhe in der Küche platziert war. »Magst du Pizza?«

»Klar.« Da ich seit heute Morgen nichts mehr zu mir genommen hatte, kam das Essen wie gerufen.

»Perfekt«, sagte sie händereibend, bevor sie sich hüpfend dazu aufmachte, die Haus- und Schiebetür zu schließen.

»Wo ist deine Leibwache?«, fragte ich.

»Meine Leibwache?«, fragte sie irritiert. »Sagt man das so?«

»Keine Ahnung«, gestand ich schulterzuckend. »Du kannst ihn auch anders nennen.«

Sie dachte kurz nach. »Jean-Claude.«

Ich sah sie verwirrt an. »Heißt er so?«

»Nein«, sagte sie lang gezogen. »Wegen Jean-Claude Van Damme.«

»Ach so«, sagte ich mit einem verschmitzten Lächeln.

»Na ja, er sitzt jedenfalls draußen im Auto und findet meine Witze im Gegensatz zu dir immer gut. Da auf der Theke steht ein Walkie-Talkie. Sollte also das Handynetz von Hackern lahmgelegt oder die Kölner Bucht von einem Erdbeben erschüttert werden, hätte ich noch immer einen direkten Draht zu ihm. Ist das nicht klasse?«, fragte sie belustigt.

Ich lachte mit ihr – so viel Selbstironie musste belohnt werden. Während Uma einem Lachflash unterlag, bekam ich gerade noch die Kurve.

»Du bist unfair«, sagte ich, nachdem ich mich wieder eingekriegt hatte.

»Mal im Ernst«, sagte sie, noch immer halb lachend. »Ab und zu fragt Jean-Claude nach, ob alles in Ordnung ist. Er passt gut auf mich auf, du brauchst dir keine Sorgen zu machen.« Ihre Wangen waren rot angelaufen, und in ihren Augen schimmerten Lachtränen. Als der Ofen laut lospiepste, setzte sie die Bedienungsrädchen auf null, öffnete die Tür und nahm das Blech raus. »So, fertig!«

Die Pizza sah knusprig und einfach nur großartig aus. Uma schnitt zwei Stücke zurecht und legte sie auf die Teller, die auf dem bereits gedeckten Tisch standen. Erst jetzt fielen mir die zwei Weingläser und die Flasche Rotwein auf.

»Für mich keinen Wein«, sagte ich, als Uma zum Einschenken ansetzte.

Sie ignorierte meine Worte und befüllte mein Glas mit dem Rebensaft. »Zu Pizza gehört Wein«, sagte sie lächelnd. »Sonst macht es doch nur halb so viel Spaß. Findest du nicht?«

Nachdem ich mir in den vergangenen Monaten beinahe jeden Tag zu Fast Food und Chips mindestens ein Bier reingepfiffen hatte, lautete mein Vorhaben eigentlich, in Eupen komplett auf Alkohol zu verzichten. Aber wo sie recht hatte, hatte sie recht.

»Danke«, sagte ich, bevor wir die Gläser hoben und anstießen. Als wir danach Platz nahmen und die ersten Stücke Pizza verschlangen, sprach ich sie auf die von ihr angepriesenen Infos an.

»Es ist wegen Collier«, sagte sie schmatzend. »Als du ihn heute Morgen gefragt hast, ob er damals im Ferienhaus gewesen sei, hat er ›Nein‹ geantwortet.«

Ich nickte. »Und das stimmt nicht?«

»Jein. Er war nicht im Ferienhaus selbst, aber er hatte sich irgendwann für die Einliegerwohnung angekündigt. Um dann am Ende doch nicht zu kommen.«

Meine Neugier war geweckt. »Wann war das?«

»Ich weiß es nicht mehr genau. Es muss Montag oder Dienstag gewesen sein.«

»Das heißt, er hat euch Bescheid gegeben, dass er nach Eupen kommt, während ihr euch dort aufgehalten habt?« Ich wollte nur sichergehen, dass ich alles richtig verstanden hatte.

»Ja.« Hastig kippte sie einem zu heißen Stück Pizza Wein hinterher.

»In welcher Form hatte er Kontakt zu euch?«

»Nur telefonisch.«

»Und was hat er genau gesagt?«

»Mein Gott, genau weiß ich das natürlich nicht mehr«, sagte Uma. »Er wollte vorbeikommen, aber letztendlich ist er nicht aufgekreuzt.«

Ich erinnerte mich wieder daran, dass ich Collier nach dem Fund von Sara Hennens Leiche im Wald begegnet war. War er wirklich nur zufällig dort gewesen, oder hatte er etwas mit den Morden zu tun? Mit dem mutmaßlichen von damals und denen von heute?

»Was denkst du, lebt Joleen noch?«, fragte ich unvermittelt. Jan Werts hatte die Frage aufgeworfen, und auch mich störte, dass es absolut keine Hinweise gab – weder für ihr Fortleben noch für ihren Tod.

Sie räusperte sich leise. »Mein Gefühl sagt mir, dass ihr etwas zugestoßen ist.« Ihre Stimme klang sanft.

»Wie meinst du das? Woran denkst du, wenn du sagst, dass ihr etwas zugestoßen ist?«

Sie sah mich lächelnd an. »Das weiß ich auch nicht. Es ist bloß ein Gefühl.«

»Ich habe noch eine Frage«, sagte ich, während Uma uns Wein nachschenkte. »In der Akte steht, dass Joleen dir anvertraut hat, dass Xavier sie verletzt habe. Jedoch wird darin mit keinem Wort erwähnt, was das für eine Verletzung gewesen sein soll.«

»Es war eine Schnittwunde am Po«, sagte Uma, ehe sie einen weiteren Schluck aus ihrem Weinglas nahm. »Sie sah aus wie ein X.«

»Oh mein Gott«, sagte ich geschockt. »Und die hat Xavier ihr zugefügt?«

Uma verzog die Lippen und erhob sich plötzlich, um das Geschirr abzuräumen. »Das ist das, was Joleen mir gesagt hat. Aber ehrlich gesagt: Ich weiß nicht, ob es stimmt.«

Ich ging ihr zur Hand, räumte das Öl und die Servietten ab. Uma stand mit dem Rücken zu mir gewandt am Waschbecken und spülte die Teller.

»Aber du hast das X gesehen?«, fragte ich.

»Ja«, sagte sie mit schwacher Stimme. »Aber ich frage mich, ob sie es sich nicht selbst zugefügt hat. Sie war nach der Trennung von Xavier so anders. So sensibel und unsicher.«

Heißer Dampf stieg von der Spüle auf. Umas Hände waren schmerzhaft rot.

»Und Xavier?«, fragte ich. »Ist er oft durch Gewalttaten aufgefallen?«

»Nicht dass ich wüsste. Er fiel eher durch Frauengeschichten auf«, sagte sie, drehte sich um und fixierte mich. »Er ließ nichts anbrennen.«

Ich erwiderte ihren eindringlichen Blick und glaubte, eine Erwartung darin zu erkennen, die ich nicht erfüllen konnte. Es war nicht so, dass ich Uma nicht attraktiv fand, ganz im Gegenteil. Mein Herz pochte so schnell, dass es eigentlich nur den Weg nach vorn gab, doch etwas hinderte mich daran, ihn zu gehen. Ich fürchtete, es war die Last der letzten Monate. Einen Moment lang dachte ich, Uma würde das Heft selbst in die Hand nehmen. Sie würde mich küssen, und wir würden uns lieben. Aber letztlich passierte nichts. Und je länger wir uns ansahen, ohne dass einer von uns etwas unternahm, desto mehr geriet ich in Verlegenheit.

Umso erleichterter war ich, als mein Handy klingelte und mich aus der misslichen Lage befreite. »Matthias Gerber. Guten Tag, Herr Donker«, sagte der sehr artikulierte Mann am anderen Ende der Leitung. »Ich bin der Anwalt von Jan Werts.«

Eigentlich hatte ich seinen Anruf erst morgen Abend erwartet, da seine Sekretärin mir ausgerichtet hatte, dass er sich noch im Familienurlaub befand.

»Hallo, Herr Gerber«, grüßte ich knapp, ehe er wieder das Wort ergriff.

»Hören Sie, ich mache es kurz«, sagte er mit einem genervten Unterton. »Objektiv gesehen kann ich verstehen, dass Sie meinen Mandanten als Tatverdächtigen in Betracht ziehen, jedoch bin ich mir ziemlich sicher, dass Sie damit Ihre Zeit verschwenden.«

»Was macht Sie da so sicher?«, fragte ich.

»Ich habe meinen Mandanten gebeten, alle Personen aufzuzählen, die sich im Jahr 2004 im Dunstkreis der Clique befunden haben. Lange standen nur fünf Namen auf dem Zettel, doch dann fiel ihm ein, dass sich damals eine gewisse Lisa, deren Nachname nach meinen Recherchen Ferber lautet, für einige Stunden in Eupen aufgehalten hat.«

Den Namen hatte ich weder in der Akte gesehen, noch hatte Uma ihn erwähnt. Ich ging davon aus, dass Werts' Anwalt ein Ablenkungsmanöver vorbereitete.

»Und was soll an dieser Lisa Ferber so besonders sein?«

»Sie hat mit dreizehn Jahren einen Jungen niedergestochen.«

20

»Hast du keinen Hunger?«

»Nein.«

»Iss wenigstens ein Stück Brot.«

»Ich mag nicht.«

»Los, iss schon. Du siehst nicht gut aus.«

»Ich fühle mich auch nicht gut.«

»Du kannst dich von dieser Sache nicht so runterziehen lassen. Du musst sie abhaken, sie vergessen.«

»Das kann ich nicht. Nicht nach dem, was ich gehört habe.«

»Was hast du denn gehört?«

»Alles über den Abend im Jahr 2004.«

»Waaas? Mit wem hast du gesprochen?«

»Lass mich in Frieden.«

»Etwa mit Mama?«

»Sie kann nichts dafür.«

»Du sollst nicht zu ihr! Verdammt noch mal, du tust ihr nicht gut. Wann kriegst du das endlich in dein Hirn rein?«

»Ich habe mich nach ihr gesehnt.«

»Wie oft habe ich es dir gesagt? Los, sag schon, wie oft habe ich es dir gesagt?«

»Oft.«

»Was hat sie dir gesagt?«

»Alles.«

»Du weißt nicht, was ›alles‹ ist.«

»Doch. Leider weiß ich es. Ich weiß alles.«

»Das hätte sie nicht tun dürfen.«

»Sie ist traurig.«

»Du hättest es nicht tun dürfen.«

»Ich werde die Wahrheit ans Licht bringen.«

»Dann war alles umsonst.«

»Dein Geheimnis? Das du mit so viel Aufwand bewahrt hast?«

»Du weißt doch nichts. Guckst auch noch so dämlich. Los, sag, was willst du jetzt tun? Ich seh doch, dass du irgendetwas ausbrütest.«

»Ich brüte nichts aus. Das Ei liegt bereits da.«

»Du weißt nicht, was das für Folgen hat.«

»Du zitterst.«

»Danke, dass du mich dran erinnerst.«

»Gern geschehen.«

»Weißt du was: Ich kaufe dir ein Ticket nach Hawaii oder Australien und gebe dir einen Koffer voller Geld, dann kannst du ein neues Leben beginnen und alles vergessen. Was hältst du davon?«

»Nein.«

»Nein?«

»Jeder wird es erfahren.«

»Dann lässt du mir keine andere Wahl.«

21

Während meines Telefonats mit Jan Werts' Anwalt war Uma aufgestanden. Sie hatte sich in die Küche begeben, um Pfannkuchen zuzubereiten. Ich merkte ihr an, dass ihr die Leichtigkeit abhandengekommen war. Ihre Miene war ernst, und ihre Bewegungen wirkten schwerfällig. Wahrscheinlich hatte sie an meinem Gesichtsausdruck abgelesen, dass irgendetwas nicht stimmte.

»Wer war das?«, fragte sie, nachdem ich das Telefongespräch beendet hatte. Dabei fasste sie sich vor Verlegenheit an den Hals.

»Werts' Anwalt«, antwortete ich. »Ich denke, er möchte den Verdacht von seinem Mandanten ablenken.«

»Womit hat er das denn versucht?«, fragte Uma mit einem angestrengten Lächeln.

»Sagt dir der Name Lisa Ferber etwas?«, fragte ich.

Sie schluckte laut, ihr Blick wanderte ins Leere.

Stille.

Sie kennt sie.

»Jan Werts' Anwalt behauptet, dass sie sich damals in Eupen aufgehalten hat«, fuhr ich fort. »Und er sagt außerdem, dass sie als Jugendliche einen Jungen ermordet hat.«

Uma schloss die Augen. Sie stand noch immer aufrecht vor dem Herd. Während die Abzugshaube brummte, beobachtete ich, wie ihr Brustkorb sich mit jedem Atemzug hob und senkte.

Nach einer Weile öffnete sie ihre Augen schließlich wieder. »Ich glaube, ich muss dir etwas sagen«, brachte sie heraus.

»Ich bin ganz Ohr«, entgegnete ich.

»Lisa ist meine Halbschwester.«

Ich nickte schwach, konnte das Gehörte aber noch nicht wirklich einordnen.

»Und ja, es stimmt, dass sie am Tag von Joleens Verschwinden in Eupen gewesen ist«, sagte sie. »Aber das heißt ja nicht …«

Ihre Stimme versagte. Mit dem Pfannenwender drehte sie den Pfannkuchen auf die andere Seite.

Was hat das zu bedeuten?

»Vielleicht hilft es, wenn du mir zunächst erzählst, wer Lisa ist und weshalb sie sich damals in Eupen aufhielt.«

Uma nickte schwach, während sie sich mit beiden Händen auf die Arbeitsfläche stützte. Mit glasigen Augen sah sie mich an und begann zu erzählen. »Wir haben dieselbe Mutter. Sie hat sich nie richtig um uns gekümmert. Lisa und ich wohnten mal für ein paar Monate bei ihr und dann wieder nicht. Unsere Mutter hatte am laufenden Band On-off-Beziehungen und Affären, und wir standen immer dazwischen. Lisas Vater war nett, aber er hing an der Flasche. Mein Vater war ein brutales Schwein.«

Ich zuckte zusammen. Eine solch tragische Lebensgeschichte hatte ich hinter Umas fröhlich wirkender Erscheinung nicht erwartet.

»Als ich fünfzehn war, sagte meine Mutter, dass sie am nächsten Tag nach Mallorca ausreisen wird. Sie habe das schlechte Wetter in Belgien satt. Sie habe jemanden kennengelernt, in dessen Bar sie arbeiten könnte. Lisa schickte sie mit zwölf aufs Internat, ihr Vater war inzwischen obdachlos. Mein Vater hingegen ergriff die Gelegenheit und nahm mich von der Schule, damit ich auf seinem Bauernhof die Drecksarbeit machen konnte.«

Ich schüttelte vor Unverständnis den Kopf. »Das tut mir leid. Ich wusste ja nicht –«

»Ist schon okay«, sagte Uma.

Wie viele Schicksalsschläge hat sie schon hinnehmen müssen?

Grauer Rauch stieg aus der Pfanne auf. Augenblicklich verbreitete sich der Geruch von Verbranntem.

»Verdammt!«, fluchte Uma und stellte die Pfanne hastig auf ein unbeheiztes Feld auf dem Herd.

»Tief durchatmen«, sagte ich.

Sie folgte meinem Rat und schloss dabei die Augen. Als ihre

Atmung sich etwas beruhigt hatte, schlug sie ihre Augen wieder auf.

»Lisa war immer schon sensibel«, sprach sie weiter. »Bereits als Baby und später auch als Kleinkind. Sie benötigte viel Zuneigung. In der Schule ging sie in der Klasse unter, weil sie so schüchtern war. Deswegen dachten alle, dass sie es schwer haben würde, in Sankt Vith das Internat zu besuchen. Doch ihr ging es wider Erwarten sehr gut. Zunächst jedenfalls.«

Uma warf einen Blick auf den verbrannten Pfannkuchen und seufzte kurz auf. Danach schaute sie nachdenklich nach draußen auf die ruhig dahinströmende Weser. Ich bemerkte, dass ihre Augenlider zuckten.

»Wir schickten uns alle paar Wochen Briefe – Handys gab es damals noch nicht, oder besser gesagt, sie waren im Jahr 2000 unter Jugendlichen noch nicht so verbreitet, wie es heute der Fall ist. In den Briefen schrieb sie immer wieder, es würde ihr wahnsinnig gut gehen und dass sie viele Freunde hätte, mit denen sie lauter tolle Sachen erlebt. In der Zeit arbeitete ich mir von fünf Uhr morgens bis in die Dämmerung hinein den Rücken auf dem Hof meines Vaters krumm. Erst anderthalb Jahre danach, mit sechzehn, zog ich in eine eigene kleine Wohnung und ging nach Bütgenbach auf die Schule. Doch als ich noch bei meinem Vater war, ja, daran erinnere ich mich noch gut: Damals habe ich gedacht, dass Lisa das bessere Los gezogen habe. Ich war nicht neidisch oder so. Im Gegenteil: Ich dachte, dass sie endlich angekommen sei, und war in gewisser Weise auch stolz auf sie. Doch dann kam der Anruf meiner Mutter.«

Uma verstummte plötzlich. Ihr Blick stierte ins Leere. Sie schnaufte durch ihre Nase, sagte aber nichts mehr.

Es muss schlimm für sie sein, dir das alles erzählen zu müssen.

Aber ich musste erfahren, was damals geschehen war. »Was hat sie gesagt?«, fragte ich. »Deine Mutter.«

»›Es ist was mit Lisa‹, hat sie gesagt. Ich höre ihre kalte Stimme noch heute: ›Uma, es ist schrecklich. Komm sofort zum Internat!‹«

»Und? Bist du hingefahren?«, fragte ich.

»Ja«, antwortete sie und nickte. »Allerdings mit dem Bus. Ich hatte keine andere Möglichkeit. Ich besaß noch keinen Führerschein und hatte auch keine Freundin, die einen gehabt hätte. Als ich am Internat in Sankt Vith ankam, standen überall Polizeikräfte und Krankenwagen. Mein Herz pochte ganz schnell. Ich suchte die Menschenmenge nach Lisa ab. Aber dann sagte mir meine Mutter, dass sie bereits abgeführt worden sei.«

Uma ging zum Kühlschrank und kramte eine Flasche Gin daraus hervor. Sie füllte ihr Weinglas bis zur Hälfte damit und kippte das durch den Wein rosa gefärbte Getränk in einem Zug herunter.

»Hast du mit ihr gesprochen?«, fragte ich.

»Sie kann sich bis heute an nichts erinnern. Alles, was an diesem Tag passiert ist, ist aus ihrem Gedächtnis gestrichen. Vor dem Internat erzählte mir meine Mutter, dass Lisa einen zwei Jahre älteren Jungen mit einem Messer umgebracht hatte. Warum sie das getan hat, wissen wir bis heute nicht.«

»Gab es Zeugen?«, fragte ich.

Sie schüttelte den Kopf.

»Ist sie denn vorher schon mal wegen Gewaltanwendung aufgefallen?«

Uma zuckte mit den Schultern. »Von Mitschülern erfuhren wir später, dass sie an die falschen Menschen geraten war. Sie soll täglich Drogen genommen, mit Cannabis angefangen haben und irgendwann zu LSD übergegangen sein. Die Internatsleitung will von alldem natürlich nichts mitbekommen haben.«

Ich war erschüttert von dem, was Uma erzählte. Lisas Lebensgeschichte schien ein Paradebeispiel dafür zu sein, wie schnell und tief Jugendliche fallen konnten, wenn ihnen in der Kindheit nicht die notwendige Geborgenheit geschenkt wurde. »Wie geht es Lisa heute?«

Uma zog ein Taschentuch aus der auf der Küchenzeile stehenden Box und tupfte ihre Nasenlöcher damit ab. »Ihr geht es gut, denke ich. Sie hat nach den Geschehnissen damals ein paar

Jahre in der Kinder- und Jugendpsychiatrie verbracht. Dank einer guten Psychologin hat sie das Ganze gut verarbeitet und ist zum Glück auch von den Drogen weggekommen.«

»Und der Umstand, dass sie sich an nichts erinnern kann, belastet sie nicht?«, fragte ich.

»Doch«, antwortete Uma rasch, um danach eine zögerliche Pause einzulegen. »Ich habe den Eindruck, dass es sie am Anfang mehr störte als heute. Ich denke, sie hat sich inzwischen damit abgefunden, dass da nichts mehr zurückkommt.«

»Wie oft siehst du deine Schwester?«

»Halbschwester«, stellte sie klar. »Das kann ich nicht so genau sagen. Unterschiedlich. Mal ein paar Tage hintereinander und dann für ein paar Wochen gar nicht. Meistens sucht sie mich spontan auf, oft dann, wenn sie meine Nähe braucht.«

»Hat sie damals, als du dich mit der Clique in Eupen aufhieltst, auch deine Nähe gesucht? War das der Grund für ihr Erscheinen?«

»Ich denke, ja«, antwortete Uma prompt.

»Gab es für die Tat im Internat ein Motiv?«

»Keines, das bekannt ist«, sagte sie mit zitternder Stimme. »Wie gesagt, Lisa erinnert sich nicht mehr an die Geschehnisse.«

»Es tut mir leid«, sagte ich. »Ich kann mir vorstellen, dass es schwer für dich ist, diese Fragen zu beantworten.«

»Ist schon okay.«

Ich wartete einen Moment, dann fuhr ich mit meinen Fragen fort. »Kann ausgeschlossen werden, dass Lisa noch andere Taten vergessen haben könnte?«

Umas Lippen zitterten.

»Ich meine, wenn das nicht abgeklärt wurde, dann könnte sie einen weiteren Mord begangen haben und davon womöglich auch nichts mehr wissen.«

Ich hoffte, sie würde die Frage mit einem klaren Nein beantworten. Doch ich ahnte, dass es nicht so einfach war.

»Ich weiß es nicht«, sagte Uma mit unsicherer Stimme, während ihre Augen feucht wurden. »Es ist alles so kompliziert.«

»War das das Gefühl, von dem du vorhin gesprochen hast? Dass Joleen etwas zugestoßen ist?«

Uma blieb regungslos.

Mein Gott, was läuft hier ab?

Es war nur allzu verständlich, dass Uma ihre Halbschwester beschützen wollte, doch im Moment sprach ziemlich viel gegen diese Lisa.

»Hast du ein Foto von ihr?«

Uma wischte sich die Tränen weg, bevor sie nach ihrem Portemonnaie auf der Kommode im Flur griff und ein Foto daraus hervorholte. Das Foto war einige Jahre alt, das verrieten der leicht vergilbte Hintergrund und die abgenutzten Ränder. Eine schmale Frau war darauf zu erkennen, sie hatte schulterlanges schwarzes Haar und lächelte vergnügt in die Kamera. Ich erkannte die Person auf dem Foto wieder, auch wenn sie heute ganz anders aussah als damals. Ich glaube, es waren die hellblauen Augen, die mir in Erinnerung geblieben waren. Sie war die gebärdende Frau mit dem kahl rasierten Kopf, die mir bei meiner Ankunft in Eupen beinahe vors Auto gelaufen wäre.

22

2004

Sie wusste nicht, wohin mit sich. Wo Joleen auch hinsah, spürte sie negative Gedanken. Xavier bedrohte und missbrauchte sie, Jan klopfte dumme Sprüche, und Sara interessierte sich nur für sich selbst. Doch das Schlimmste war, dass Benno sie zurückgewiesen hatte. Ausgerechnet Benno, der Mann, mit dem sie den Rest ihres Lebens verbringen wollte. Wem konnte sie noch trauen, wenn selbst ihre große Liebe sie nicht so annahm, wie sie war?

Doch einen Lichtblick gab es. Uma hatte ihr Geborgenheit geschenkt. Sie war gestern Abend bei ihr geblieben, hatte Joleen in den Arm genommen, sie auf die Stirn geküsst und getröstet. Doch jetzt war sie nicht mehr da. Sie war ohne Joleen losgezogen, hatte sie allein im Zimmer zurückgelassen. Warum hatte sie sie nicht geweckt? Sie hätten doch zusammen frühstücken und danach die Stadt erkunden können. Hatte sie auch schon genug von ihr? War Umas Fürsorge nur eine Erste-Hilfe-Maßnahme gewesen, um sie zu beruhigen? Und jetzt war Joleen wieder das, was sie offenbar in den Augen aller war: Luft?

Sie wusste, dass die Gedanken nicht richtig waren, dass sie ihren Freunden und Benno unrecht tat. Nicht allen, aber einigen. Sie trugen keine Schuld an ihrer Schwermut. Es war ihr Gemüt, das sie herunterzog. Sie war nicht zufrieden damit, wie es lief. Eigentlich hätte sie glücklich sein müssen bei der Aussicht, bald nach Frankreich zu Benno aufzubrechen, bei ihrem Romeo zu sein und für immer in seinen Armen zu liegen. Sie hätte feiern, trinken und tanzen müssen, so wie sie es vorgestern gemacht hatte. Doch der kurze Moment des Glücks lag gefühlt Hunderte Lichtjahre zurück.

Sie beschloss, lange und heiß zu duschen, das machte sie immer, wenn sie sich down fühlte. Danach ging es ihr in der Regel besser. Aber als sie sich nach der Dusche anzog, brannte die Wunde am Gesäß ungeheuerlich. Noch viel schlimmer aber war der Juckreiz, der sie am ganzen Körper plagte. Sie kratzte sich unentwegt an Hüfte und Ellenbogen, fühlte sich eingeengt von der eng anliegenden Kleidung aus Synthetik und Baumwolle. Eine halbe Stunde lang lief sie im Zimmer auf und ab, kratzte sich, rang immer wieder mit dem Gedanken, doch jetzt gleich die Koffer zu packen und zum Bahnhof zu laufen. Zu Benno, zu der Sicherheit, die seit gestern Risse bekommen hatte. Aber sie sah schließlich ein, dass sie jetzt nicht wegkonnte. Nicht einfach so. In jedem Fall aber musste sie dieses Zimmer verlassen. Sie brauchte Luft, Licht, Sonnenschein. Sie sehnte sich nach Leben, nach Lachen und Freude. Am liebsten alles auf einmal. Und dann für immer auf Pause drücken.

Sie schnappte sich die Kamera und verließ das Haus. Draußen schien die Sonne, nur vereinzelte Wolken waren am Himmel zu sehen. Es war warm, nicht so sehr, dass man schwitzte, eher angenehm wie an einem schönen Frühlingstag. Sie zog los und knipste. Einen Vogel auf einem Ast, ein Fußballstadion, ein Kriegerdenkmal. Menschen begegnete sie kaum, und die wenigen, die ihr über den Weg liefen, sahen nicht interessant aus. Erst in der Gospertstraße wurde sie fündig. Sie setzte sich auf eine Bank in der Sonne. Hielt Ausschau nach Menschen, die etwas Besonderes ausstrahlten. Ein altes Ehepaar, Sicht von hinten. Die Frau hakte ihren Arm bei ihrem Mann ein, die beiden küssten sich. Dann ein kleines Mädchen, das Seifenblasen in den Himmel verabschiedete. Da war es, das Leben, bei dem sie auf den Pausenknopf drücken konnte. Sie spürte, wie die Beobachtung anderer Menschen sie positiv stimmte. Und sie freute sich, noch siebenundzwanzig Fotos auf dem Film zur Verfügung zu haben. Noch dazu lag ein weiterer in ihrer Hosentasche.

Den ganzen Tag werde ich Fotos machen, dachte sie grinsend, als ihr das verloren wirkende Mädchen mit den schulterlangen schwarzen Haaren auffiel. Sie war ungefähr sechzehn und stand mitten auf dem Marktplatz. Suchend drehte sie ihren dünnen Körper von einer Seite zur anderen und knabberte an den Fingernägeln. Joleen fiel auf, wie das Mädchen für einen Moment innehielt und dreinblickte, als würde sie tief in ihre Gedankenwelt abtauchen.

Klick. Klick. Zwei Fotos machte Joleen von ihr, ehe das Mädchen wieder hektisch ihren Kopf bewegte. Und Sekunden danach plötzlich losrannte. Klick.

Ein Foto, wie sie rennt. Das ist gut.

Das Mädchen lief die Paveestraße hoch und bog nach ein paar Metern in ein Gässchen ab, das in den Klinkeshöfchenpark hineinführte. Joleen eilte ihr hinterher, wahrte aber einen gewissen Abstand, um nicht aufzufallen. Nachdem Joleen den Park betreten hatte, erkannte sie in mehreren Metern Entfernung das Mädchen. Sie stand einer Passantin gegenüber und gestikulierte wild, ohne einen Laut von sich zu geben. Als das Mädchen schließlich zur Ruhe kam und ihre Arme sinken ließ, sah Joleen das Gesicht der anderen Person. Ihr Herz polterte mit einem Mal. Denn dort stand nicht etwa irgendeine Passantin, sondern ihre Freundin Uma. Uma bewegte nicht weniger aufgebracht ihre Arme und Hände, zwischendurch brüllte sie dem Mädchen sogar etwas entgegen, doch die Kommunikation zwischen ihnen schien zu stocken. Nicht jede Bewegung wurde vom Gegenüber verstanden.

Joleen blieb von den beiden unbemerkt, auch dann, als Uma dem Mädchen frustriert den Rücken zukehrte und trotzig davontrottete. Das Mädchen lief Uma hinterher, zerrte an deren T-Shirt und machte ein paar Handzeichen. Daraufhin führte Uma eine Bewegung aus, die unmissverständlich war. Sie legte die Hände auf Bauchhöhe quer übereinander und breitete dann die Arme aus. Das wiederholte sie dreimal und schrie dabei: »Nein! Nein! Nein!«

23

Die Frau mit den kurz rasierten Haaren, die mir fast vors Auto gelaufen wäre und die ich später noch mal im Pub gesehen hatte, war also Umas Schwester. Lisa, so hieß sie – ein Name, den man sich einprägen sollte. Sie hatte mit dreizehn einen fünfzehnjährigen Jungen umgebracht. Und sie hatte sich in Eupen aufgehalten, als Sara Hennen und Xavier Thieron ermordet worden waren.

Ist sie unsere Täterin?

Ich hatte ihr in die Augen gesehen. Ihren kalten Blick erwidert. Aber auch ihre Scheu erkannt, ihre Angst. Als sie mir beinahe vors Auto gelaufen wäre, hatte sie es eilig gehabt. So eilig, dass sie sich nicht umgesehen hatte, ehe sie losgesprintet war. Sie hatte so gewirkt, als sei sie auf der Flucht. Die Frage war nur, wovor.

»Lisa ist gehörlos, richtig?«, fragte ich Uma.

»Nein. Sie kann hören, redet aber nicht.«

Ich sah sie fragend an.

»Die Stimmbänder und die Sprechorgane sind intakt, aber Lisa scheint sie nicht mehr nutzen zu können. Die Ärzte nennen es totalen Mutismus. Er kann durch Schockerlebnisse ausgelöst werden.«

»Und sie leidet seit damals – also dem Vorfall im Internat – unter diesem Mutismus?«, hakte ich nach.

Uma nickte.

»Wo wohnt Lisa? In Eupen?«, fragte ich.

»Sie wohnt eigentlich in Antwerpen – das ist zumindest mein letzter Stand«, antwortete Uma. »Ich war überrascht, als ich sie vor zwei Tagen im Pub gesehen habe. Sie wirkte so mager, und ihr Blick war so leer.«

»Wann hast du sie denn zuvor das letzte Mal gesehen?«, fragte ich.

Uma überlegte eine Weile. »Hm, das muss so vor zwei Jahren gewesen sein. Davor suchte sie mich immer wieder mal auf. Sie brauchte mich, lehnte sich bei mir an. Wahrscheinlich ist es auch diesmal so, dass sie einfach meine Nähe sucht.«

»Glaubst du das wirklich?«, fragte ich.

Uma zuckte mit den Schultern und nickte dann zaghaft. »Ja, das glaube ich.«

»Ich denke, wenn das das Ziel ihres gegenwärtigen Eupen-Besuchs wäre, dann hätte sie schon längst Kontakt zu dir aufgenommen. Meinst du nicht?«

Uma verzog ihr Gesicht. »Sie hat ...« Sie machte eine Pause. »Wie soll ich das sagen? ... Ähm, sie hat einen gewissen Respekt vor mir.«

»Du bist ihre große Schwester«, stellte ich fest.

»Halbschwester«, korrigierte sie mich erneut, während sie sich ein weiteres Glas Gin füllte. »Ja, aber das ist es nicht.« Sie schwieg wieder für einen Moment. »Ich gehe manchmal zu ruppig mit ihr um«, gestand sie schließlich mit einem aufgesetzt selbstsicheren Grinsen. »Ich bin nicht immer die Sensibelste.«

»Habt ihr euch gestritten?«, fragte ich.

Doch Uma schüttelte nur den Kopf und nahm einen großen Schluck von dem Gin.

»Hast du etwas Falsches gesagt?«, hakte ich weiter nach.

»Das könnte sein«, erwiderte sie. »Ich denke, ich habe sie verschreckt. Vielleicht muss sie diesmal einfach ein bisschen Mut aufbringen, um auf mich zuzukommen.«

Wenn eine Mörderin in der Stadt herumlief, waren wir gezwungen zu handeln. Auf menschliche Eitelkeiten und pädagogische Kniffe konnte ich dabei keine Rücksicht nehmen.

»Ich denke, so lange können wir nicht warten. Wir müssen sie befragen, und zwar so schnell wie möglich.«

Uma trank das Glas leer und setzte dazu an, Gin nachzukippen. Ich hielt sie jedoch davon ab. »Ich denke, du hast genug.«

Sie nickte demütig. »Dann werden wir sie suchen«, sagte sie mit ernsthaftem Blick.

»Ja, dann los!«, sagte ich. »Wo könnte sie sein?«

»Aber wir sollten gleichzeitig die anderen Verdächtigen nicht aus den Augen verlieren.«

»Natürlich. Wir prüfen alle Verdächtigen und alle Indizien«, sagte ich. »Aber wenn du Jan Werts meinst: Er wird nichts anstellen, solange er in U-Haft sitzt.«

»Schon klar. Er tut das, was er am besten kann. Er versteckt sich«, entgegnete Uma. »Diesmal hinter seinem Anwalt.«

»Was meinst du damit? Hat er sich schon einmal versteckt?«

Uma schien abzuwägen, während sie aus dem Küchenschrank eine Chipstüte herauskramte. Sie öffnete die Tüte, entnahm ein paar Chips und schob sie sich in den Mund.

»Das war einfach nur so gesagt«, antwortete sie kauend. »Er kam früher mit allem durch. Haben drei Jungs einen Streich gespielt, wurden die zwei anderen gefasst. Ich dachte eher an Benno Merlain. Auf ihn sollten wir auch ein Auge haben.«

»Du hast recht«, stimmte ich ihr zu. »Ich werde die französischen Kollegen bitten, ihn nach Eupen zu bringen und mir ein aktuelles Foto von Merlain zu übersenden.«

Uma nickte nachdenklich. »Und nicht zu vergessen: Collier. Er hat dir ja gesagt, dass er damals nicht in Eupen gewesen ist. Wir haben ihn zwar nicht gesehen, aber er hatte zumindest geplant vorbeizukommen. Denn er hat uns sein Kommen ja extra telefonisch angekündigt.«

»Dann knöpfen wir uns ihn zuerst vor«, sagte ich. »Womöglich hat er ein Geheimnis, von dem niemand etwas erfahren darf.«

Uma und ich machten uns auf den Weg zum Ferienhaus. Unterwegs ließ ich Lisa Ferber von den Kollegen im Revier zur Fahndung ausschreiben. Nachdem ich aufgelegt hatte, erschien Melchiors Name auf dem Display. Sie hatte mit ihrer Mutter wegen eines Notfallpatienten zwei Stunden beim Arzt warten müssen, ehe sie an der Reihe gewesen war. Sie war am Telefon kurz angebunden und wollte nur wissen, wo ich mich befand. Ich erzählte ihr von der Ungereimtheit in der Aussage Colliers und dass ich ihm einen Besuch abstatten wollte, um in Erfahrung zu bringen, warum er damals sein Kommen angekündigt hatte und dann doch nicht erschienen war.

»Wir treffen uns dort«, sagte sie und legte auf, noch ehe ich ihr von Lisa Ferber erzählen konnte.

Als Uma und ich den Garten des Ferienhauses betraten, zog Collier seine Bahnen im Pool. Eine Strecke schwamm er Brust, die andere Rücken. In den Sträuchern hinter dem Pool nahm der Mitarbeiter mit den blonden Haaren und dem kernigen Gesicht hier und da einen Verjüngungsschnitt vor. Ich winkte Collier aus einer Entfernung von ungefähr zwanzig Metern zu, während er mit Taucherbrille auf uns zuschwamm. Ich dachte, er würde jetzt gleich aus dem Becken steigen und uns begrüßen, doch als er am Beckenrand angekommen war, setzte er zu einer Rollwende an und schoss in die andere Richtung davon.

Währenddessen vernahm ich hinter mir Schritte im Gras. Als ich mich umdrehte, sah ich ins wutentbrannte Gesicht von Melchior.

»Was sucht sie hier?«, fragte sie schroff, den Blick auf Uma gerichtet.

»Ich weiß, Frau Ortmann sollte nicht hier sein«, antwortete ich möglichst sachlich, mit dem Ziel, die Situation zu entschärfen. »Aber es gibt eine neue Spur. Uma kann uns dabei helfen, diese zu verfolgen.«

»Und welche Spur soll das bitte sein?«, fragte Melchior emotionslos.

Ich warf einen Blick über meine Schulter, um sicherzugehen, dass niemand mithörte. Collier zog weiter unbeirrt seine Bahnen, sein Mitarbeiter hing nach wie vor in den Sträuchern. Ich wandte mich wieder Melchior zu.

»Es geht um eine gewisse Lisa Ferber. Sie hat mit dreizehn einen fünfzehnjährigen Jungen ermordet und hielt sich am Tag von Joleen Pohls Verschwinden in der Stadt auf.«

Melchior reagierte unbeeindruckt. »Weiß man, was sie in der Stadt zu suchen hatte?«

Ich zögerte, da ich es selbst nicht wirklich wusste.

Doch offenbar war Uma sich in der Sache ziemlich sicher. »Sie war wegen mir da«, sagte sie.

Melchiors Blick wanderte langsam zu ihr hinüber. Vor lauter Skepsis wurde die Falte zwischen ihren Augenbrauen immer tiefer. »Helfen Sie mir auf die Sprünge, Ortmann.«

»Lisa Ferber ist meine Halbschwester«, antwortete Uma knapp. »Sie war in Eupen, weil sie meine Nähe gesucht hat.«

Melchior schüttelte verständnislos den Kopf. Sie konnte ihre Verärgerung nicht verbergen. Doch bevor sie etwas sagen konnte, tauchte plötzlich Collier hinter uns auf.

»Gleich drei Kommissare«, sagte er, während er sich gut gelaunt die Haare mit dem Handtuch trocken rubbelte. »Dann muss es was Wichtiges sein.«

Ich lachte verlegen, während Melchior angesäuert seufzte.

»Entschuldigen Sie, ich wollte sagen, drei Kommissar*innen*«, korrigierte er sich mit einem verschmitzten Lächeln.

»Sie haben mich angelogen«, konfrontierte ich ihn.

Er sah mich ungläubig an. »Habe ich das?«

»Sie sagten, dass sie in dem Zeitraum 26. bis 30. Juni 2004 nicht in Eupen gewesen seien und keinen Kontakt zu der Clique gehabt hätten. Nun vernahm ich aber von den Cliquenmitgliedern, dass Sie für den 28. Juni, einen Montagabend, kurzfristig Ihr Erscheinen angekündigt hatten.«

»Keine Ahnung, ob das der Tag war«, sagte er gleichgültig. »Aber ich kann mich noch gut an meinen Zusammenbruch erinnern.«

Ich sah ihn fragend an. »Was für ein Zusammenbruch?«

Er riss die Augen auf, als hätte er eine plötzliche Eingebung. Dann schnaubte er durch die Nase und richtete seinen Blick in den hinteren linken Teil des Gartens. »Je nachdem, wie der Wind steht, riecht man den Kompost, nicht wahr?«

»Was für ein Zusammenbruch?«, wiederholte ich.

Er verzog sein Gesicht und drehte sich wieder zu mir. Er überspielte seine Gereiztheit mit einer freundlichen Miene. »Nur mit der Ruhe, ich erzähle Ihnen ja alles«, sagte er. »Ungefähr zwei Jahre vor diesem Tag im Juni 2004 hatte es mit plötzlichen Schweißausbrüchen angefangen. Ich dachte zunächst, es wär der Stress oder irgendwas Nervliches. Als dann aber erhöhter Blutdruck sowie Konzentrations- und Schlafstörungen dazukamen, wurde mir klar, dass es eine andere Ursache geben musste. Eine Bekannte stellte den Kontakt zu Mathieu, meinem Heilpraktiker, her. Er fand mit der überfunktionierenden Schilddrüse relativ schnell die Ursache und setzte die Behandlung dementsprechend an. Aber das Problem war: Ich hielt mich nicht immer an seine Spielregeln. Ich lebte so ungesund weiter wie vorher, ging jeden Tag ins Restaurant, trank Wein und Whisky und hielt Sport für einen sinnlosen Zeitvertreib. Und so kam es dann an besagtem 28. Juni zu der lebensbedrohlichen Stoffwechselentgleisung.«

»Das heißt, Sie waren am 28. Juni nicht in Eupen?«, hakte ich nach.

»Ich war irgendwann in Eupen«, antwortete er geduldig. »Nageln Sie mich aber bitte nicht auf einen Tag fest. Ursprünglich hatte ich vorgehabt, zu meinem Heilpraktiker zu fahren. Doch dann stand es plötzlich so schlecht um mich, dass ich ins ungeliebte Krankenhaus gebracht werden musste.«

»Das wird sich sicherlich überprüfen lassen«, sagte ich.

»Gewiss«, antwortete Collier, ehe er sich das Handtuch über die Schulter warf, sich von uns abwandte und gemächlich ins Haus spazierte.

»Was halten Sie von der Schilddrüsenstory?«, fragte ich Melchior, die das Gespräch zwischen mir und Collier aus dem Hintergrund verfolgt und dabei immer wieder auf ihr Tablet geschaut hatte.

»Ist doch egal, was ich davon halte«, sagte sie genervt. »Wir werden die Story checken, und dann wissen wir, was sein Gerede wert ist.«

Uma zuckte enttäuscht dreinblickend mit den Schultern.

»Ich habe in der Zwischenzeit was anderes Interessantes gefunden«, sagte Melchior in einem nüchternen Tonfall, während sie sich den roten Haarreif geraderückte. »Der Junge, den Lisa Ferber umgebracht hat, hieß Ben Göllner.«

Ich wartete auf weitere Erklärungen, doch offenbar glaubte Melchior, dass sie mit dieser Info ausreichend viel gesagt hatte. Ich sah zu Uma, in der Hoffnung, dass sie eine Querverbindung ziehen konnte, aber ihr war anzusehen, dass auch sie nicht ganz schlau aus Melchiors Andeutung wurde.

»Flori, auch bekannt als der ›Nachtwandler‹, streift seit gefühlt zehn Jahren in Eupen herum und sorgt dafür, dass den Streifenpolizisten nicht langweilig wird. In den meisten Fällen betritt er ungefragt Privatgrundstücke und späht in fremde Häuser. Anfangs wurde er oft beschimpft oder verscheucht, inzwischen lassen die Menschen ihn gewähren. Obschon er auf Fragen nicht antwortet, hat es schon immer geheißen, dass er die Häuser nach seinem verstorbenen Sohn absucht. Da der Nachtwandler nicht aus unserer Gegend kommt, hat man das Gerücht nie auf seinen Wahrheitsgehalt hin überprüft.«

»Ich verstehe nicht ganz«, gab ich zu.

»Beim Überfliegen der Akte Lisa Ferber ist mir der Name des Opfers aufgefallen«, führte Melchior weiter aus. »Der Name Göllner kam mir gleich bekannt vor, aber erst als ich ein paar Zeilen darunter gelesen habe, dass der Vater des ermordeten Jungen Florian heißt, wusste ich, woher.«

»Der Nachtwandler ist der Vater des ermordeten Jungen?«, fragte Uma fassungslos.

Du warst also nicht der Einzige, der auf dem Schlauch stand.

Melchior nickte. »Ist er. Wir haben es überprüft.«

»Krass«, stieß Uma aus. »Und was macht er die ganze Zeit? Sucht er echt nach seinem Sohn? Der ist doch tot. Toter geht es nicht.«

Melchior schüttelte zaghaft den Kopf. »In der Akte stand, dass er den Tod sehr wohl realisiert hat und auch in einer Therapie relativ gut verarbeiten konnte. Was ihm aber zu schaffen macht, ist, dass alle persönlichen Gegenstände seines Sohnes verschwunden sind.«

»Warten Sie«, sagte ich. »Verstehe ich das richtig? Sie meinen, er könnte in Eupen nach Bens Sachen suchen?«

»Ja, das ist meine Vermutung«, sagte Melchior.

»Aber warum in Eupen, wenn das Internat doch in Sankt Vith war?«

»Genau diese Frage soll uns der Nachtwandler beantworten.«

24

»Was hast du mit dem Mädchen gemacht?«

»Du stellst vielleicht Fragen. Weißt du, wie lange das her ist?«

»Es ist aktueller denn je.«

»Habe ich dir nicht erst gestern gesagt, dass du dein schönes Köpfchen nicht mit unschönen Dingen belasten sollst? Los, sag schon, hab ich das?«

»Sie reden über sie.«

»Sei bitte nicht so furchtbar unpräzise. Wer redet über sie?«

»Uma und dieser Ermittler.«

»Was sagen sie?«

»Ich weiß nicht.«

»Mein Gott, nun sag schon!«

»Ich denke, sie bringen die Morde mit dem Fall des Mädchens in Verbindung.«

»Das habe ich erwartet. Und trotzdem ärgere ich mich darüber, dass ich das nun hören muss.«

»Das kann ich mir vorstellen.«

»Aber ich danke dir, dass du es mir gesagt hast.«

»Das ist selbstverständlich.«

»Du bist ein Schatz. Wie kann ich meine liebe Tochter aufheitern?«

»Ein freier Tag würde mir einmal guttun.«

»Einen halben sollst du haben.«

»Danke.«

»Gern geschehen.«

»Ich lege mich kurz hin, ja? Danach geh ich wieder an die Arbeit.«

»Ja, mach nur. Es kann sein, dass ich gleich mal weg bin.«

»Was hast du vor?«

»Du hast mich eben auf eine Idee gebracht.«

25

Der unter dem Namen »Nachtwandler« bekannte Stadtstreuner war also der Vater von Ben, dem Jungen, der im Jahr 2000 im Alter von fünfzehn Jahren im Internat in Sankt Vith von Lisa ermordet worden war. Das Schicksal des Jungen schien Lisa Ferber und den Nachtwandler zu verbinden, erklärte jedoch noch nicht, warum die beiden sich – heute wie im Jahr 2004 – in Eupen aufhielten. Beide Male waren sie hier gewesen, und beide Male war etwas Schreckliches geschehen. Und wir sahen uns unweigerlich mit der Frage konfrontiert, ob das nur Zufall war oder die Spur der Morde an Xavier Thieron und Sara Hennen zu den beiden führte.

Uma, die von Melchior mürrisch geduldet wurde, fuhr mit uns in die Unterstadt. Sie wusste, dass Florian Göllner zwar keinen offiziellen Wohnsitz vorzuweisen hatte, aber seit einigen Monaten in einem der Häuser im Schilsweg übernachtete, die nach der Überschwemmung immer noch als unbewohnt galten.

Mitte Juli 2021 hatten Wassermassen bis dahin unbekannten Ausmaßes einen Großteil der Eupener Unterstadt geflutet und große Schäden angerichtet, deren Spuren heute noch zu sehen waren. Auf dem Scheiblerplatz angekommen, stiegen wir aus den Autos aus und begaben uns in den Schilsweg. Durch die zerborstenen Fenster hindurch lugte ich in entkernte Wohnzimmer. An einem Wohnhaus sah ich Baustaub durch die offen stehende Haustür wirbeln, während Geräusche von elektrischen Säge- und Schleifmaschinen durch die Straße hallten. An mehreren Häusern waren die Tür- und Fensteröffnungen mit Multiplexplatten verschlossen worden. An einigen Haustüren hing ein Schreiben der Stadt Eupen mit dem Hinweis, dass das Haus unbewohnbar sei.

»Was sucht der Nachtwandler, wenn er nachts in die Häuser späht?«, fragte ich.

Melchior lachte auf. »Wenn wir das wüssten, wären wir auch nicht schlauer.«

»Als Göllner nach dem Tod seines Sohnes dessen Zimmer im Internat betrat, war er schockiert und desorientiert«, erklärte Uma, die sich während der Fahrt am Tablet in die digitale Akte des damaligen Falles eingelesen hatte. Auch ein Foto von Benno Merlain hatten die französischen Kollegen inzwischen übermittelt. »Göllner wollte seinen Sohn sehen, doch die Leiche war bereits auf dem Weg zur Obduktion. Daraufhin suchte er nach Klamotten oder anderen persönlichen Sachen. Aber er musste feststellen, dass das Zimmer komplett leer geräumt worden war.«

»Von der Polizei?«, fragte ich.

»Vom Täter«, sagte Uma.

Von Lisa.

»Das heißt, er hat kein einziges Andenken an seinen Sohn?«

»Zumindest keines aus der jüngsten Zeit vor dessen Tod«, sagte Uma. »Nur das, was sich in Bens Elternhaus befand.«

»Wonach könnte er denn suchen? Gibt es eine Vermutung?«, hakte ich nach. Irgendwas musste da doch sein.

»Ben hat wohl ziemlich gut gemalt. Die Aufsichtspersonen im Internat schwärmten jedenfalls von seiner Kunst.«

»Und jetzt sucht Göllner diese Kunst in fremden Wohnzimmern?«, fragte ich verwirrt.

»Das können wir nur vermuten. Sicher ist jedenfalls, dass Göllner sich nach dem Verlust seines Sohns schwere Vorwürfe gemacht hat. Er hat sogar seine Karriere als Richter beendet. Dabei hatte er vorher alles dafür getan, weiter die Leiter erklimmen zu können, sogar Ben aufs Internat geschickt. Danach war Göllner zunächst für ein paar Monate in Brasilien. Die Leute munkeln, dass er am Amazonas mit Affen zusammengelebt hat. Und ungefähr ein Jahr nach dem Tod seines Sohnes ist er dann das erste Mal in einem Garten in Eupen aufgetaucht.«

»Er verschafft sich also Zutritt zu Privatgärten und schaut durch die Fenster ins Hausinnere?«

Uma nickte.

»Es gibt aber weder Einbrüche noch uns bekannte Angriffe?«, vergewisserte ich mich.

»Nichts dergleichen«, bekräftigte Melchior kurzatmig. Sie hatte sichtlich Probleme, mit uns Schritt zu halten. »Deswegen haben wir bisher auch von einer Strafverfolgung abgesehen. Man muss aber auch sagen, dass er von den Bewohnern inzwischen weitestgehend geduldet wird. Die Kollegen vergleichen ihn mit einem Dachs, der durch die Gärten streift.«

»Die meisten haben Mitleid mit ihm«, ergänzte Uma.

Je mehr ich über den Nachtwandler erfuhr, desto mehr wuchs mein Interesse an ihm. Was trieb diesen zerstreut wirkenden Menschen an? War es die Sehnsucht nach seinem verstorbenen Sohn? Oder war es etwas, das ihm noch viel mehr bedeutete, von dem wir aber noch nicht wussten, worum es sich dabei handelte?

»Hier muss es sein«, sagte Uma, als wir vor einem alten Bruchsteinhaus standen. Auch an dieser Tür hing ein Schreiben der Stadt, das das Haus als unbewohnbar deklarierte. Bei näherem Hinsehen bemerkten wir, dass das Schloss defekt und die Tür nur angelehnt war. Mit vorgehaltenen Waffen traten wir ein. Unvermittelt kroch uns ein beißender Geruch in die Nase, eine Mischung aus Moder, Feuchtigkeit und etwas Verwesendem. Uma wurde augenblicklich übel, sie verließ das Haus geradewegs über die Terrassentür und sicherte den Garten. Während es Melchior die Treppe hinauf in die erste Etage zog, sah ich mich im Erdgeschoss um. Ich durchsuchte einen Raum nach dem anderen. An den Wänden waren noch die Pegelstände der Flut zu erkennen. Anderthalb Meter hoch hatte das Wasser hier gestanden. Am Boden lagen leere Pizzakartons und Bierdosen neben einer alten, vergilbten Matratze.

Als ich auch im letzten Raum niemanden aufgefunden hatte, lugte Uma durch die Terrassentür herein. »Keine Spur, was?«, fragte sie.

Ich setzte gerade dazu an, »Nein, nichts« zu sagen, als Melchior im oberen Stockwerk plötzlich einen lauten Schrei ausstieß. Augenblicklich eilten Uma und ich nach oben und erwarteten bereits das Schlimmste. Doch oben angekommen, sahen wir, dass Melchior die einzige Person dort war.

Sie war allein mit den toten Tieren.

Es waren ungefähr zehn Kadaver, hauptsächlich von Hasen und Rehen, die an Seilen von einem Querbalken herunterbaumelten. Bei jedem Schritt, den wir auf dem halbdunklen Dachboden taten, knarrten die stark durchgebogenen Holzdielen. In der Ecke, gegen die Wand aus Lehm gelehnt, fiel mir ein Gegenstand auf. Zunächst dachte ich, es wäre ein Stock oder ein Besen. Erst bei genauerem Hinsehen erkannte ich, dass es sich um einen Bogen handelte. Es war ein modernes, professionelles Exemplar, das jedoch einige Gebrauchsspuren aufwies.

Er hat die Opfer auf dem Gewissen.

Hinter mir begann Uma, stark zu husten. »Ich muss hier raus«, sagte sie, einen Fuß bereits auf die oberste Treppenstufe gesetzt.

»Im Kofferraum ist etwas zu trinken.« Ich warf ihr den Schlüssel meines BMWs zu.

Melchior stand sichtlich unter Schock, während ich die Tiere mit vorgehaltener Hand näher betrachtete, aber sie wusste genauso gut wie ich, dass wir eine für den Fall entscheidende Entdeckung gemacht hatten. »Ich denke, wir haben unseren Täter«, sagte sie.

»Sieht ganz danach aus«, entgegnete ich nickend. Angesichts der unangenehmen Luft konnte nur das Nötigste gesagt werden.

Wir stiegen die Treppe hinab, ließen den beißenden Geruch hinter uns und traten wieder unter freien Himmel. Ich atmete tief durch. Mir war, als würde mein Körper mit frischer Luft durchgepustet. Auch Melchior schnaufte erleichtert. Doch als wir den Bürgersteig erreicht hatten und ich meinen Blick auf die Straße richtete, stutzte ich. »Mein Auto«, sagte ich.

»Was ist damit?«, fragte Melchior in gewohnt nüchternem Ton.

»Es ist weg.« Ich schaute mich noch einmal um, aber weit und breit war kein Pestla zu sehen. »Uma muss damit weggefahren sein.«

Ich zückte augenblicklich mein Handy und wählte ihre Nummer. In der Leitung tutete es jedoch bloß in einem schnellen Rhythmus.

Natürlich.

»Mailbox«, sagte ich, damit Melchior auch informiert war.

»Sie ist bestimmt zu ihrer Schwester gefahren«, sagte Melchior.

»Ich bin mir nicht sicher, ob Uma weiß, wo sich ihre Schwester aufhält«, bemerkte ich.

»Donker.« Melchior stemmte die Hände in die Hüften. »Glauben Sie mir: Sie weiß es. Sie will ihre Schwester beschützen. Das ist ja auch nur allzu verständlich. Aber trotzdem ist es falsch.«

»Uma hat angedeutet, dass Lisa ihre Nähe sucht«, sagte ich. »Das letzte Mal hat sie dies vor zwei Jahren getan.«

»Das ist doch ein merkwürdiger Zufall, dass sie sich ausgerechnet jetzt – als zwei Morde geschehen – in Eupen aufhält, finden Sie nicht?« Melchior überprüfte, ob ihr Haarreif noch am rechten Platz war.

»Ja, das ist es«, antwortete ich.

»Wussten Sie eigentlich, was Lisa Ferber beruflich macht?«, fragte Melchior.

An ihren Beruf hatte ich keinen Gedanken verschwendet. Was sollte eine Frau, die mit dreizehn einen Jungen ermordet hatte, auch gelernt haben? Ich merkte, dass ich sie unterbewusst bereits als Mörderin abgestempelt hatte. Als Mörderin ohne Gefühle, ohne Plan und Perspektive. Ich schämte mich dafür. Der Mensch Lisa Ferber hatte mich bisher nicht interessiert.

Wer ist hier gefühllos?

Zögerlich schüttelte ich den Kopf.

»Sie ist Bildhauerin«, sagte Melchior. »Sie entwirft und gestaltet Figuren und andere Formen aus verschiedenen Gesteinen und Hölzern. Sieht richtig gut aus.« In Melchiors Stimme schwang eine für ihre Verhältnisse außergewöhnliche Begeisterung mit.

Hastig zog sie ihr Handy aus der Hosentasche und zeigte mir ein paar Bilder von den Arbeiten. Bis zu drei Meter hohe, bevorzugt abstrakte Figuren aus Blaustein und Holz. Eine Galerie hatte Fotos davon ins Netz gestellt. Die Formen waren rund, alles sah harmonisch aus. In gewisser Weise wirkten die Figuren beruhigend.

»Wow! Wirklich beeindruckend«, bekundete ich.

»Sie ist wegen ihrer Arbeit hier«, sagte Melchior. »Im IKOB ist am Wochenende ein Kunstfestival, an dem sie teilnimmt.«

Ist das ein Argument für ihre Unschuld oder für ihre Schuld?

»Es gilt die Unschuldsvermutung, nicht wahr?«, fragte Melchior.

»Ich fürchte, da müssen wir diesmal eine Ausnahme machen.«

Wir hatten gerade die ohrenbetäubenden Säge- und Bohrgeräusche hinter uns gelassen und waren bei Melchiors Auto angekommen, als die Nummer meiner Tochter auf dem Handydisplay aufflackerte.

»Hallo, Liv, wie geht's dir?« Ich freute mich bereits, ihre Stimme zu hören.

»Hallo, Papa«, grüßte sie. Im Hintergrund war das alberne Kreischen ihrer Freundinnen zu hören. »Bei mir ist alles gut. Hör zu, am kommenden Wochenende komme ich ja eigentlich zu dir.«

»Ja«, sagte ich. »Ich habe bereits Kinokarten. Aber für welchen Film, das bleibt natürlich erst mal ein Geheimnis.«

Ich spürte ihr Zögern. Offenbar hatte sie sich ein paar Meter von ihren Freundinnen entfernt, denn das Kreischen im Hintergrund wurde leiser.

»Ich wollte fragen, ob wir das Wochenende verschieben können. Cora macht nämlich einen Videoabend, zu dem alle Mädchen aus unserer Klasse eingeladen sind.«

Ich überlegte, wie lange ich meine Tochter schon nicht gesehen hatte. Es mussten inzwischen sechs Wochen sein. Ich spürte eine noch nie da gewesene Angst, meine Tochter zu verlieren. Wenn wir jedes Mal unser gemeinsames Wochenende absagten, sobald sich etwas anderes ergab, würden wir uns irgendwann komplett aus den Augen verlieren. Damit es nicht so weit kam, musste ich meine Sorge ihr gegenüber ansprechen. Aber das würde ich einmal in Ruhe tun, dazu brauchte es die richtigen Worte und eine angenehme Atmosphäre. Das hieß im Umkehrschluss: Jetzt musste ich klein beigeben, sosehr ich meine Tochter auch vermisste. Sie war zwar mein Mädchen, aber sie hatte eigene Bedürfnisse und eigene Freunde. Und die waren im Moment nun mal wichtiger als ich.

»Klar, wäre doch schade, wenn du dort fehlen würdest. Wir finden schon ein anderes Wochenende. Und auf dieses werde ich mich dann doppelt so sehr freuen.«

Liv lachte erleichtert auf. »Danke, Papa, du bist der Beste!«

»Bis bald, mein Schatz«, sagte ich.

Ein Kussgeräusch ertönte aus der Leitung. »Ich melde mich.«

Nur wenige Sekunden nachdem ich aufgelegt hatte, klingelte mein Handy wieder. Zu meinem Erstaunen war es eine französische Nummer, die auf dem Display erschien. Ich nahm ab und hörte die hohe Stimme eines nervösen französischen Kollegen, der alles andere als ein akzentfreies, aber immerhin verständliches Deutsch sprach. Ich stellte den Lautsprecher an, damit Melchior mithören konnte.

»Sie baten darum, Benno Merlain im Auge zu behalten«, sagte er.

»Ja, das ist richtig«, bestätigte ich.

»Na ja, Benno Merlain hat seiner Frau gesagt, er wäre für zwei Tage auf Geschäftsreise in Turin, doch sein Arbeitgeber weiß davon nichts. Laut ihm hat Merlain zwei Tage Urlaub genommen.«

»Sagen Sie jetzt nicht, Sie haben seine Frau kontaktiert.« Dann wäre nämlich nicht nur Merlains Privatleben in Gefahr, sondern auch die Recherche, die auffliegen würde, bevor sie überhaupt richtig begonnen hatte.

»Nein, nein, wir sind ja nicht total bescheuert. Wir können das Zeiterfassungssystem des Arbeitgebers einsehen«, erklärte der Kollege aus Frankreich.

»Vielleicht betrügt er seine Frau«, kam Melchior wieder auf das Wesentliche zurück.

»Das wollen wir nicht ausschließen«, gab der Franzose zu. »Aber die letzten Geschäftsreisen, die Merlain seiner Frau mitgeteilt hat, wurden von seinem Arbeitgeber bestätigt. Es scheint diesmal eine Ausnahme zu sein. Na ja, wir wollten es nur gesagt haben. Vielleicht ist es ja wichtig.«

»Vielleicht, ja«, sagte ich. »Danke für die Information.«

Als auch dieses Gespräch beendet war, bat ich Melchior, die nervös mit dem Autoschlüssel in der Hand herumspielte, um zwei weitere Minuten Geduld. Ich hatte noch ein wichtiges Telefonat mit der Streife zu führen. Ich stellte wieder auf laut und gab zunächst die Fahndung nach Florian Göllner, dem Nachtwandler, in Auftrag. Außerdem gab ich den Kollegen die Info mit auf den Weg, dass Uma sich in Lisa Ferbers Nähe aufhalten könnte.

»Wir haben da auch noch was«, sagte die Frau am anderen Ende der Leitung. »Sie hatten doch nachgefragt, ob Collier im Juni 2004 im Eupener Krankenhaus gelegen hat. Das war er, und zwar von Montag, 28. Juni um einundzwanzig Uhr, bis Mittwoch, 30. Juni.«

Melchior und ich sahen uns an.

»Beantwortet das Ihre Frage?«, fragte die Polizistin.

»Ja, danke«, sagte ich und legte auf.

Und dann sagte Melchior, was ich auch dachte: »Joleen Pohl gilt seit dem Montagabend als vermisst.«

Ich wusste noch nicht genau, was, aber ich war mir sicher, dass Collier irgendetwas verheimlichte. Und ich erinnere mich noch gut daran, dass ich mich in diesem Augenblick weiter mit Melchior dazu austauschen wollte, doch irgendetwas hinderte mich daran zu sprechen. Es war, als hätte ich einen Stromschlag erlitten oder dergleichen. Ich konnte mich jedenfalls nicht bewegen.

Den Grund dafür erfuhr ich erst von Melchior. Entgeistert starrte sie mich an und schrie schließlich hysterisch: »Ihr Rücken … Da steckt ein Pfeil in Ihrem Rücken!«

26

»Du hast ihn versenkt. Wie ein Profi hast du ihn versenkt.«

»Mein Gott … was habe ich getan?«

»Das, was du tun solltest. Du hast ihn getötet. Und es ist gut so.«

»Er ist tot?«

»Ich vermute es, ja. Er ist zu Boden gegangen. Der Pfeil traf genau ins Rückenmark.«

»Ich habe einen Polizisten getötet.«

»Du hast die Kontrolle über dich und andere Menschen errungen. Und weißt du, wie du das geschafft hast?«

»Indem ich einem Irren zugehört habe. Dir.«

»Nein, nein. Das warst du ganz allein, und darauf kannst du stolz sein. Du hast dein Herz ausgeschaltet, die größte Schwachstelle des menschlichen Körpers. Nirgendwo ist der Mensch so verletzlich wie am Herzen, und durch kein anderes Organ wird der Mensch so oft so sehr fehlgeleitet.«

»Ich wollte das nicht. Hörst du! Ich wollte das nicht!«

»Die Intelligenz wird immer vom Herz enttäuscht.«

»Was zum Teufel redest du da für einen Schwachsinn?«

»Ist ein Zitat von François de La Rochefoucauld.«

»Na toll, hilft mir nur gerade überhaupt nicht weiter.«

»Weißt du denn nicht, was das für dich bedeutet? Du bist nun auf einer höheren Ebene angelangt. Du kannst frei entscheiden, ohne von deinem schwachen Herzen beeinflusst zu werden.«

»Ich möchte nur noch sterben.«

»Hach, herrlich irrwitzig. Du möchtest sterben, wenn es am schönsten ist? Ich prophezeie dir etwas: Du bleibst am Leben und wirst deinen Weg gehen.«

»Welchen Weg? Ich bin eine Mörderin. Und du, du bist total verrückt! Glaubst, dass du alle, die etwas über dich wissen, töten kannst. Hast du mal daran gedacht, dass es immer mehr werden,

die etwas über dich in Erfahrung bringen? Wie viele Menschen willst du noch töten, um dein Geheimnis zu wahren?«

»Streng genommen habe ich noch keinen einzigen Menschen getötet.«

»Du bist krank.«

»Und du bist einfach aufgeregt. Beruhige dich erst mal, dann wirst du sehen, dass dein Gemüt sich bald wieder aufhellt.«

»Ich frage mich, woher du immer diese Gewissheiten und Prophezeiungen nimmst. Gehen die auch irgendwann mal in Erfüllung oder verhallen sie bloß im Raum?«

»Eine kluge Frau wird manche Entscheidung gegen ihren Willen treffen, aber am Ende ihres Lebens wird jede einzelne davon einen höheren Sinn ergeben.«

»Wieder so ein toller Spruch. Lass mich raten: ein Zitat?«

»Ja, von mir.«

27

Ich kippte nach vorn und landete ungebremst mit den Knien auf dem Asphalt. Mit der Hand versuchte ich, nach dem Pfeil zu greifen, der in meinem Rücken steckte. Doch Melchior brachte mich davon ab. »Lassen Sie ihn drin! Der Krankenwagen kommt jeden Moment.«

Ich spürte keinen wirklichen Schmerz. Eher ein Brennen, das in der Mitte des Rückens seinen Ursprung hatte und sich bis zum Nacken und in die Beine hinein ausbreitete.

»Konnten Sie sehen, woher der Pfeil kam?«, fragte ich. Ich spürte meinen Puls in meinen Knien.

»Nein. Aber er muss aus einem Fenster auf der gegenüberliegenden Straßenseite gekommen sein«, sagte Melchior. »Der Täter ist mit Sicherheit schon über alle Berge.«

»Das denke ich auch«, sagte ich mit schmerzverzerrter Stimme.

Ich schaffte es schließlich doch, meine Hand um den Pfeil zu schließen, aber es gelang mir nicht, ihn herauszuziehen.

»Ziehen Sie ihn raus!«, forderte ich Melchior auf.

»Nein, auf keinen Fall«, antwortete sie aufgebracht. »Am Ende verbluten Sie mir noch.«

»So schnell verblutet es sich nicht. Ziehen Sie bitte den Pfeil raus«, bat ich sie noch einmal, während mir der Schweiß an den Schläfen herunterlief. »Ich denke, er ist nicht tief drin. Ich habe eine Weste an.«

Melchior betrachtete die Stelle genauer, an der der Pfeil eingeschlagen war. Sie sah lange hin, und dabei schien es ihr komplett die Sprache verschlagen zu haben.

»Kommen Sie schon. Ziehen Sie ihn raus!« Ich sah sie eindringlich an.

Stille.

»Okay«, sagte sie schließlich. »Bei drei.«

»Ja«, antwortete ich. »Ich zähle mit Ihnen.«

»Eins – zwei – drei.«

Ein stechender, reißender Schmerz, doch ich biss die Zähne zusammen, um meinen Schrei zu dämpfen.

»Er ist raus«, sagte Melchior, deren Stimme nun wieder nüchterner klang. »Der Pfeil ist durch die Weste durch und ungefähr zwei Zentimeter ins Fleisch rein.«

Es brannte fürchterlich an der Einstichstelle. Vermutlich war die Wunde beim Herausziehen des Pfeils noch etwas vergrößert worden.

»Fuck!« Ich stöhnte auf vor Schmerz, während ich mich nach vorn gebeugt mit den Händen auf dem Boden abstützte. Ich verharrte eine Weile so, dann ballte ich die Hände zu Fäusten und richtete mich langsam auf.

»Sie können von Glück reden, dass Sie die Weste anhatten«, raunte Melchior.

Ich war froh, mit einem blauen Auge davongekommen zu sein. Aber gleichzeitig war ich wütend darüber, welches Risiko wir leichtsinnig in Kauf nahmen, indem wir uns quasi ungeschützt dem Täter auslieferten. Während der inzwischen eingetroffene Sanitäter mich verarztete, kreiste immer wieder ein und derselbe Gedanke durch meinen Kopf: *Zehn Zentimeter höher, und du wärst tot.*

Aber nicht nur das: Melchior und vor allem Uma befanden sich auch in Gefahr. Und vermutlich weitere Menschen, von denen wir noch nichts wussten. Solange der Täter nicht gefasst war, konnte der Bogenschütze überall in Eupen wieder zuschlagen.

Der Nachtwandler, dessen Sohn im Jahr 2000 durch Lisa Ferber ermordet worden war, schoss mit Pfeil und Bogen Tiere ab. Ob er es auch auf Menschen abgesehen hatte, würden wir erst herausfinden, wenn die Fahndungstruppe seiner habhaft wurde. Letztere sollte auch Lisa Ferber aufspüren. Sie hatte in jungen Jahren schon einmal einen Menschen ermordet. Wer garantierte uns, dass sie es nicht noch einmal getan hatte? Jan

Werts brauchten wir nicht mehr zu suchen, er saß in U-Haft – noch. Denn wie mir die zuständige Richterin mitgeteilt hatte, würde er nach vierundzwanzig Stunden freigelassen, sollten wir keine Beweise für seine mögliche Schuld vorbringen können. Und dann war da noch Collier, der Ferienhausbesitzer. Er hatte behauptet, sich 2004 nicht im Ferienhaus aufgehalten zu haben, obwohl er seinen Besuch bei der Clique angekündigt hatte. Ein Zusammenbruch habe ihn davon abgehalten. Das Krankenhaus hatte uns seinen Aufenthalt ab dem Montagabend, an dem Joleen Pohl verschwunden war, bestätigt.

Wie passte das alles zusammen?

Und eine Sache wurmte mich immer mehr, je länger sie ungeklärt blieb: Lebte Joleen Pohl noch? Und wenn ja, hatte sie etwas mit den Morden zu tun?

Der Notarzt hatte die Wunde vor Ort mit zwanzig Stichen genäht. Er wollte mich ins Krankenhaus einweisen, doch ich wiegelte ab. Letztlich war es dank der Weste nur eine Fleischwunde – kein Grund, sich in einem sterilen Zimmer ins Bett zu legen und die Zeit mit Nichtstun zu verbringen. Außerdem wusste ich, dass ich mich erst richtig ausruhen könnte, wenn wir den Täter gefunden hatten.

Da Uma mit meinem BMW abgehauen war, saß ich knapp eine Stunde nach dem Pfeilschuss auf dem Beifahrersitz von Melchiors dunkelblauem Fiat 500. Ich hatte meinen Körper vorsichtig in das kleine Gefährt gezwängt. Doch als Melchior losfuhr, rüttelte mich jedes noch so kleine Loch im Straßenasphalt durch und ließ den Wundschmerz immer wieder aufflammen. Auf viel Mitgefühl konnte ich allerdings nicht hoffen.

»Finden Sie es nicht merkwürdig, dass Frau Ortmann genau dann nicht da ist, wenn auf Sie geschossen wird?«, fragte Melchior unvermittelt.

Die Frage überraschte mich. Ich ging davon aus, dass Uma meinen Wagen genommen hatte, um ihre Halbschwester Lisa aufzusuchen, und nicht, um mir einen Pfeil in den Rücken zu jagen. »Ich denke, dass es Personen gibt, die verdächtiger sind als sie.«

»Zum Beispiel?«, fragte Melchior. »Jan Werts kann es schon mal nicht gewesen sein. Er befindet sich nach wie vor in U-Haft.«

Da die Frankendelle wegen eines Feuerwehreinsatzes gesperrt war, nahmen wir den Weg durch die Haasstraße, fuhren den Olengraben hoch und bogen schließlich in die Neustraße ein.

»Ach, da gibt es noch ein paar andere«, sagte ich. »Der Nachtwandler, Lisa Ferber und Collier. Und eventuell sogar Joleen Pohl selbst.«

Melchior rümpfte die Nase. »Dann denken Sie also tatsächlich, dass Uma als einziges Mitglied der Clique eine weiße Weste vorweisen kann?«

»Eine weiße Weste nicht. Aber ich habe noch kein Motiv erkannt, das sie als Täterin in Frage kommen lässt.«

In der Neustraße fuhr Melchior streng nach Tempobegrenzung, die Nadel ihres Tachos blieb konsequent unter dreißig. Mein Rücken schien zu versteinern. Es fühlte sich an, als breitete sich die Schwellung weiter aus.

Geht das denn nicht schneller? Damit diese Tortur endlich vorbei ist?

Doch letztlich konnten wir von Glück reden, dass Melchior so langsam gefahren war, denn sonst hätte ich den Mann in der kleinen Gasse gegenüber dem Capitol nicht gesehen.

»Stopp«, rief ich Melchior zu. »Halten Sie an!«

Sie fuhr augenblicklich rechts ran. Die Schmerzen in meinem Rücken zogen kurzzeitig bis in die Unterbeine.

»Was ist denn?«, fragte sie überrascht.

»Der Nachtwandler«, sagte ich, während ich die Tür aufdrückte. »Er ist gerade dort entlanggerannt.« Schwerfällig trat ich nach draußen und lief in Richtung der Gasse. Melchior folgte mir. Die Gasse war nicht sehr lang, an ihrem Ende eröffnete sich der Blick auf einen kleinen Park. In der Ferne erkannte ich den Nachtwandler. Er saß mit dem Rücken an einen Baum angelehnt. Als wir uns ihm näherten, sah ich, dass er ein Dutzend teilweise sehr verfaulter Äpfel zu einer Halbmondformation vor sich hingelegt hatte. Trotz der schnellen Flucht von eben saß er seelenruhig da. Sein genügsamer Blick galt allein den Früchten.

»Wir waren bei Ihnen ›zu Hause‹«, sagte ich, als wir vor ihm standen, und wartete seine Reaktion ab. Doch statt zu antworten, biss er scheinbar wahllos in einen der Äpfel und legte ihn wieder gezielt an dieselbe Stelle zurück. Dann griff er nach dem nächsten, biss hinein und legte auch diesen an seinen Platz zurück. Das machte er mit zwei weiteren Äpfeln. Die Bissen waren groß, seine Zähne erreichten das Kerngehäuse. Der Nachtwandler kaute schnell, ja hastig. Nachdem er heruntergeschluckt hatte, spuckte er die Kerne nach und nach in seine Hand. Dann bohrte er mit dem Zeigefinger ein Loch nach dem anderen in den Boden und legte die Kerne hinein.

»Wir haben die Tiere gesehen«, fuhr ich fort. »Sowie den Bogen und die Pfeile.«

Denk dran, der Kerl hat einen psychischen Knacks. Erwarte nicht zu viel!

Plötzlich sah er zu mir auf. Sein Blick war ernst. »Erinnern Sie sich an irgendein Gemälde eines großen Künstlers, das das Paradies abbilden soll?«

Ich wusste nicht, was ich mit der Frage anfangen sollte. Aber da ich aufgrund seiner Vorgeschichte froh sein durfte, dass er mich überhaupt wahrnahm und offenbar ein Gespräch mit mir beginnen wollte, ging ich auf seine Frage ein. »Ja, ich denke schon.«

»Beschreiben Sie eins«, forderte er mich auf.

Ich überlegte und rief mir ein paar Bilder in Erinnerung, die ich vor ein paar Jahren im Pariser Louvre bestaunen durfte.

»Viele Pflanzen und Blumen, ein paar Tiere, viele Früchte … Ich bin mir nicht ganz sicher«, gestand ich.

»Sie liegen schon ganz richtig«, sagte er zufrieden. »So genügsam waren die Menschen damals – sie kannten es nicht anders.«

»Machen Sie es Lisa Ferber zum Vorwurf, dass sie Ihren Sohn umgebracht hat?«, fragte Melchior unvermittelt mit strenger Stimme.

Der Nachtwandler sah von mir weg und blickte nachdenklich in die Ferne.

»Ich mache niemandem einen Vorwurf. Nur mir selbst. Ich war nicht für meinen Sohn da, als er mich brauchte. Habe damals andere Dinge als wichtiger angesehen, als Zeit mit meinem Sohn zu verbringen. Und wenn ich dann doch mal mit ihm zusammen war, war ich mit meinen Gedanken nicht bei ihm, sondern bei meinen Fällen als Richter.« Seine Stimme klang ruhig, und sein Blick war klar. Er wirkte nicht niedergeschlagen, sondern eher wie jemand, der seine Fehler und seine Vergangenheit akzeptiert hatte.

»Haben Sie Sara Hennen und Xavier Thieron ermordet?«, fragte Melchior.

Warum nur hat sie so wenig Geduld?

»Ich habe in meinem ganzen Leben keiner Menschenseele etwas zuleide getan«, antwortete der Nachtwandler, ohne Melchior anzusehen.

»Und warum jagen Sie Tiere? Und pflanzen hier Apfelbäume?«, fragte ich.

»Es erdet mich«, sagte er, während er sich mir zuwandte. »Es führt mich zurück zu dem, was ich bin. Ein Mensch, frei von Konsum und Gier.«

»Und was suchen Sie in den Häusern fremder Leute?«, hakte Melchior nach.

Sein Wesen wirkte so gereift, seine Art so gelassen, dass ich seine Neigung zum Hausfriedensbruch schon beinahe vergessen hatte.

»Die Natur gibt mir Kraft. Aber sie kann leider nicht jedes meiner Bedürfnisse stillen. Es gibt eine Sache, die mich, sosehr ich es auch versuche, nicht loslässt. Ein Bild, das mein Sohn gemalt hat. Es zeigt uns beide vor einer herrlichen Kulisse. Seit seinem Tod ist das Bild wie vom Erdboden verschluckt.«

»Und wo befindet sich diese herrliche Kulisse?«, fragte ich.
»Ich weiß von Ben nur, dass diese Landschaft in Eupen sein soll, aber nicht, wo genau. Doch jedes Mal, wenn ich daran denken muss, breche ich auf, um sie zu suchen. Da ich sie in der Natur nicht gefunden habe und wohl auch nie finden werde, bleibt mir nichts anderes übrig, als das Bild zu suchen.«

Wie verzweifelt musste der Mann sein, dass er glaubte, ein Bild könnte ihm seinen Sohn ersetzen? Sein Verhalten wurde jedoch greifbar und verständlich, wenn man sich in Erinnerung rief, dass der Täter ihm nicht nur den Sohn, sondern auch alles, was dieser besessen hatte, genommen hatte.

»Verstehe ich das richtig?« Melchior gluckste belustigt. »Sie schauen bei fremden Häusern durch die Fenster, in der Hoffnung, dass sich jemand dieses Gemälde an die Wand gehängt hat?«

Der Nachtwandler blieb stumm.

Ich schaute ihn skeptisch an. Er wirkte wie ertappt. Aber je länger ich ihn ansah, desto klarer wurde mir, was der Mann durchgemacht haben musste, um sich gegen diese Zwangshandlung nicht wehren zu können.

»Verstehen Sie mich nicht falsch«, sagte Melchior. »Aber was versprechen Sie sich davon? Glauben Sie wirklich, Sie werden glücklicher sein, wenn Sie das Bild finden? Oder gar diese ominöse Kulisse?« Sie lachte. »Denken Sie, das ist das Paradies, und wenn Sie dort ankommen, lösen sich all Ihre Probleme mit einem Mal in Luft auf?«

Der Nachtwandler brauchte nicht lange zu überlegen. Er hatte die Frage schon vor langer Zeit für sich beantworten müssen, das sah man ihm an. »Das Paradies ist kein Ort. Das Paradies ist ein Zustand. Und wir merken erst, dass wir es gesehen haben, wenn wir es verlassen müssen.«

Ich nickte ihm anerkennend zu. Es waren wahre Worte, doch leider sah ich darin keinen Nutzen für unseren Fall. Melchior zuckte bloß mit den Schultern. Ich machte ihr ein Zeichen, dass wir uns kurz außer Hörweite beratschlagen sollten.

Wir gelangten schnell zu dem Entschluss, die Spurensicherung in den Schilsweg zu schicken und ihn erst mal laufen zu lassen. Wir waren uns inzwischen einig, dass keine Gefahr von ihm ausging.

Er knabberte weiter einen Apfel nach dem anderen an und verbuddelte die Kerne in der Erde. Wir wollten uns gerade von ihm verabschieden, als mein Handy klingelte.

»Es ist Uma«, stellte ich überrascht fest.

»Na, jetzt bin ich mal gespannt, was sie zu sagen hat«, meinte Melchior.

Ich nahm das Gespräch an und stellte es auf laut.

»Sorry, dass ich mir dein Auto geliehen habe«, sagte Uma in sachlichem Ton. »Ich bin bei meiner Schwester. Ich konnte sie davon überzeugen, dass es besser ist, mit der Polizei zu sprechen. Wir werden gleich im Präsidium vorbeikommen.«

Ich schielte hinüber zu Melchior, die demütig auf ihre Schuhe hinunterblickte.

»Das hört sich gut an. Wann kommt ihr?«, fragte ich.

»In einer Viertelstunde, ist das in Ordnung?«, fragte Uma. »Oder habt ihr noch einen anderen Termin?«

»Nein, das ist schon okay«, sagte ich. »Wir werden da sein.«

»Ich frage nur, weil mir vor einer Minute ein Typ über den Weg gelaufen ist, der Benno Merlain zum Verwechseln ähnlich sah.«

Wir konnten Uma und ihre Schwester vom Fenster im ersten Stock des Polizeigebäudes aus beobachten. Sie fuhren auf den Parkplatz vor dem Gebäude. Dann blieben sie noch eine Weile im Auto sitzen.

»Was die wohl zu besprechen haben?«, fragte Melchior.

In dem Moment, da sie das sagte, stiegen die beiden aus. Uma ging voran, sie hielt die Hand ihrer Schwester, die mit gesenktem Blick folgte.

Uma betrat wenige Minuten später als Erste den Versammlungsraum. Sie setzte sich an den großen Tisch, gleich neben

Melchior, die mir gegenübersaß. Die Wunde an meinem Rücken brannte.

Lisa blieb zunächst stehen, Uma wies ihr dann den Platz neben mir zu, sodass die beiden Schwestern sich gegenübersaßen. Lisa trug Jeans und ein graues T-Shirt. Ihr Körper war schmächtig, auf den Armen waren leichte Kratzspuren zu sehen, die wohl von ihrer Nervosität herrührten.

»Lisa würde gern etwas sagen«, begann Uma das Gespräch, während sie Lisa zutraulich anschaute.

»Bitte sehr«, sagte ich.

Lisa atmete tief durch, eine eigenartige Geruchsmischung aus Klamottenmuff und Knoblauch ging von ihr aus. Dann bewegte sie ihre Hände. Ich versuchte, ihr zu folgen, aber die Gebärden, die sie machte, waren mir völlig fremd. Als Lisa schließlich ihre Hände auf den Tisch legte, übersetzte Uma. »Sie möchte sagen, dass sie weder mit dem Verschwinden von Joleen noch mit den Morden an Sara und Xavier etwas zu tun hat. Sie hat zwar diese schreckliche Sache mit dem Mord in ihrem Lebenslauf stehen, aber sie hat sich danach nichts mehr zuschulden kommen lassen.«

Melchior rümpfte die Nase. »Jedenfalls nichts, von dem wir etwas mitbekommen hätten.« Sie musterte Uma misstrauisch. »Wenn ich das richtig verstanden habe, erinnert sich Ihre Schwester nicht mehr an den Mord an dem Jungen?«

Lisa nickte, ohne zu zögern.

»Sie können mit Lisa reden. Sie versteht, was Sie sagen«, erklärte Uma.

Doch Melchior ignorierte dies. »Ich habe mit dem Ex-Freund Ihrer Schwester telefoniert«, fuhr sie an Uma gewandt fort. »Er sagte mir, dass sie auch noch Jahre nach den Geschehnissen in regelmäßigen Abständen von heftigen Panikattacken und Flashbacks heimgesucht wurde. Dass sie Drogen konsumierte, und damit meine ich jetzt nicht Alkohol oder Hasch.«

Lisa setzte direkt zur Antwort an.

»Lisa ist seit mehr als drei Jahren clean«, gab Uma weiter.

»Die Sache mit ihrem Ex ist ja bereits fünf Jahre her. Seit sie ihr eigenes Atelier hat, sind die Panikattacken und Flashbacks weniger geworden.«

»Das klingt fast zu schön, um wahr zu sein«, sagte Melchior und sah amüsiert zu mir herüber.

»Es ist so, wie sie sagt«, kommentierte Uma mit ernster Miene.

»Und warum hält sie sich zurzeit in Eupen auf?«, fragte Melchior.

Warum fragt sie das? Sie kennt die Antwort doch schon.

Uma übersetzte Lisas Antwort. »Sie ist hier, um die Figurenausstellung im IKOB-Museum vorzubereiten. Diese findet am Wochenende statt – acht europäische Künstler beteiligen sich daran.«

»Hm, das ist doch merkwürdig, finden Sie nicht?« Melchior stellte die Frage an Uma und mich, Lisa sah sie dabei nicht an. »Lisa war damals in Eupen, und sie ist heute in Eupen. Damals verschwand Joleen Pohl, und heute geschehen zwei Morde.«

»Sie war auch dazwischen mehrere Male in Eupen, da ist nichts passiert«, bemerkte Uma.

»Das ergibt mit Sicherheit noch immer eine unschlagbare Quote«, sagte Melchior mit spöttischem Unterton.

»Sie wissen nun alles, was Sie wissen müssen«, entgegnete Uma entschlossen.

»Nein, das tun wir nicht«, echauffierte Melchior sich. »Sagen Sie uns doch mal, warum Lisa Ferber 2004 in Eupen war.«

Uma sah hinüber zu ihrer Schwester, die die Augen schloss und begann, mit den Zeigefingern auf die Tischkante zu klopfen.

»Lisa war von 2000 bis 2006 in der Kinder- und Jugendpsychiatrie«, sagte Uma mit schwacher Stimme. »Ab 2004 hatte sie tageweise Ausgang. Meistens kam sie dann zu mir. Sie suchte Halt bei mir.«

»Ab wann genau hatte sie Ausgang?«, hakte Melchior nach.

»Mai«, antwortete Uma knapp, während sie unsicher zu ihrer Schwester schielte. Lisa nickte.

»Sie hatte ab Mai 2004 Ausgang, und dann verschwindet im Juni 2004 ein Mädchen, und Sie sehen da keinen Zusammenhang?«, fragte Melchior entsetzt.

Uma knabberte an ihren Nägeln, während Melchior die Kollegin anstarrte.

»Hören Sie, sie war es nicht!«, schimpfte Uma schließlich. »Sie hat Therapien gemacht und mehrere Entzüge, sie ist ein guter Mensch. Und sie möchte jetzt einfach ihr Leben leben und Ruhe haben. Und wenn wir sie das nicht machen lassen, dann –«

»Dann was?«, provozierte Melchior.

Lisas Finger bewegten sich immer schneller auf und ab, während ihr Atem schwerer wurde. Unter ihren zuckenden Augenlidern glaubte ich, ihre Augen rollen zu sehen.

Zeitgleich verfinsterte sich Umas Miene.

»An Ihrer Stelle, Melchior, würde ich mal ganz flache Bälle spielen.«

Ich sah die Kolleginnen irritiert an.

Was meint Uma damit?

Doch bevor ich nachhaken konnte, erschien Nathalie, die Empfangssekretärin, im Türrahmen. Die korpulente Dame stand kurz vor der Pensionierung und war komplett aus der Puste. Dass sie zu uns nach oben gelaufen war, machte uns sofort klar, dass sie eine wichtige Neuigkeit zu überbringen hatte.

»Wir haben die Fotos, die Joleen damals gemacht hat.«

28

2004

Sie musste Uma hinterherlaufen. Sie musste herausfinden, wer dieses dünne Mädchen mit den schulterlangen schwarzen Haaren war. Unzählige Fragen kreisten Joleen durch den Kopf. Woher kannte Uma das Mädchen? Warum hatte sie in Gebärdensprache mit ihr kommuniziert? Und warum war sie so schroff zu ihr gewesen?

Das geschriene »Nein!« hallte jetzt noch in Joleens Ohren nach. Nach diesem Schrei und den vorangegangenen Gebärdenzeichen war das Mädchen weggerannt. Und zwar so schnell, als befände sie sich auf der Flucht. Uma hatte ihr noch einen Moment lang hinterhergesehen, ehe sie in die entgegengesetzte Richtung gelaufen war. Joleen heftete sich augenblicklich an ihre Fersen und hatte sie nach fünfzig Metern beinahe eingeholt.

»Uma!«

Joleen war von sich selbst überrascht, dass sie tatsächlich nach ihr rief. Uma blieb stehen und drehte sich um. Ihr Gesicht war rot angelaufen, die Schminke tränenverschmiert. Sie stand mit zitternden Lippen vor Joleen.

»Was ist los?«, fragte Joleen. »Was hat dich so aufgebracht?«

»Nichts«, sagte Uma und schloss die Augen.

»Ich habe dich gesehen. Mit dem Mädchen.«

Joleen wusste nicht, warum sie das sagte. Woher sie den Mut nahm, Uma mit der Wahrheit zu konfrontieren. Sie nicht ausweichen zu lassen. Joleen hatte schon immer gut zuhören können, und am besten dann, wenn es anderen schlecht ging. Schlechter als ihr. Sie wusste, dass es irgendwie verstörend war, aber es beruhigte sie zu sehen, dass sie nicht die Einzige war, die Probleme hatte.

Uma öffnete die Augen. »Ich kenne sie ni…« Schluchzend brach sie wieder ab.

»Du kennst sie«, erwiderte Joleen.

Sie erkannte sich selbst nicht wieder. Sie war stolz auf sich, mit solch fester Stimme auf der Wahrheit zu beharren. Sie wollte Uma zum Reden bringen. Sie wollte erfahren, warum diese so heftig reagiert hatte.

Uma blickte hilfesuchend in den Himmel. »Sie ist meine Schwester.«

Joleen war überrascht, hatte ihre Mimik aber gut im Griff. Sie nickte verständnisvoll.

»Sie hat viel durchgemacht«, fügte Uma hinzu, während ihre Schultern immer weiter herabsanken.

»Möchtest du darüber reden?«, fragte Joleen so einfühlsam wie möglich.

»Ich weiß nicht«, sagte Uma mit schwacher Stimme.

»Du entscheidest. Ich werde niemandem etwas sagen.«

Uma setzte sich auf eine Bank am Marktplatz und starrte wie benommen auf den mit Pflastersteinen belegten Boden. Joleen nahm neben ihr Platz. Sie schwiegen eine Weile. Eine Taube tapste an ihnen vorbei, pickte Essensreste vom Boden auf, gurrte und flog weg.

»Sie hat jemanden umgebracht.«

Joleen schluckte. Sie verstand nicht recht. »Wie meinst du das?«

»Sie hat vor vier Jahren einen Jungen getötet. Sie redet seitdem nicht, ist in der Psychiatrie untergebracht. Seit einem Monat hat sie Freigang, einmal alle zwei Wochen. Die Psychiaterin hofft, dass sie so wieder zu reden anfängt, aber ich weiß nicht, ob es was bringt. Wenn sie draußen ist, sucht sie die Nähe zu mir. Ich liebe sie, aber sie erdrückt mich. Ich kann nicht immer für sie da sein.«

Joleen blieb einen Moment lang stumm. »Ich weiß nicht, was ich sagen soll.«

»Du brauchst nichts zu sagen.«

Ein kleiner Junge hüpfte mit seiner Eiswaffel an den beiden vorbei. Er grinste. Uma grinste zurück, Joleen war hingegen weiterhin um einen ernsten, der Lage angemessenen Gesichtsausdruck bemüht. Dann zog der Kleine weiter, lief seiner Mutter hinterher.

»Das Leben ist nicht immer einfach«, sagte Uma, während sie dem Kleinen hinterherblickte.

»Das stimmt«, sagte Joleen. »Aber ein jeder trägt die Verantwortung, es besser zu machen.«

»Ist das so?«

»Was meinst du?«

»Kann man wirklich immer alles besser machen? Und trägt man selbst die Verantwortung dafür? Wenn man misshandelt wurde, krank ist oder ein Unfall alles zunichtemacht?«

»Es gibt sicher Ausnahmen«, korrigierte Joleen sich. »Aber wer etwas will, der muss sich nur anstrengen. Davon bin ich überzeugt.«

»Das ist zu einfach gedacht, Joleen«, meinte Uma. »Ich sage dir, wie es ist: Es ist immer alles gut, solange das Schicksal aus dem Spiel bleibt. Aber das Schicksal fragt nicht, ob es mitspielen darf. Irgendwann ist es da, ohne Vorwarnung. Und dann macht es dich fertig.«

Joleen sagte nichts mehr. Gänsehaut legte sich über ihre Arme und Beine. Sie hatte ja keine Ahnung gehabt, wie tief der Schmerz in Umas Seele begraben lag. Wie weit er sich dort ausgebreitet hatte. Sie traute sich nicht mehr nachzufragen. Sie musste nicht alles wissen. Sie wollte nicht alles wissen.

Die beiden saßen auf der Bank und beobachteten eine Weile die vorbeiziehenden Autos und Fußgänger.

»Weißt du, worauf ich jetzt Lust hätte?«, fragte Uma unvermittelt. »Auf einen guten Joint, ein Vanilleeis und Tequila.«

»Das ist eine merkwürdige Mischung«, bekannte Joleen. Sie konnte sich zu diesem Zeitpunkt nur mit dem Eis anfreunden. Für die anderen beiden Sachen war sie nicht in Stimmung.

»Ja, aber sie macht Spaß.« Uma sprang auf, überquerte die

Straße und lief zu der gegenüberliegenden Eisdiele. Joleen tat es ihr gleich. Sie bestellten jeweils eine Kugel Vanilleeis im Hörnchen. Dann kauften sie in einem kleinen, verwinkelten Laden in der Kirchstraße eine Flasche Tequila und zwei Zitronen.

»Du wirst schon sehen, das wird geil«, sagte Uma grinsend. Dann zauberte sie aus ihrer Hosentasche einen bereits gedrehten Joint. Damit gingen sie zurück in den Park. Joleen war etwas verwundert, dass Uma wieder den Ort ansteuerte, an dem sie sich erst vor einer Stunde mit ihrer Schwester gestritten hatte. Aber Uma war gut gelaunt, die Tristesse schien verflogen. Die beiden setzten sich mitten ins Gras, die Sonne strahlte, blauer Himmel. Uma zog an dem Joint, Joleen nahm einen Schluck Tequila. Sie lächelten sich zu, ließen ihre Körper nach hinten ins Gras fallen, fühlten sich frei.

»Meinst du, die anderen suchen uns?«, fragte Joleen.

»Ich weiß es nicht«, sagte Uma, ehe sie sich aufrichtete und einen Schluck aus der Flasche nahm, die Joleen ihr im Tausch gegen den Joint gereicht hatte. »Ist mir aber auch egal.«

»Soll ich ihnen schreiben, wo wir sind?«, fragte Joleen und setzte sich in den Schneidersitz. Sie zögerte, an dem Joint zu ziehen. Sie hatte noch nie Marihuana geraucht.

»Meinetwegen brauchst du ihnen nicht zu schreiben. Mir geht es auch so gut.«

Joleen schickte niemandem eine Nachricht. Und sie war froh darüber, denn von den anderen hatte sich auch niemand für sie interessiert. Außerdem hatte sie eh keine Lust, Xavier zu sehen. Wenn sie nur an ihn dachte, bekam sie Brechreiz. Und auf Sara, die egoistische Schlange, konnte sie auch gut verzichten. Je länger sie über ihre sogenannten Freunde nachdachte, desto stärker wurde ihr bewusst, wie sehr sie sie anwiderten. Die negativen Gefühle kamen ohne Ankündigung, und sie drückten ohne viel Aufwand das Schöne beiseite. Das war der Moment, in dem sie beschloss, an dem Joint zu ziehen.

»Auf Lunge«, sagte Uma amüsiert.

Joleen lächelte, ohne zu wissen, was Uma meinte. Sie zog

einfach an der Tüte. Danach war alles nur noch eine Party. Uma und Joleen. Sie tanzten im Park, tranken die Flasche leer, flirteten mit wildfremden Jungs, küssten sie, erschnorrten sich Bierdosen und Fritten von ihnen. Und als sie von allem genug hatten und müde wurden, kehrten sie zum Ferienhaus zurück. Legten sich zusammen in ein Bett. Uma lag vorn, Joleen hinten.

»Leg deinen Arm um mich«, hatte Uma gesagt. »Halt mich fest!«

Joleen erfüllte ein unerwartetes Glücksgefühl. Sie gehorchte und drückte Uma ganz fest an sich, war froh, sie zu haben. Dank ihr konnte sie Frieden schließen mit ihrer Heimat.

Morgen werde ich abreisen, sagte sie sich. Komme, was wolle.

Dann flüsterte sie das Gleiche noch mal Uma ins Ohr: »Morgen seid ihr mich los.«

Doch Uma schlief bereits. Joleen aber blieb noch eine Zeit lang wach. Sie spürte, wie die Nervosität in ihr aufstieg. Sie löste ihren Arm von Uma, legte sich auf den Rücken und starrte die Decke an.

Bald werde ich Benno wiedersehen.

Mit diesem Gedanken wäre sie beinahe eingeschlafen, doch dann hörte sie Uma etwas im Halbschlaf sagen. Etwas, das alles veränderte.

29

Iveta Balczek, neununddreißig Jahre, Fotografin. Die hundertsiebzig Zentimeter große, athletische Frau, die ihr dunkelblondes Haar zu einem Zopf gebunden hatte, wohnte in einer Wohnung im dritten Stock eines Mehrfamilienhauses in der Hostert. Sie war gerade aus einem Urlaub in ihrem Heimatland Kroatien zurückgekehrt und duftete noch nach Sonnenmilch, als sie die Tür öffnete.

»Es tut mir wirklich wahnsinnig leid«, entschuldigte sie sich überschwänglich. »Hätte ich gewusst, was während meiner Abwesenheit passiert ist, wäre ich natürlich sofort nach Eupen gekommen.«

Melchior und ich nahmen auf der roten Stoffcouch Platz. Balczek servierte Tee und Kekse. Aus der Küche ertönte klassische Musik.

Auf dem Couchtisch stand ein aufgeklappter Laptop. Unweigerlich beugte ich mich vor, um den Bildschirm besser sehen zu können. Die Wunde an meinem Rücken schmerzte bei der Bewegung. Auf dem Bildschirm war eine Website zu sehen, die von großen Lettern beherrscht wurde: »Ist sie die Mörderin?« Darunter war eine Abbildung von Lisa.

»Wer schreibt denn da so schöne Artikel?«, fragte Melchior amüsiert.

»Sina«, antwortete ich in Gedanken, obwohl ich eigentlich nichts hatte sagen wollen.

Balczek sah uns irritiert an. »Nein, nein – das ist nicht mehr diese Sina. Sie hat den Blog vor ein paar Wochen abgegeben.«

Ich traute meinen Ohren nicht.

»Sie führt den Blog nicht mehr«, fragte ich erstaunt, »obwohl der so gut lief?«

»Genau! Ich weiß es, da ich ab und zu Aufträge für sie übernommen habe. Es ist schade, ich habe gern mit ihr gearbeitet.

Aber sie meinte, dieses lokale Sensationsgeschreibe würde ihren Charakter verderben.«

Sina war offenbar gewillt, ihr Leben komplett auf links zu drehen. Alles zu verändern, was sie nur konnte. Und zwar so, dass es ihr nach der Veränderung besser ging.

Deswegen hat sie dich ja auch verlassen.

»Lassen Sie die Journalisten doch schreiben, was sie wollen«, raunte Melchior. »Daran werden Sie nichts ändern können. Selbst wenn Sie sich ein Bein ausreißen.«

Mich störte weniger das, was geschrieben wurde, als das, was der Täter mit diesen Informationen, ob sie nun wahr waren oder nicht, anfangen würde. Aber wir konnten nur die Dinge ändern, auf die wir Einfluss hatten. Und auf die Presse hatten wir davon ziemlich wenig.

»Ich denke, für den Moment vergeuden wir tatsächlich unsere Zeit, wenn wir uns davon ablenken lassen«, sagte ich, ehe ich den Laptop zuklappte und mich Iveta Balczek zuwendete. »Wir sind wegen der Fotos gekommen.«

»Ich zeige sie Ihnen sofort.« Balczek sprang nervös zum Wohnzimmertisch.

»Warten Sie. Vielleicht fangen wir von vorn an, damit wir alles genau nachvollziehen können«, schlug ich vor.

»Natürlich«, sagte Balczek. Sie drehte sich wieder um und vergewisserte sich, dass sie für den Tee an alles gedacht hatte. »Das ist am einfachsten.«

»Also gut, können Sie uns sagen, wo Sie die Kamera gefunden haben?«

Iveta Balczek setzte sich in den blauen Sessel, der der Couch gegenüberstand. Sie legte die Hände flach auf ihre Oberschenkel. Sie saß aufrecht und wirkte angespannt, als sie zu sprechen begann.

»Das war vor etwa drei Wochen. Ich war am Bahnhof und wollte dort ein paar coole Fotos machen. Ich knipste ein paar vom Bahnsteig und später auch unten von der Straße. Aber ehrlich gesagt wusste ich recht schnell, dass das nicht das war, was ich suchte. Die Bilder reichten mir nicht, sie hatten nichts Besonderes.«

Balczek packte die Kanne am Henkel und schenkte uns Tee ein. Heißer Dampf stieg auf. Dann öffnete sie die Keksdose und reichte sie herum. Nachdem Melchior und ich uns bedient hatten, fuhr Balczek fort. »Ich bin dann also an der Seite der Bahnunterführung den Hang hochgeklettert und habe von dort aus Fotos geschossen. So konnte ich die Züge von unten fotografieren, ohne ein Risiko einzugehen, und hatte, je nachdem, wie ich die Kamera positionierte, auch noch einen größeren Ausschnitt der Skyline Eupens mit drauf. Die Fotos haben mich direkt geflasht!«

Sie machte eine Pause, um ihren Tee zu trinken. Sie schlürfte die Tasse bis zur Hälfte leer, bevor sie sie mit einem genießerischen »Ah« abstellte. »Na ja«, fuhr sie fort. »Dann bin ich in der Euphorie abgerutscht und den Hang hinuntergeschlittert. Und als ich mich wieder hochkämpfte, hab ich die Kamera gesehen. Sie lag unter einem dicken Stein.«

»Der sie wahrscheinlich über die Jahre vor der Witterung geschützt hat«, sagte ich.

»Wahrscheinlich, ja«, bekundete Balczek.

»Was haben Sie dann gemacht?«, fragte ich gespannt.

»Ich habe direkt vermutet, dass die Kamera dort schon länger gelegen haben musste – ich meine, Kameras mit Fotofilm sind seit mehr als fünfzehn Jahren Geschichte. Klar, es gibt noch Fotografen, die ihre Bilder aus Idealismus oder Nostalgie auf alte Art machen, aber man muss doch zugeben, dass sie rar gesät sind. Und man kann wohl davon ausgehen, dass diese Spezies sicher gut auf ihre Kamera aufpasst und sie nicht leichtsinnig am Hang liegen lässt.«

Balczek redete wie ein Wasserfall. Mir war es recht, kamen wir so doch vielleicht der Lösung dieses Falls näher.

»Wie auch immer, mich interessierte, was auf dem Film zu sehen war. Ich habe nicht erwartet, dass ich jemanden auf den Bildern kennen würde. Mich trieb eher die Neugier an. Vielleicht, so hoffte ich, könnte ich auch ein paar Bilder künstlerisch verwerten.«

Balczek blickte sich nervös um. »Schmeckt der Tee? Es tut mir leid, ich habe Sie gar nicht gefragt, ob Sie etwas anderes trinken möchten. Kaffee, Cola, Wasser?«

»Es ist alles gut. Vielen Dank«, sagte ich, während Melchior bloß nickte.

Ich verschob meine nächste Frage noch einige Momente, um Iveta Balczek Zeit zum Verschnaufen zu geben. Doch sie wirkte fokussiert. So wie sie mich ansah, brauchte sie gar keine Pause.

»Und dann haben Sie den Film entwickelt und auf einem der Fotos Sara Hennen erkannt, richtig?«, fragte ich.

Balczek schluckte schwer, als sie den Namen hörte. »Ich kann noch immer nicht glauben, dass sie …« Sie schluchzte, wischte sich mit einem Taschentuch über die tränenfeuchten Augen und hielt kurz inne.

»Es waren alte Bilder«, begann sie schließlich mit zittriger Stimme. »Ich schätze, sie sind irgendwann zwischen 2002 und 2006 entstanden. Es handelte sich um eine Gruppe junger Leute. Einen der Jungs glaubte ich schon mal in Eupen gesehen zu haben, aber Sara erkannte ich dann mit Sicherheit wieder. Ich kannte sie vom Yoga. Wir haben zwei Jahre lang denselben Kurs besucht, aber dann wurde sie Schöffin und hatte keine Zeit mehr dafür.«

Sie unterdrückte ein erneutes Schluchzen. »Ich habe ihr die Bilder vorbeigebracht. Sara war total begeistert, stellte aber gleich die Frage, wo sich die Negative befanden. Die wollte ich eigentlich behalten, um die Fotos wie gesagt eventuell noch künstlerisch zu verwerten, aber Sara schien viel an ihnen zu liegen.«

»Sie haben ihr also alles gegeben?«, fragte ich.

»Ja«, sagte sie nickend. »Aber vorher habe ich von ein paar Aufnahmen wenigstens noch Abzüge für mich gemacht.«

Melchior und ich sahen uns hoffnungsfroh an, als Iveta Balczek aufstand und nach dem auf dem Wohnzimmertisch liegenden Umschlag griff. Im Stehen öffnete sie ihn, zog einen Stapel Fotos hervor und reichte ihn mir.

Das erste Foto zeigte drei auf einem Tisch stehende Paletten Derby Pils – die ehemalige Dosenbier-Hausmarke des Delhaize-Warenhauses. Auf dem nächsten Bild sprang einer der Jungs in den Pool des Ferienhauses. Das dritte Foto, auf dem Jan vor der Bühne des Musikmarathons stand, war uns bereits bekannt. Melchior und ich gingen Foto für Foto durch, suchten nach Hinweisen, nach Details, die vielleicht wichtig sein könnten. Doch mit jedem weiteren Foto, mit jeder jugendlichen Blödelei und Albernheit, die wir zu sehen bekamen, wurde die Enttäuschung größer. Wir hatten uns beinahe schon damit abgefunden, die Fotos zu den Akten zu legen und als nicht aufschlussgebend zu bewerten, da sprang uns eine Aufnahme von Lisa ins Auge. Sie lief – wohin, war nicht zu erkennen. Das Foto war aus einigen Metern Entfernung aufgenommen worden, doch ihr Blick war klar zu sehen. Er war starr, ja beinahe panisch. Es war hell gewesen, als die Aufnahme gemacht wurde. Vereinzelte Sonnenstrahlen waren auf dem Bild zu sehen. Melchior glaubte, im Hintergrund die Eisdiele am Marktplatz zu erkennen.

»Hatte Lisa also doch Kontakt zu der Clique«, flüsterte sie mir zu.

Wir betrachteten das Foto noch eine Zeit lang, ehe ich es unter den Stapel schob. Das nächste Bild war eine Aufnahme, die im Dunkeln gemacht worden war. Alles war schwarz bis auf die überbelichtete zierliche Faust in der Bildmitte, die offensichtlich von dem Blitz des Fotoapparats angestrahlt wurde. Es sah so aus, als bewegte die Faust sich direkt auf die Fotografin zu. Um den Mittelfinger lag ein Ring.

Dann das letzte Foto: Es war verwackelt und zeigte ein Auto, oder besser gesagt den Kühler eines dunkelgrünen Autos, das offenbar durch besagte Bahnunterführung fuhr, an der Iveta Balczek die Kamera gefunden hatte. Leider war das Kennzeichen nur halb drauf.

»Helfen die Bilder Ihnen weiter?«, fragte Balczek sorgenvoll.

Ich war noch nicht bereit für eine Antwort, zu tief in den Fotos versunken.

»Ihr Kollege sagte mir, dass ein Mädchen der Clique seit damals als vermisst gilt. Hören Sie, davon wusste ich nichts – ich wohne ja erst seit acht Jahren hier. Sonst hätte ich sicher anders reagiert und die Kamera direkt zur Polizei gebracht.«

»Ist schon okay. Sie brauchen sich keine Vorwürfe zu machen«, sagte ich. »Sie haben richtig gehandelt.«

»Danke«, sagte Balczek. »Sie können die Fotos natürlich mitnehmen.«

Wir tranken unsere Tassen leer und verabschiedeten uns kurz danach mit den Fotos im Gepäck. Zwei von ihnen konnten durch eine genauere Untersuchung womöglich Licht ins Dunkel bringen. Zum einen mussten wir herausfinden, wem die Faust gehörte, die in Richtung der Kameralinse zielte, und zum anderen mussten wir das Fahrzeug ausfindig machen, das die Bahnunterführung passiert hatte. Vielleicht hatte der Fahrer etwas beobachtet, das uns Aufschluss über das Verschwinden von Joleen Pohl geben konnte.

Als wir nach draußen traten, zog gerade ein wuchtiger Regenschauer über Eupen. Es prasselte heftig auf die Dächer und den Asphalt.

»Ich fasse es nicht, dass Frau Ortmann uns angelogen hat«, schimpfte Melchior, als wir uns am Hauseingang unterstellten. »Warum hat sie behauptet, dass Lisa keinen Kontakt zu der Clique hatte? Die Fotos belegen ja klar das Gegenteil.«

»›Klar‹ würde ich jetzt nicht sagen«, bemerkte ich. »Sie ist auf einem Foto zu sehen, ja, aber was das bedeutet, das bleibt noch zu klären.«

»Nun werden Sie doch mal deutlich!«, fuhr Melchior mich schroff an.

Der persönliche Angriff kam unerwartet. »Was meinen Sie?«, fragte ich irritiert.

»Na, Sie reden nie Tacheles. Lavieren nur rum.«

»Ich ›laviere‹ nicht rum«, entgegnete ich leicht getroffen. »Ich versuche nur, die Sachverhalte objektiv zu bewerten.«

»Ach ja«, entgegnete Melchior spöttisch. »Und wie bewerten Sie, dass Sara Hennen die Fotos nicht der Polizei gemeldet hat? Und unbedingt die Negative haben wollte?«

»Da gibt es nur eine Erklärung«, sagte ich. »Sie hat etwas mit dem Verschwinden von Joleen Pohl zu tun.«

30

2004

Sie rang nach Luft und war mit einem Mal hellwach. Doch sie stand nicht auf. Stattdessen blieb sie auf dem Rücken liegen und lauschte dem lauten Atem ihrer Freundin Uma neben sich.

Habe ich ihre Worte gerade richtig verstanden?

Joleen versuchte sich einzureden, dass das Gesagte sich nicht auf Uma und Lisa bezog – doch das, was Uma im Schlaf von sich gegeben hatte, war eindeutig gewesen. So eindeutig, dass es Joleen noch immer eiskalt über den Rücken lief. Sie begann zu schwitzen, obwohl ihr kalt war. Sie wollte das rechte Bein über den Bettrand schieben und aufstehen, aber sie schaffte es nicht einmal, das Bein anzuheben. Ihr ganzer Körper war verkrampft. Nervös drehte sie sich um, vergewisserte sich, dass Uma nach wie vor schlief. Dann grub sie ihre Hand in das Bettlaken und versuchte noch einmal, ihr Bein zu bewegen.

Los, hoch damit!

Langsam schob sie ihre Beine über die Bettkante. So leise wie möglich stand sie auf. Dann bauschte sie vorsichtig die Decke auf, um Uma glauben zu lassen, dass sie noch im Bett lag. Umas Atmung war leiser geworden, sie schlief seelenruhig. Schnell streifte Joleen sich die Klamotten über, die sie erst vor einer Stunde über die Stuhllehne geworfen hatte. Die anderen Sachen lagen größtenteils in dem Koffer, der nach dem letzten Abschiedsversuch noch gepackt in der Ecke stand. Sie musste nur noch den Reißverschluss zuziehen und den Rucksack auf dem Schreibtisch nehmen, dann hatte sie alles. Obwohl es dunkel war, schaffte sie dank ihres guten Tastsinns alles. Doch als sie zur Tür schlich, stieß sie mit dem Fuß eine Bierflasche um. Es klirrte laut. Uma stöhnte auf.

Verdammt!

Uma drehte sich um.

Und schlief weiter.

Puh.

Joleen schlich zur Tür. *Nur ja schnell raus hier.*

Und es gelang ihr tatsächlich, das Zimmer unbemerkt zu verlassen.

In dem kleinen Flur vor der Tür schaltete Joleen das Licht ein, um den Rucksack zu öffnen. Sie brauchte ein Blatt Papier. Sie musste aufschreiben, was sie gehört hatte. Wort für Wort. Sie hatte Angst, es zu vergessen. Es war zu verrückt. Zu böse und grausam. Also kramte sie in ihrem Rucksack nach Stift und Papier. Sie ertastete einen Stift, doch sie kam nicht heran. Er lag in einem gesonderten Fach. Joleen legte den Rucksack hin, öffnete den Reißverschluss des kleinen Faches und nahm den Stift an sich. Dabei bemerkte sie, dass in dem Fach auch ein klein gefaltetes Stück Papier lag. Das würde ausreichen, um alles aufzuschreiben. Sie faltete das Papier auseinander und sah, dass es unbeschriftet war.

Mit zittriger Hand schrieb sie das auf, was Uma gesagt hatte. Während sie den Stift auf das Papier drückte, sprach sie die Worte leise mit.

Als sie gerade fertig war, hörte sie hinter sich eine bekannte Stimme. »Was machst du da?«, fragte Sara.

»Ich habe mir nur etwas notiert«, erklärte Joleen nervös. »Für Frankreich. Eine Adresse, wenn ich bei Benno bin.«

»Ach so«, sagte Sara ungläubig.

»Ja«, stammelte Joleen verunsichert, während ihr der Schweiß ausbrach. Ihr Blick kehrte immer wieder zu der Zimmertür zurück, hinter der Uma im Bett lag.

»Sag mal, ist irgendwas?«, fragte Sara.

Joleen wollte lächeln, aber ihr Gesicht war wie eingefroren. Was sollte sie Sara sagen? Dass Umas Schwester nicht mehr sprach und eine Mörderin war? Dass Uma im Schlaf redete und Dinge sagte, die einen in Angst und Schrecken versetzten? Nein, davon konnte Joleen ihr nichts erzählen. Sara würde es nicht ernst nehmen und Joleen nicht glauben. Sie für verrückt erklären. Sie auslachen.

Aber irgendetwas muss ich ihr sagen. Sie sieht mich die ganze Zeit so an, als würde sie denken, was für ein blödes Ding ich doch bin.

Und dann sagte Joleen das, was sie nicht hatte sagen wollen. Aus irgendeinem Grund kam es aus ihr herausgeschossen. »Ich hatte eine Fehlgeburt.«

»Oh mein Gott, nein!«, sagte Sara theatralisch und umarmte Joleen. Unendlich lange rieb sie ihren Rücken.

Wie lange will sie das noch machen?

Als sie endlich aufhörte, sah Sara sie mit einem fürchterlich perfiden Hundeblick an. »Von wem war es denn?«

Sie ist so falsch. Warum ist sie nur so falsch?

Joleen log. Sie log, weil sie Sara loswerden wollte. Sie wollte sie weghaben. Weg aus diesem Flur. Weg aus dieser Welt. Und das so schnell wie möglich.

»Von Benno.«

»Oh nein!« Sara schlug sich die Hände vor den Mund. »Hach, Joleenchen, lass dich noch mal drücken.«

Joleen ließ es widerwillig geschehen.

»Weißt du, vielleicht ist es besser so. Ihr kennt euch ja noch nicht so lange. Und hör mal, vielleicht tröstet es dich: Ich habe auch meine Tage bekommen. Also nichts mit Baby.«

Wäre Joleen allein gewesen, sie hätte geweint. Da Sara aber da war, blieb sie einfach stumm. Sie traute sich nicht, den Mund aufzumachen, aus Angst, dass ihre Stimme versagen würde.

»Hör zu«, sagte Sara. »Ich lass dich jetzt besser in Ruhe, du siehst müde aus. Bis morgen, ja?«

»Ja«, antwortete Joleen knapp, während sie Sara um die nächste Ecke des Flurs gehen sah. Und als sie Saras Schritte nicht mehr hörte, lief Joleen den Flur entlang und stieß die Tür nach draußen auf. An der frischen Luft merkte sie, dass sie zu viel getrunken hatte und sich in ihrem Kopf alles fürchterlich drehte. Sie fühlte sich schmutzig und sehnte sich nach einer Dusche.

Nur weg von hier.

Sie eilte über den Asphalt. Sie sah ihren Schatten auf der Straße, hörte das dumpfe Geräusch ihrer Sneaker. Doch während sie den Kehrweg entlanglief, fing sie an zu zweifeln. Sie wusste plötzlich nicht mehr, was sie geträumt und was sie wirklich erlebt hatte. Sie hatte mit Uma gestritten, hatte mit ihr getanzt und neben ihr geschlafen. Uma hatte ihr vieles anvertraut. Im Rausch, nach unzähligen Bieren und Schnäpsen. So viel hatte Joleen seit Langem nicht mehr in sich hineingekippt. Sie musste kurz anhalten, weil ihr so schwindlig war.

Was zum Teufel ist los mit mir?

War es zu viel Alkohol? So viel, dass Joleen etwas dazugedichtet hatte? Was war mit dem X auf ihrem Po, das Xavier ihr in die Haut geritzt hatte? Sie spürte es gerade nicht.

Hat er dich überhaupt berührt?

Sie wollte nachsehen, ob es noch da war. Doch sie ließ es bleiben. Stattdessen legte sie sich eine Hand auf den Bauch. Dorthin, wo noch vor wenigen Wochen ein kleines Töchterchen herangewachsen war. Es wirkte so surreal, wenn sie daran dachte. Eine Tochter, die sie nie kennengelernt hatte.

Mein kleines Baby.

Hatte es sie gegeben oder nicht?

Was war Fiktion, was Realität?

Joleen zweifelte an ihren Sinnen. Hatte Uma tatsächlich im Schlaf geredet, oder hatte sie selbst es nur geträumt? War sie noch imstande, das richtig einzuschätzen?

Immer wieder kreisten dieselben Fragen in ihrem Kopf, während sie durch die Stadt hetzte. Doch sosehr sie sich auch anstrengte, sie fand keine Antworten. Sie kannte sie einfach nicht. Über ihr Ziel aber gab es keinen Zweifel: Sie musste Lisa finden und ihr die Wahrheit sagen.

31

So schnell wie der Regenschauer gekommen war, so rasch zog er auch wieder von dannen. Danach gelang es tatsächlich einigen Sonnenstrahlen, sich einen Weg durch die dichte Wolkendecke zu bahnen. Wir verließen also unseren Unterstellplatz und eilten zu Melchiors Fiat 500, der am Straßenrand geparkt war. Bevor Melchior den Schlüssel im Zündschloss drehte, hielt sie inne. »Was, wenn der Täter eine Bombe unter dem Auto platziert hat?«

Während Melchiors Gedankenkarussell jetzt durchdrehte, hatte ich meine Krise bereits beim Unterstellen gehabt. Mich hatte die Befürchtung geplagt, dass der Täter im Freien leichtes Spiel haben könnte, einen weiteren Pfeil abzuschießen. Dabei hatte ich jedoch außer Acht gelassen, dass wir jederzeit in Gefahr waren. Dem Täter war es egal, ob wir irgendwo herumstanden oder mit dem Auto durch die Stadt fuhren. Wenn er uns tot sehen wollte, dann würde er einen Weg finden, sein Ziel zu erreichen.

Den Gedanken behielt ich für mich. Es würde nichts bringen, Melchior in noch größere Alarmbereitschaft zu versetzen. »Das ist nicht sein Stil«, sagte ich, in der Hoffnung, recht zu behalten.

Sie fokussierte den Schlüssel, der im Schloss steckte.

»Glauben Sie, ja?«, fragte sie wie benommen.

»Lassen Sie uns nicht weiter lavieren«, sagte ich scherzhaft.

Sie sah mich regungslos an. »Sie wollen immer das letzte Wort haben, oder?«

Und Sie verstehen keinen Spaß, hätte ich am liebsten entgegnet. Aber die Bemerkung wäre unpassend und es darüber hinaus nicht wert gewesen – ich wollte keinen Streit anzetteln.

Melchior startete den Motor. Es passierte nichts.

Puh!

Melchior atmete tief ein und aus. Schweißgeruch, vermischt

mit dem Duft ihres weihnachtlichen Parfüms, verbreitete sich im Fahrzeuginneren. Wir legten den Weg zum Präsidium in einem wortkargen Nebeneinander zurück und erreichten in weniger als fünf Minuten das cremefarbene Gebäude. Im Erdgeschoss baten wir eine Mitarbeiterin, die Fotos zur weiteren Untersuchung ins Digitallabor zu schicken. Die Labormitarbeiterin, die wir aufgrund der Dringlichkeit telefonisch kontaktierten, sah gute Chancen, mehr zur zierlichen Faust mit dem Ring auf dem Bild sagen und das Fahrzeug ausfindig machen zu können.

Als wir uns danach auf die erste Etage begaben, begrüßte uns Uma. »Da seid ihr ja wieder.« Sie saß noch immer an dem großen Tisch im Versammlungsraum, allerdings allein. »Habt ihr die Fotos?«

»Wo ist Lisa?«, fragte ich.

Umas Blick senkte sich auf den Tisch. »Sie ist abgehauen«, sagte sie raunend. »Das Ganze hier ist nichts für sie. Dafür bringt sie nicht die Geduld mit. Sie wird bei so was irgendwann fürchterlich nervös und muss dann weg.«

Das klang für mich eher wie die Erklärung einer Person, die ihre Schwester beschützen wollte, als die auf Fakten basierende Aussage einer Polizistin.

Wir müssen auch Lisa beschatten.

»Habt ihr nun die Fotos?«, wiederholte Uma ungeduldig ihre Frage.

»Ja«, antwortete ich genervt. »Und auf einem der Fotos ist Lisa zu sehen. Joleen hat sie fotografiert.«

Uma sah mich verunsichert an.

»Hatte sie etwa doch Kontakt zur Clique?«, fragte ich.

»Nein«, antwortete Uma prompt. »Nicht dass ich wüsste.«

»Die Frage ist nicht, was Sie wissen, sondern vielmehr, was Ihre Schwester weiß«, sagte Melchior. Als sie gestikulierte, verbreitete sich der unangenehme Geruch von Schweiß und ihrem Parfüm im ganzen Raum.

Wo sie recht hat, hat sie recht.

»Sie hatte keinen Kontakt zu den anderen«, sagte Uma mit aufgesetzter Selbstsicherheit.

Melchior seufzte auf. »Klar, dass Sie das sagen.«

»Es ist so, wie ich es sage«, beharrte Uma trotzig.

Stille. Auf den Fronten, die eh schon verhärtet waren, bildete sich eine dicke Kruste.

»Kann ich die Fotos mal sehen?«, ergriff Uma schließlich das Wort.

Auch wenn Uma als Mitglied der Clique und als Lisas Schwester befangen war, hätte ich ihr die Fotos gern gezeigt. Womöglich würde sie Details entdecken, die wir übersahen. Außerdem wäre es interessant, ihre Reaktion auf das eine oder andere Bild zu sehen. Ich blickte zu Melchior hinüber, die ein größeres Problem als ich damit hatte, Uma an dem Fall mitwirken zu lassen. Sie schüttelte entschieden den Kopf.

»Ey, Leute, kommt schon! Joleen war eine Freundin von mir«, argumentierte Uma, in deren Stimme ein Hauch von Frustration mitklang.

Melchior blieb hart. Ich hätte Uma zwar zumindest teilweise wieder aktiv in den Fall einbinden können, aber so wie ich Melchior einschätzte, würde sie daraus eine Riesensache machen und den Fall als grob fahrlässigen Fehler der föderalen Polizei melden. Danach stand mir nun wirklich nicht der Sinn. »Es tut mir leid, Uma«, sagte ich.

Sie machte ein betretenes Gesicht. »Tja, dann werde ich wohl mal gehen.«

Ich wies ihr freundlich den Weg in den Flur. »Ich werde dich nach unten begleiten.«

Ich spürte Melchiors misstrauischen Blick in meinem Rücken. Sie ahnte wohl, dass ich Uma nicht nur zum Ausgang begleitete, um mich zu vergewissern, dass sie das Gebäude verließ. Aber letztlich war es mir egal, was Melchior dachte. Ich empfand es als unfair, Uma auf diese Weise fortzuschicken. Sie sollte zumindest erfahren, wie die Fotos gefunden worden und in Sara Hennens Hände gelangt waren. Das alles erzählte ich ihr, während wir uns draußen vor der Haupteingangstür des Präsidiums gegenüberstanden.

»Wofür wollte sie denn unbedingt die Negative haben?«, fragte Uma, nachdem sie meinen Schilderungen aufmerksam gefolgt war. »Und warum hat sie die Fotos nicht der Polizei übergeben?«

Da war sie wieder, die informationshungrige Polizistin.

»Genau diese Fragen haben wir uns auch schon gestellt«, sagte ich. »Wir denken, dass sie etwas mit Joleens Verschwinden zu tun hatte.«

»Aber dann muss sie mit jemandem über die Fotos gesprochen oder sie jemandem gezeigt haben«, erwiderte Uma mit skeptischem Blick. »Sonst ergibt es keinen Sinn, dass sie tot ist.«

»Ja, du hast recht. Sie muss mindestens mit zwei Menschen darüber gesprochen haben«, sagte ich. »Mit Xavier Thieron und einer uns bisher unbekannten Person.«

Uma schloss die Augen und dachte eine Zeit lang nach.

»Vielleicht gehörte die Faust auf dem Foto, das du eben erwähnt hast, Sara.«

Ich zog mein Handy hervor, mit dem ich das Bild mit dem Faustschlag abfotografiert hatte. Ich zeigte ihr die Aufnahme. »Erkennst du den Ring wieder?«

»Der ist von Sara«, sagte sie ohne den Hauch eines Zweifels.

»Bist du dir sicher?«, fragte ich.

»Ja, zu hundert Prozent.« Sie nickte. Dann fragte sie mit ängstlicher Stimme: »Meinst du, sie war es?«

»Ich weiß es nicht«, gestand ich. »Ich bin inzwischen eher davon ausgegangen, dass sie jemand anderen erpressen wollte.«

»Dann würden auch die Geldscheine in den Mündern der Opfer Sinn ergeben«, räumte sie ein.

»Genau.«

Uma schüttelte ungläubig den Kopf. »Echt krass, was hier im kleinen Eupen abgeht.« Sie brach in Gelächter aus, als meine Reaktion ausblieb. »Doofer Kommentar«, sagte sie. »Ich denke, dafür wird man Polizist, nicht wahr?«

»Für dich ist es eine persönliche Sache«, meinte ich. »Da wird der Fall schnell zur Belastung.«

Sie nickte schwach. Das Lächeln war aus ihrem Gesicht verschwunden. »Na ja, auf jeden Fall danke, dass du mich auf den neuesten Stand gebracht hast.«

»Gern geschehen«, sagte ich.

Sie war bereits im Begriff, sich umzudrehen und das Grundstück des Präsidiums zu verlassen, da rief ich sie zurück. »Eine Frage habe ich noch!«

Sie hielt augenblicklich inne und wendete sich wieder mir zu.

»Wie hast du das gemeint, als du Melchior gegenüber gesagt hast, dass sie lieber ganz flache Bälle spielen sollte?«

Uma lächelte amüsiert. »Ich habe da bisher kein großes Ding draus gemacht, weil Melchior mich davor gewarnt hat, etwas zu sagen. Aber die Sache ist so merkwürdig, dass ich es dir jetzt einfach erzähle. Mit Sara Hennen hat Melchior ja eine Art Kleinkrieg geführt und zig Knöllchen an sie verteilt – das habe ich dir ja schon erzählt. Was du noch nicht weißt, ist, dass sie mal mit Xavier zusammen war. Wobei ›zusammen‹ ein dehnbarer Begriff ist. Xavier sprang von einer Frau zur anderen, für feste Beziehungen war er eigentlich nicht zu haben. Na ja, und als Melchior endlich mitbekam, dass sie nicht die einzige Frau in seinem Leben war, da war sie tief getroffen. Sie hat zwar nie darüber gesprochen, doch man hat es ihr angemerkt. Aber ja, was ich mit meiner Aussage meinte, war, dass beide Opfer nicht gerade ihre Lieblinge waren.«

»Das wusste ich nicht«, sagte ich völlig perplex.

»Deswegen sag ich es dir ja«, entgegnete Uma lächelnd, ehe sie sich wieder umdrehte und über den Hof nach draußen lief.

Dass Melchior im zwischenmenschlichen Bereich einige Defizite hatte, war mir bereits, wenige Stunden nachdem ich ihre Bekanntschaft gemacht hatte, aufgefallen. Dass sie sich von freundlich gemeinten Angeboten und jeder noch so harmlosen Bemerkung angegriffen fühlte, führte unweigerlich zu Problemen. Dass sie aber einen oder mehrere dieser zwischenmenschlichen Kleinkriege zum Anlass nehmen sollte, zwei Menschen umzubringen, wollte ich nicht so recht glauben. Ausschließen konnte ich es aber auch nicht. Oder besser gesagt, ich durfte es nicht ausschließen.

Nur fehlte mir die Zeit, um die neuen Hinweise zu überprüfen, denn noch ehe Uma den Hof des Präsidiums verlassen hatte, steuerte ein dunkelroter Sportwagen mit französischem Kennzeichen den Parkplatz an. Die Tür öffnete sich, und ein mittelgroßer, braun gebrannter Mann mit schulterlangen braunen Haaren stieg aus. Dynamisch steuerte er direkt auf mich zu.

»*Bonjour*, Merlain mein Name«, stellte er sich vor.

»Hallo, Herr Merlain. Schön, dass Sie uns besuchen kommen«, grüßte ich zurück. »Wir haben einige Fragen an Sie.«

»Auf einmal wollen Sie ermitteln?«, fuhr er mich wütend an. »Das hätten Sie damals besser mal richtig gemacht, dann hätten Sie uns allen viel Leid erspart.«

»Wir verstehen Ihre Verärgerung«, sagte ich im ruhigen Ton. »Das, was geschehen ist, wollte keiner von uns. Ich bin mir sicher, dass unsere Kollegen alles dafür getan haben, den Fall aufzuklären. Dass dies bisher noch nicht gelungen ist, tut uns leid. Wir hoffen trotzdem, dass Sie uns weiterhelfen werden.«

Er verzog das Gesicht. In seinem Blick lag tiefe Verachtung. Ich fragte mich, ob er mit seiner Haltung nicht sogar recht hatte. Seit achtzehn Jahren galt seine Liebe als vermisst. Es gab weder Hinweise auf ein Verbrechen noch auf einen anderen Grund ihres Verschwindens. Und dafür machte er uns verantwortlich.

Zu Recht.

»Sie hätten damals bei Joleens Freunden Druck machen müssen. Da stimmte etwas nicht. Einer deckte den anderen – keiner sagte etwas. Ich hatte fast den Eindruck, als wäre es ihnen egal, dass Joleen weg ist. Keine einzige Info habe ich von diesen sogenannten Freunden erhalten. Alles, was ich weiß, weiß ich von Alain.«

»Alain?«, hakte ich nach.

Merlain sah mich irritiert an. »Alain Collier. Kennen Sie ihn nicht?«

Warum nennt er Collier beim Vornamen?

»Doch, doch. Den kennen wir. Er sagte uns auch, dass Sie Kontakt zu ihm hatten. Und dass Sie nach Joleens Verschwinden einmal in Eupen waren.«

»Ja«, sagte Merlain, während er die in die Stirn gefallenen Haare nach hinten warf. »Ich wollte mir alles mit eigenen Augen ansehen. Aber Alain sagte, ich solle vorsichtig sein mit den Polizisten hier. Denn wenn Joleens Clique nichts preisgebe, suchten sie sich einen anderen, der einen guten Täter abgebe.«

»Sie hatten Angst, dass Ihre Familie etwas von Ihrer Affäre mit Joleen erfährt«, stellte ich fest.

»Ja«, gab er kleinlaut zu. »Ich liebe meine Familie. Ich würde alles für meine Kinder und meine Frau tun. Aber das mit Joleen war etwas ganz Besonderes. Sie war auf einmal da und hat mich total umgehauen.«

Bei Merlains Worten musste ich unweigerlich an Sina denken. War sie die Liebe, der ich ewig hinterhertrauern würde?

Wie leichtfertig hast du sie gehen lassen?

Tiefe Sehnsucht nach ihr machte sich in meinem Körper breit.

Konzentrier dich auf den Fall!

»Wie haben Sie damals davon erfahren, dass Joleen verschwunden ist?«

»Joleen hatte an dem Abend noch versucht, mich zu erreichen. Da ich aber Tennis spielte, ging bei mir nur die Mailbox dran. Sie sprach drauf, dass sie unbedingt noch etwas in Ordnung bringen muss, bevor sie zu mir kommen kann. Sie wollte am nächsten Tag gegen Abend ankommen. Ich sollte sie vom Bahnhof in Marseille abholen. In Marseille kam sie jedoch nie an.«

»Und da wussten Sie direkt Bescheid«, stellte ich fest.

»Non, non«, entgegnete Merlain vehement. »Da sie nicht auf meine SMS und Anrufe reagierte, dachte ich zunächst, dass

sie es sich anders überlegt hatte und lieber in Belgien bleiben wollte. Erst als ich Uma anrief – Joleen hatte mir ihre Nummer mal für den Fall der Fälle gegeben –, habe ich erfahren, dass sie als vermisst galt. Das war es aber auch an Informationen, die ich von ihr erhalten habe.«

Ich schielte hinüber zu Uma, die augenblicklich zum Präsidium zurückgekehrt war, als sie Benno Merlains Auto erkannt hatte, und nun demütig den Blick zu Boden gesenkt hielt.

»Haben Sie eine Ahnung, was genau Joleen ›in Ordnung bringen‹ wollte?«, fragte ich Merlain.

»*Non*, das hat sie nicht gesagt. Aber ich bin mir sicher, dass das mit ihrem Verschwinden zusammenhängt.« Merlains Lippen zuckten. Er versuchte, seine Emotionen zu unterdrücken. »Ich habe Joleen nie vergessen, habe jahrelang an nichts anderes denken können – und trotzdem konnte ich nichts für sie tun. Jetzt möchte ich zumindest hier sein, wenn sich alles aufklärt.«

Ich wollte Merlain gerade Mut zusprechen, als hinter uns plötzlich die Tür des Präsidiumsgebäudes lautstark aufgestoßen wurde. Melchior stürzte heraus und wäre um ein Haar in mich hineingelaufen. Ihr Haarreif saß schief auf ihrem Kopf, und ihre Haare standen wie elektrisiert in alle Himmelsrichtungen ab. Während Merlain und ich sie entgeistert anstarrten, rief sie uns mit ihrer krächzenden Stimme wie im Wahn zu: »Das Auto auf dem Foto gehörte Collier. Der Kerl hat so dermaßen Dreck am Stecken!«

32

»Erinnerst du dich noch an deinen fünften Geburtstag?«

»Das ist eine komische Frage aus deinem Mund.«

»Erinnerst du dich?«

»Warum stellst du diese Frage? Was steckt dahinter?«

»Das wirst du erfahren, wenn du die Frage beantwortest.«

»Ähm, wenn du mich so fragst, ich weiß es nicht. Ich erinnere mich an meine Kindergeburtstage, aber ich kann nicht sagen, welche Erinnerungen von meinem fünften Geburtstag stammen.«

»Ich erinnere mich noch gut.«

»Aha.«

»Wir waren im Wald. Deine Mama hatte eine Schnitzeljagd organisiert.«

»Es gab an jedem meiner Geburtstage eine Schnitzeljagd.«

»An einer Station solltet ihr Kinder über einen Baumstamm balancieren und am Ende in einen Kreis springen, den Mama auf einer am Boden ausgelegten Matte gezeichnet hatte. Nachdem alle Kinder es geschafft hatten, packte Mama die Matte wieder ein. Unter dem Laub entdeckte dann eine deiner Freundinnen einen toten Frosch.«

»Daran erinnere ich mich noch gut.«

»Na, siehst du.«

»Ich dachte damals, ich hätte den Frosch getötet.«

»Genau. Als Geburtstagskind durftest du natürlich als Erste über den Baumstamm balancieren und in den Kreis springen. Und daraus hast du den Schluss gezogen, dass du das Leben des Froschs beendet hast.«

»Ja, das war nicht schön.«

»Zwei Jahre lang hast du dich geweigert, im Wald und im Garten zu spielen. Vor jedem Schritt im Gras hast du überprüft, ob sich nicht ein Tier darin befindet. Du warst wahnsinnig vorsichtig.«

»Ich bin sogar manchmal gekrabbelt, so ängstlich war ich.«

»Ein Tag im Frühjahr, zwei Jahre danach, brachte die Wende. Wir machten eine Radtour in Raeren, am Wald entlang. Am Straßenrand war ein Schild mit der Aufschrift ›Vorsicht, Krötenwanderung‹ aufgestellt worden. Du hast natürlich auf die Bremse gedrückt, bist vom Sattel gestiegen und hast dein Rad den Weg entlanggeschoben. Und so hast du die von den Autos platt gefahrenen Frösche am Boden liegen sehen. Einer neben dem anderen. Bei den ersten hast du noch nachgesehen, ob du ihnen helfen kannst. Aber als dir auch beim fünften die ausgetretenen Eingeweide ins Auge sprangen, hast du sie nur mehr aus der Ferne betrachtet.«

»Es waren unzählige.«

»Ja, aber sie haben dich therapiert. Denn am nächsten Tag bist du wieder über das Gras im Garten gelaufen.«

»Das weiß ich nicht mehr so genau.«

»Aber ich weiß es.«

»Aha. Der Tod hat mich also therapiert.«

»Ja. Aber es war nicht der Tod an sich, sondern vielmehr die Erkenntnis, dass die Frösche auch auf andere Art und Weise starben als durch dich.«

»Du möchtest den Tod relativieren.«

»Ich nehme ihm ein Stück von der Bedeutung, die wir Menschen ihm beimessen.«

»Es ist das Leben, dem wir Bedeutung beimessen, nicht der Tod.«

»Dir fehlen noch ein paar Jahre, um das beurteilen zu können. Aber apropos Leben: Wir müssen los.«

»Ich will nicht.«

»Komm schon. Das Codewort ist ›Eichhörnchen‹.«

»Ich bin noch nicht so weit.«

»Doch, das bist du. Du warst es damals schon.«

33

Das Auto auf dem Foto war ein grüner Jaguar, Baujahr 1964. Das Kennzeichen war nicht komplett zu entziffern gewesen, aber die ersten beiden Buchstaben stimmten mit einem Fahrzeug überein, das von 1979 bis 2005 auf Colliers Namen angemeldet gewesen war. Melchior hatte mir die Information hektisch zugetragen, Benno Merlain stand die ganze Zeit lauschend daneben. Und auch Uma hörte aufmerksam zu.

Es schien keinen Zweifel mehr zu geben: Collier war in den Vermisstenfall Joleen Pohl verwickelt. Die Frage war nur noch, was er mit ihr gemacht hatte.

Mein Pestla gab merkwürdige Geräusche von sich, als ich mit Uma als Beifahrerin den Hof des Präsidiums verließ. Ich erkannte das Brummen sofort wieder, es war die verschlissene Kupplung. Das Problem war schon einmal vor ein paar Wochen aufgetreten. Damals hatte ein befreundeter Mechaniker eine notdürftige Reparatur durchgeführt und mir zu einem baldigen Besuch in der Werkstatt geraten.

Dem Rat hättest du besser gleich folgen sollen.

Benno Merlain mit seinem tiefergelegten bordeauxfarbenen Sportwagen hing uns fast auf der Stoßstange. Gleich dahinter tuckerte Melchior mit ihrem Fiat 500. Wir kamen mit dem Pestla zwar vorwärts, aber nur schleppend, denn ich konnte aufgrund der Störung an der Kupplung nicht höher als in den zweiten Gang schalten. Merlain wurde zusehends ungeduldig und fuhr immer wieder auf die Mittelspur, um abzuschätzen, wann sich ein guter Moment zum Überholen ergeben würde. Als wir schließlich in die Bergkapellstraße einbogen, schien er es nicht mehr auszuhalten. Innerhalb weniger Sekunden beschleunigte er von dreißig auf achtzig und raste problemlos an uns vorbei.

Schließlich ließ auch Melchior hupend mein Auto hinter sich, wenngleich sie nicht den Hauch einer Chance hatte, Merlain auf den Fersen zu bleiben.

Als wir wenige Minuten später am Ferienhaus am Eichenberg ankamen, aus dem Auto ausstiegen und in den Garten eilten, lieferten Merlain und Collier sich bereits ein hitziges Wortgefecht. Melchior stand regungslos daneben. Im Hintergrund warfen sich die Besucherinnen des Ferienhauses im Swimmingpool gut gelaunt den Ball zu. Gleich hinter dem Pool kürzte Colliers blonder Mitarbeiter mit zitternder Hand die Lorbeerhecke. Bei den Nadelbäumen übten sich Colliers Enkel im Bogenschießen. Wind hauchte durch den Garten, er brachte kurz die Blätter der Bäume zum Rascheln, um dann auf die weite Landschaft hinauszuwehen.

»Du hast mich belogen, Alain!«, fauchte Merlain, während er den in Badehose gekleideten Collier mit der Hand am Hals packte. »Was hast du mit ihr gemacht, *sale porc*?«

Collier rang nach Luft. Reflexartig schlug er Merlains Hand von seinem Hals weg. »Ich habe gar nichts damit zu tun«, sagte er keuchend.

»Du lügst!«, ereiferte sich Merlain. »Dein Auto wurde damals in der Nacht ihres Verschwindens von Joleen fotografiert.« Er holte aus und schlug Collier in die Magengrube. Collier sackte stöhnend in die Knie. Im Hintergrund schrien die Jugendlichen im Pool auf und rückten verängstigt zusammen.

»Und ich dachte, du wärst ein Freund«, fauchte Merlain, ehe er in Colliers Richtung spuckte.

Aus dem Haus kam Colliers Frau in den Garten gelaufen. Sie wedelte aufgeregt mit den Armen, während ihr buntes Kleid im Wind flatterte. Die beiden Enkel kamen auf sie zugerannt und klammerten sich an ihre Oberschenkel.

»Aufhören! Aufhören!«, rief sie aufgebracht. Als sie das schmerzverzerrte Gesicht ihres Mannes sah, schlug sie sich die mit Goldringen geschmückten Hände vors Gesicht. »Mein Gott, Alain. Was haben sie mit dir gemacht?«

»Es geht schon, Carla«, winkte er beruhigend ab.

Seine Frau fasste nach seiner Hand. »Was wollen die ganzen Leute von dir?«, fragte sie, während sie sich verunsichert umsah.

»Ich weiß es nicht«, sagte Collier mit abgekämpfter Stimme. Schweißperlen bedeckten seine Stirn.

»Ich helfe Ihnen gern auf die Sprünge«, sagte Melchior und hielt das Foto, auf dem der grüne Jaguar zu erkennen war, in Colliers Richtung. »Na, erkennen Sie das Fahrzeug wieder?«

Collier sah ungläubig zu ihr hoch. Mühsam kam er auf die Beine, nahm das Foto an sich und betrachtete es eine Weile konzentriert.

»Dann stimmt es also wirklich«, sagte er schließlich.

Ich sah mich um. Versuchte, in den Gesichtern der umstehenden Personen eine Reaktion auszumachen. Doch sie schienen genauso ahnungslos zu sein wie ich und hingen ebenso gebannt an Colliers Lippen.

»Was stimmt?«, fragte ich.

Er lächelte unsicher, ehe er den Blick abwandte und in die Ferne schaute. »Sara Hennen«, begann er zögerlich. »Sie hat mich letzte Woche angerufen. Nicht wegen des Scheichs, wie Sie zunächst dachten, sondern um zu fragen, ob sie später am Abend noch vorbeikommen könnte.«

»Wusste ich's doch«, zischte Melchior, deren Haarreif noch immer verrutscht auf dem Kopf saß.

»Sie klingelte um kurz nach sieben. Wir sind ins Arbeitszimmer gegangen. Sie wirkte so nervös, dass ich erst dachte, es wär etwas passiert. Aber alles, was sie sagte, war: ›Ich weiß, dass du es warst.‹ Ganz ehrlich: Ich wusste nicht, was sie mir damit sagen wollte, und muss wohl auch ziemlich perplex ausgesehen haben. ›Joleen Pohl‹, verkündete sie schließlich. ›Es gibt ein Foto von damals, auf dem dein Auto zu sehen ist.‹«

Collier schluckte schwer. Seine Frau griff nach seiner Hand. An seinem angespannten Gesicht war abzulesen, dass etwas in ihm arbeitete. »Ich verstand kein Wort von dem, was sie mir sagte. Doch ehe ich weiter darüber nachdenken konnte, stellte Sara ihre Forderung. ›Bis übermorgen hast du Zeit, eine Million aufzutreiben. Klappt das nicht, gehe ich zur Polizei, und du verbringst den Rest deines Lebens im Gefängnis.‹ Ich wollte noch nachhaken, was es mit dem Foto auf sich hatte und was sie so sicher machte, dass ich Joleen Pohl etwas angetan hatte. Doch ehe ich das tun konnte, war sie schon zur Tür raus.« Wieder schluckte er schwer und sah dabei verunsichert seine Frau an.

Die Jugendlichen waren inzwischen aus dem Pool herausgeklettert und zu den Liegen und Handtüchern gelaufen. Auch Colliers blonder Bediensteter musste sich in Sicherheit gebracht haben, er war jedenfalls nicht mehr zu sehen. Während das Rascheln der Blätter in den Bäumen zunahm, drückte Benno Merlain seine Finger so stark gegeneinander, dass ein lautes Knacken ertönte.

»Am nächsten Morgen war ich mir sicher, dass sie nichts in der Hand hatte«, fuhr Collier fort. »Ja, dass sie bluffte. Ich sah bei dem, was sie gesagt hat, keinerlei Verbindung zu mir. Also nahm ich mir vor, sie zu kontaktieren und zu bitten, mir eine Kopie des Fotos auszuhändigen. Doch dann hörte ich von Ihnen, Herr Donker, dass sie tot ist.«

Colliers Frau streichelte seinen Rücken, während er sie fest an sich drückte.

»Sie vergeuden unsere Zeit, Herr Collier«, sagte ich. »Geben Sie doch zu, dass Sie es waren. Sie sahen Ihre Felle davonschwimmen. Und Sie hatten Angst, dass Hennen zur Polizei gehen und Sie in den Bau wandern würden.«

Colliers Frau schaute gespannt auf ihren Mann. Der schüttelte bloß den Kopf.

»An dem Abend, an dem das Foto geschossen wurde, haben die Mitarbeiter des Sankt-Nikolaus-Krankenhauses Ihre Ankunft zwischen dreiundzwanzig Uhr und Mitternacht vermerkt«, fuhr ich fort. »Es gibt also keine andere Erklärung: Sie müssen das Auto gefahren haben.«

»Nein«, sagte er mit ruhiger Stimme, während er seine Frau ansah. »Ich war bereits bewusstlos, als ich ins Krankenhaus eingeliefert wurde.«

»Wer saß dann am Steuer, wenn Sie es nicht selbst waren?«, fragte ich.

Alle Blicke richteten sich auf Colliers Frau. Collier schaute nach unten.

Hinter mir vernahm ich eine tiefe Männerstimme. »Das war ich. Ich habe das Auto gefahren.«

34

2004

Die Luft in dieser Nacht war warm. Kein Wunder, hatte doch den ganzen Tag die Sonne geschienen. Sie hatte den Asphalt, die Mauern und die Wände aufgeheizt, die nun die Wärme zurück in die Atmosphäre abgaben. Es war schwül. Und doch fror Joleen. Ihre Arme und Hände waren kalt, am empfindlichsten spürte sie das Frösteln in der Rumpf- und Bauchgegend, dort, wo noch vor wenigen Wochen ein kleines Lebewesen in ihrem Körper herangewachsen war. Bilder schossen ihr durch den Kopf. Das Baby. Das tote Baby. Xavier. Seine Wut. Seine Aggression. Benno. Seine Liebe. Seine Abweisung. Sie versuchte, dem Bilderreigen ein Ende zu bereiten.

Denk an was Schönes, sagte sie sich. An den Strandurlaub in Korsika letztes Jahr.

Doch sosehr sie sich auch anstrengte, die verstörenden Bilder aus der Gegenwart kamen jedes Mal zurück.

Erst als sie in der Judenstraße das große weiße Gebäude der Jugendherberge erreichte, richtete sich ihr Fokus wieder auf die Geschehnisse im Hier und Jetzt. Ob eine Lisa in der Herberge wohne, wollte sie von dem jungen Mädchen wissen, das ihr die Tür geöffnet hatte. Diese erkundigte sich bei ihren Freundinnen und fragte darüber hinaus noch den Lehrer einer Schulklasse, die sich ebenfalls in dem Gebäude aufhielt. Aber niemand wusste von einer Lisa.

Dann wird sie in diesem Hotel sein, das wir uns angesehen haben, bevor wir den Tipp mit dem Ferienhaus erhielten, dachte Joleen und begab sich unvermittelt auf den Weg in die Unterstadt. Sie kannte eine Abkürzung, die sie erst gestern mit ihren Freunden genommen hatte.

Es war ein steiler, enger Weg, der zwar nicht beleuchtet war, aber schnell ans Ziel führte. Als sie die ersten Meter hinter sich gebracht hatte, überkam Joleen ein mulmiges Gefühl. Die Kälte war weg, aber stattdessen überwältigte sie jetzt die Angst. Sie begann zu laufen, wollte schneller vorankommen, die Finsternis rasch hinter sich lassen. Der steile Weg zwang sie jedoch, immer wieder abzubremsen. Schließlich sah sie im Schatten der Kirche die Straßenlichter und atmete erleichtert auf. Wenige Minuten später kam sie bei dem Hotel an, das direkt am Weserufer lag. »Hotel Bosten«, las sie den großen Schriftzug über dem Eingang.

Am Empfang fragte sie, ob es im Haus einen Gast namens Lisa gebe. Der Angestellte mit der Hakennase sagte: »Eigentlich darf ich dir das nicht verraten«, sah dann aber trotzdem im Computer nach und schüttelte den Kopf. »Gegenüber vom Rathaus gibt es noch ein Hotel«, sagte er. »Dafür musst du in die Oberstadt.«

Okay, letzte Chance, sagte sich Joleen und lief los. Diesmal joggte sie in einem Rhythmus, der sie nicht überforderte, aber ausreichte, um sie innerhalb einer Viertelstunde bis vors Rathaus zu bringen. Dort angekommen, spürte sie, wie ihr der Schweiß aus allen Poren floss und die Klamotten an ihrer Haut klebten. Auf der gegenüberliegenden Straßenseite hielt sie Ausschau nach einem Hotel. Sie sah jedoch nur ein Restaurant und eine Bank.

Ist es auch wirklich hier?

Sie blinzelte, wurde unsicher. Dann fiel ihr vor dem Restaurant eine Gestalt auf, die komplett in Schwarz gekleidet war und sie ansah.

Und in diesem Moment auf sie zukam.

Joleen machte ein paar Schritte rückwärts und behielt dabei die Gestalt im Auge. Über ihr entdeckte Joleen nun den Schriftzug »HOTEL«, aber sie hatte jetzt ein anderes Problem. Sie musste die Person loswerden, die ihr aufgelauert hatte und nun immer näher kam.

Joleen lief die Aachener Straße hinauf. Alle paar Meter blickte sie nach hinten, um zu überprüfen, ob die Gestalt ihr folgte. Sie tat es. Ohne merklich das Tempo zu beschleunigen, schien sie genauso schnell unterwegs zu sein wie sie selbst.

Joleen zog ihr Handy aus der Hosentasche und wählte Bennos Nummer. Mailbox. Sie sprach darauf, dass sie noch etwas zu Ende bringen müsse, danach werde sie sich auf den Weg zu ihm machen.

»Gegen Abend komme ich dann in Marseille an. Ich hoffe, das ist okay für dich?«, sprach sie ins Handy. Dann hängte sie auf. Sie hatte ihm nicht gesagt, dass sie sich verfolgt fühlte. In diesem Moment war sie sich nicht sicher, ob sie das Verhalten ihres mutmaßlichen Verfolgers nicht einfach falsch deutete. Sie befürchtete, sich lächerlich zu machen, wenn sich nachher wieder alles als harmloser herausstellte, als sie es eingeschätzt hatte. Wenn sie sich jetzt gleich umdrehen würde, wäre die Gestalt sicher schon wieder verschwunden, und Joleen könnte zurückgehen und Lisa in aller Ruhe den Zettel geben. Ihr die Augen öffnen. Nach all den Jahren, in denen sie einer Lüge aufgesessen war.

Doch als Joleen sich umdrehte, überkam sie Panik. Denn die schwarze Gestalt war nicht verschwunden. Sie kam direkt auf sie zugerannt.

35

Marc Kall hatte seinen linken Arm um Umas Hals gelegt und mit der rechten Hand die Machete an ihre Kehle gesetzt. Die Spitzen seiner blonden Haare fielen ihm in die Stirn. Das kantige Gesicht war finster.

Melchior und ich zückten augenblicklich unsere Waffen.

»Ganz ruhig bleiben«, sagte der Gärtner und Poolreiniger schnaufend. Mit Uma im Würgegriff trat er ein paar Schritte zurück. Erst jetzt bemerkte ich, dass die Hand, mit der er die Machete an Umas Hals hielt, stark zitterte.

Im Hintergrund schrien die Jugendlichen hysterisch auf und rannten ins Haus. Collier stand mit fassungslosem Blick und offen stehendem Mund neben mir.

»Marc, was machst du da?«, fragte er und bewegte sich wie schlafwandelnd auf Kall zu. »Um Gottes willen, lass die Frau los!«

»Keinen Schritt näher!«, rief Kall, während er noch hektischer mit der Machete herumzufuchteln begann. »Ich erzähle alles, wenn jeder bleibt, wo er ist.«

Ich versuchte, Blickkontakt zu Uma aufzunehmen, doch just in dem Moment, als es mir gelungen war, schloss sie die Augen. Sie reckte ihr Kinn empor, ihre Unterlippe zitterte.

Du musst sie aus dieser misslichen Lage befreien.

Ich spürte, dass mir das nur gelingen konnte, wenn ich Kall in ein Gespräch verwickelte.

»Sie haben also damals den Jaguar gefahren?«, fragte ich.

»Ja«, sagte er ohne Umschweife, während sein Blick umhersprang. »Herr Collier hatte bereits den ganzen Tag über Schwindel und Übelkeit geklagt – er war ja auch wegen der Schilddrüsenprobleme nach Eupen gekommen. Er ist zusammen mit meiner Frau zu seinem Heilpraktiker in die Schnellewindgasse gegangen.«

Collier nickte zustimmend.

»Als die Dämmerung einsetzte«, fuhr Kall fort, »rief meine Frau mich an. Collier sei zusammengebrochen, sagte sie. Ich solle sofort kommen. Ich hatte gerade alle Geräte in den Schuppen zurückgeräumt, schnappte mir seinen Wagen, der im Hof stand, und kam wenige Minuten später bei den beiden an. Ich dachte zunächst, er wäre tot. Aber meine Frau hat den Puls gefühlt und sagte mir, dass er noch am Leben sei. Wir haben ihn dann zusammen ins Auto getragen und auf die Rückbank gelegt.«

Er schluckte und richtete seinen Blick auf mich. »Wir mussten ihn ins Krankenhaus bringen, uns war klar, dass wir keine Zeit verlieren durften. Es war inzwischen dunkel geworden, und an dem Jaguar war schon seit Wochen ein Scheinwerfer kaputt. Ich drückte aufs Gas, schaute aber zwischendurch immer wieder nach hinten, aus Angst, Herr Collier würde unterwegs sterben.«

Kall schielte kurz hinüber zu Collier, der ihn skeptisch beäugte. »Na ja«, fuhr Kall fort. »Und dann war sie auf einmal da.«

Uma stöhnte fassungslos auf.

»Joleen Pohl«, sagte ich.

Kall nickte schwach. Sein Blick ging wieder ins Leere.

»Aus heiterem Himmel war sie da. Lag vor mir auf der Straße. Ich hatte keine Chance.«

»Sie haben sie angefahren?«, hakte ich nach.

»Die Stoßstange traf sie am Kopf. Ihr Körper wurde gegen die Mauer der Unterführung geschleudert. Meine Frau schrie mich an – ich wache heute noch nachts auf und höre sie schreien: ›Marc, was hast du getan? Marc, los, steh auf, du musst ihr helfen!‹ Aber in den ersten Sekunden nach dem Zusammenprall konnte ich nichts tun. Ich saß regungslos am Steuer. Erst nachdem ein Auto vorbeigefahren war, ohne dass der Fahrer im Dunkeln das tote Mädchen bemerkte, handelte ich. Ich fuhr den Wagen ein paar Meter vor, sodass er das Mädchen vor weiteren vorbeifahrenden Autos verdeckte. Dann fühlte ich ihren Puls.

Als ich sicher war, dass sie nicht mehr lebte, hievte ich sie in den Kofferraum.«

Ich konnte es nicht fassen.

»Was hast du mit ihr gemacht, du *fils de pute*?«, brüllte Benno Merlain. Er ballte seine Hand zur Faust und streckte sie Kall wütend entgegen.

Dieser sah Merlain an, als wollte er ihm über das Geschehene Rechenschaft ablegen. »Es war ein Unglück.« Für einen Moment löste er die Machete von Umas Hals, um sich mit dem Handrücken die laufende Nase abzuwischen. Ich überlegte kurz, ihm in die Schulter zu schießen, doch ehe ich mich dazu entschließen konnte, lag die Klinge wieder an Umas Kehle. Seine Hand zitterte noch stärker. Die Klinge schrammte immer wieder knapp an Umas Hals vorbei.

Lieber Gott, lass die Sache hier gut ausgehen.

Plötzlich knackte es unter den Nadelbäumen im hinteren Teil des Grundstücks. Kalls Blick sprang alarmiert sofort dorthin. Er entspannte sich wieder, als ein Eichhörnchen aus dem Dickicht herausrannte.

»Mir war gleich klar, dass sie weggeschafft werden musste«, fuhr er schließlich fort. »Und zwar von mir allein. Ich habe also zuerst Herrn Collier ins Krankenhaus gebracht und danach meine Frau zu Hause abgesetzt. Sie sollte das Ganze nicht mitansehen – sie hätte es nervlich nicht durchgestanden.«

Kall gab ein schwaches Seufzen von sich. »Ich bin zum Wald gefahren, weil ich dachte, dass das ein guter Ort wäre, um eine Leiche zu verstecken. Doch nach einer knappen Stunde Graben zwischen den Wurzeln kam mir eine bessere Idee.« Er legte eine Pause ein und sah betreten zu Boden. »Unter dem Komposthaufen hier am Ferienhaus.«

Ich sah ihn ungläubig an, während die Blicke der anderen zum hinteren linken Teil des Grundstücks herumfuhren, wo sich der Gemüsegarten und der Kompost befanden.

»Dort, da war ich mir schon damals sicher, würde kein Ermittler, kein Spürhund dieser Welt nach dem Mädchen suchen.

Und wenn jemand auf die Idee gekommen wäre, hätte der grausige Geruch des vergammelnden Obstes und Grünzeugs ihn aufgehalten. Das und die Betonschicht.«

»Welche Betonschicht?«, hakte Melchior betroffen nach.

»Ich habe in der Nacht des Unfalls den Kompost einmal umgefüllt, dann an der Stelle eine Grube gegraben und dort die Leiche des Mädchens einbetoniert. Danach habe ich den Kompost wieder zurückgeschaufelt. Als die Sonne am nächsten Morgen aufging, war ich mit allem fertig.«

Collier drehte sich um und erbrach sich. Während Melchior ihr Magazin nachzog, marschierte Benno Merlain wutentbrannt auf Kall zu.

»Stehen bleiben!«, rief Kall und drückte die Machete gegen Umas Hals. Uma gab einen panischen Laut von sich. Ein Rinnsal Blut lief über ihre Haut und färbte den Kragen des grünen T-Shirts langsam dunkel.

Merlain blieb stehen. »Was bist du nur für ein kranker Mensch?«, schrie er Kall entgegen. »Betonierst Joleen ein. Lügst mich an, lügst ihre Freunde und Eltern an. Du lügst uns alle an! *Tu es un monstre!*«

Kall betrachtete ihn gefühllos, doch seine Hand begann wieder stärker zu zittern. Die Klinge der Machete berührte immer wieder Umas Hals und hinterließ kleine Einschnitte. Als es unter den Tannen plötzlich wieder knackte, rutschte ihm die Machete aus der Hand und fiel zu Boden. Glücklicherweise verletzte sie Uma dabei nicht. Kall musste sich nach vorn beugen, um die Waffe aufzuheben. In diesem Moment öffnete Uma die Augen und sah mich an. »Hilf mir!«, formten ihre Lippen.

Ich trat einen Schritt vor und erwog ernsthaft, Kall hier und jetzt zu überwältigen. Doch dann erwischte es mich. Eine fremde Kraft riss meine Schulter, ja meinen ganzen Körper nach vorn. Melchior und Uma schrien panisch auf. Ich begriff erst gar nicht, was geschah, realisierte nur, dass ich zu Boden fiel. Ich fand mich auf allen vieren wieder. Erst als es mir gelungen war, mich aufzusetzen, und ich sah, wie Kall seine Machete wieder an Umas Hals setzte, bemerkte ich den Pfeil, der in meiner rechten Schulter steckte.

»Das lassen Sie besser bleiben«, sagte Kall nüchtern.

Der Schuss war von hinten gekommen. Wir blickten alle in Richtung der Tannen. Es knackste wieder, als würde jemand auf trockenes Geäst treten, aber es war weit und breit niemand zu sehen.

»Ist das Ihre Frau?«, fragte Melchior, während sie mit ihrer Waffe in Richtung der Geräusche zielte. »Frau Kall, kommen Sie heraus. Lassen Sie uns miteinander reden!«

Aber es kam keine Antwort.

»Meine Frau liegt im Bett. Sie ist nach all diesen Erlebnissen krank geworden«, sagte Kall. »Wenn Sie reden möchten, dann mit mir.«

»Gut, dann tun wir das«, sagte ich. Ich drückte die linke Hand auf die angeschossene rechte Schulter und schaute abwechselnd zu den Tannen und zu Kall. »Sie haben auch Sara Hennen und Xavier Thieron getötet. Warum haben Sie das getan?«

»Ha!« Kall lachte auf. »Warum habe ich das getan?«, wiederholte er, ehe er hasserfüllt antwortete: »Weil diese Politikerschlampe den Hals nie vollkriegen konnte.«

Der neben mir stehende Collier seufzte laut. Ich schielte zu ihm hinüber und sah, wie er fassungslos den Kopf schüttelte.

»Ich stand im Flur, als Sara Hennen Herrn Collier zu erpressen versuchte. Ich habe alles mitbekommen. Zuerst dachte ich, sie hätte mich. Ich dachte, sie hätte die Leiche von Joleen Pohl gefunden. Ich sah mich bereits in den Knast wandern. Dann aber hörte ich, dass sie nicht von der Leiche sprach, sondern irgendwie an die Fotos von damals gelangt war. Und sie erwähnte, dass auf einem der grüne Jaguar von Herrn Collier zu erkennen ist. Sie wollte Geld, sonst würde sie ihn verraten. Ich wusste, dass sie es ernst meinte. Sie war geldgeil und skrupellos. Deswegen musste sie sterben.«

»Und Sie haben Ihre Opfer so drapiert und ihnen die Geldscheine in den Mund gelegt, um eine falsche Fährte zu legen, nicht wahr?«, fragte ich.

Er räusperte sich. »Ja, verdammt! Bei der Hennen hätte sich der Verdacht schön im Politikersumpf verloren, da bin ich mir sicher. Aber als ich von ihr hörte, dass sie mit Xavier Thieron gesprochen hatte, wusste ich, dass ich den Mord genau wie den ersten aussehen lassen musste. Alles sollte wie das Werk eines Serienmörders wirken.«

Kalls Hand wurde zusehends unruhiger. Er konnte sie offenbar nicht mehr kontrollieren. Immer wieder schlug sie unerwartet aus wie die Nadel eines Seismografen. Und Uma hatte immer größere Schwierigkeiten, der Klinge auszuweichen.

»Wäre es nicht einfacher gewesen, für ein paar Jahre ins Gefängnis zu wandern?«, fragte Melchior. »Sie hätten die Haftstrafe für den unglücklichen Zusammenprall mit Joleen Pohl längst abgesessen.«

»Sie denken, Sie wissen es besser als ich«, blaffte Kall sie an. »Aber ich sage Ihnen: Sie wissen gar nichts.« Er rieb sich mit dem Handrücken die Nase trocken. »Meine Eltern waren fleißige Menschen. Sie hatten einen Bauernhof in Walhorn, haben ihr ganzes Leben lang geschuftet. Dann kam der Krieg, sie wollten das Land verkaufen und auswandern, doch mit der Geldentwertung war ihr Erspartes von heute auf morgen nichts mehr wert. Ich kenne die Geschichte nur von den Erzählungen meiner Mutter, aber ich habe mit eigenen Augen gesehen, wie sehr meine Eltern bis zu ihrem Tod darunter gelitten haben. Als meine Mutter voller Reue in Armut starb, waren ihre letzten Worte an mich: ›Ein Stück Land ist Freiheit. Ein Stück Land ist Leben.‹«

»Was wollen Sie uns damit sagen?«, fragte ich. Inzwischen stützte ich mich auf Collier. Die Schmerzen in der Schulter wurden von Minute zu Minute stärker.

»Herr Collier hat mich bei sich aufgenommen, als ich achtzehn Jahre alt war. Er hat mir und meiner Frau Land anvertraut, um es zu bewirtschaften. Er hat an mich geglaubt und meinem

Leben einen Sinn gegeben. Und als er sah, dass ich gut arbeite, hat er mich als Erben für einen Teil des Landes eingetragen. Dank ihm konnte ich den Fehler meiner Eltern wettmachen.«

Ich schielte hinüber zu Collier. Er stützte mich zwar, aber ich fragte mich, wie lange er das noch tun würde. Denn er war kreidebleich geworden.

»Das heißt, Sie haben für Land gemordet«, stellte ich fest.

»Habgier«, flüsterte Melchior.

»Nein, nein – das hat mit Habgier nichts zu tun«, ging Kall entschieden dazwischen. »Sondern mit Freiheit. Für die Freiheit sind diese Menschen gestorben. Und für die Freiheit werden auch Sie sterben.«

Unvermittelt senkte Kall die Hand mit der Machete und stach die Klinge in Umas Bauch. Blut spritzte. Uma verdrehte die Augen. Die freie Hand drückte Kall auf die Wunde, um die Blutung zu stoppen. Dann schritt er mit Uma rückwärts zum Auto, während er uns im Auge behielt.

»Stehen bleiben!«, rief ich ihm hinterher. Doch er dachte nicht daran, meiner Anweisung zu folgen.

Mein Gott, tu etwas!

»Eichhörnchen«, rief Kall plötzlich auf halbem Weg, und sein Blick sprang hinüber zu den Tannen. Ich schaute zu Melchior. Wortlos stimmten wir uns ab, dass sie ihre Waffe wie bisher auf Kall gerichtet hielt und ich meine in Richtung der Person, die wir im Dickicht der Tannen vermuteten. Kalter Schweiß lief mir über Stirn und Schläfen. Ich spürte ganz klar die Folgen des Pfeiltreffers in meiner Schulter. Obschon ich die Waffe mit beiden Händen umklammerte, zitterte ich. Kurzerhand entschied ich mich, sie nur noch mit meiner schwachen linken Hand zu halten.

Für einen Moment glaubte ich, zwischen den Bäumen den dunklen Umriss einer Person zu erkennen. Doch ehe ich ihr Aussehen hätte erfassen können, war sie bereits wieder in den Schatten verschwunden.

»Eichhörnchen!«, rief Kall noch einmal, diesmal aggressiver

als vorhin. Seine Aufmerksamkeit galt nun ganz den Tannen. Doch es passierte nichts. Sehr zum Leidwesen von Uma, die schwach in Kalls Arm hing und kurz davor war, das Bewusstsein zu verlieren.

»Na los, worauf wartest du?«, brüllte Kall. Endlich wurde eine Person zwischen den Tannen sichtbar. Als sie in den Garten trat, erkannte ich die junge Frau mit den schulterlangen schwarzen Haaren sofort wieder. Ich hatte sie in den vergangenen Tagen das eine oder andere Mal gesehen. Sie hatte mich bedient, beim Frühstück und beim Grillen. Hatte diese unschuldig aussehende Frau etwa Sara Hennen und Xavier Thieron auf dem Gewissen?

»Warum ziehen Sie Ihre Tochter da mit rein?«, fragte Collier vorwurfsvoll. »Sie hat doch ihr ganzes Leben noch vor sich.«

Die Bedienung ist Kalls Tochter?

Das Mädchen setzte den Pfeil an und spannte den Bogen.

Durch die offene Schiebetür vernahm ich das wilde Geschrei der Jugendlichen. In der Ferne hörte ich Sirenen.

»Waffe runter!«, sagte ich, während ich meine Pistole auf sie richtete. Doch sie ließ sich nicht beirren, setzte entschlossen einen Fuß vor den anderen und kam direkt auf mich zu.

Dann aber schlug sie plötzlich eine andere Richtung ein und ging an mir vorbei.

Sie schritt auf Kall zu.

»Was machst du da?«, fragte er entsetzt. »Du sollst die anderen umbringen, nicht mich.«

»Ich habe lange genug auf dich gehört«, sagte das Mädchen, während sie langsam auf ihn zuging. »Heute bin ich bereit, mir zu holen, was mir gehört.«

»Was soll das sein?«, fragte Kall. Er ließ Uma los und machte einen Schritt auf seine Tochter zu.

»Mein Leben«, antwortete das Mädchen.

Dann löste sie ihre Finger von der Bogensehne.

36

2004

Joleen rannte. Sie rannte, ohne Luft zu holen, ohne einen Blick nach hinten zu werfen. Sie wusste, dass die Person, die sie verfolgte, schnell war. So schnell, dass Joleen sich keinen Fehler leisten durfte. Sie lief auf dem Bürgersteig entlang der Aachener Straße, verließ ihn nur kurz, um die Einfahrt des Bushofes zu überqueren. Dabei stahl sie der Linie 14 die Vorfahrt. Der Busfahrer hupte laut und zog wütend hinter ihr vorbei, während Joleen auf der anderen Straßenseite wieder auf den Bürgersteig sprang.

Damit habe ich ein paar Sekunden gewonnen, dachte sie und zückte ihr Handy. In der Kontaktliste suchte sie nach Benno. Wenn sie ihn erreichte, könnte sie ihm alles erzählen. Doch sie lief so schnell, dass die Schrift auf dem Display verwackelte. Sie wurde langsamer und fand schließlich den Namen in der Liste, verdrückte sich dann aber. Sie landete wieder im Ausgangsmenü.

Shit!

Sie drückte noch einmal auf die Kontaktliste. Hörte währenddessen, dass die Schritte hinter ihr wieder lauter wurden. Sie fand endlich Benno. Doch als sie auf die Anruftaste drücken wollte, fiel das Handy aus ihrer Hand und knallte auf den Boden. Joleen sah den Riss im Display und den herausgefallenen Akku.

Und die Gestalt, die immer näher kam.

Sie ließ das Handy liegen, rannte weiter und drückte dabei ihre Füße so energisch vom Boden ab, dass sie wieder ein paar Meter auf ihren Verfolger gutmachte. Sie war nun fest entschlossen, Eupen zu verlassen. Heute. Jetzt.

Ich will hier weg. Ich muss hier weg.

Sie würde einfach in den Zug springen und abhauen. Ohne

Abschied, ohne Tränen. Den Zettel würde sie Lisa später per Post zuschicken. Ihre Adresse würde sie schon irgendwie in Erfahrung bringen. Als sie das Ende der Straße erreichte, lief sie einfach quer über die Fahrbahn zum Bahnhof.

Schnell rannte sie die Treppen hinauf und erreichte den breiten Bahnsteig. Eine Laterne flackerte, der Zug fuhr gerade los. Joleen lief zum Gleis und schlug mit beiden Händen gegen die Türen. Vielleicht würden sie sich noch einmal öffnen. Doch es brachte nichts. Der Zug wurde immer schneller und verließ den Bahnhof.

Fuck!

Als Joleen sich umdrehte, stand die Gestalt keine drei Meter von ihr entfernt.

»Lass es mich erklären«, hörte sie deren Stimme. Doch Joleen hatte Angst. Sie wollte nichts erklärt bekommen. Sie wollte nur noch weg. Weg von Eupen, weg von ihren Freunden. Weg von *ihr*.

Am meisten aber: weit weg von ihrem Leben.

Sie sprang auf die Gleise und lief los. Sie hatte keine Ahnung, wohin sie rannte, aber sie wusste, dass sie hier nicht bleiben konnte. Sie tauchte in die Dunkelheit ein. Aber auch hierhin verfolgte sie die Gestalt. Hinter sich vernahm sie das schwere Atmen ihrer Verfolgerin. Joleen war klar, dass sie nicht mehr von ihr ablassen würde. Sie würde sie so lange verfolgen, bis sie sie eingeholt hatte.

Und dann geschah es. Joleen stolperte über eine Bahnschwelle und fiel zu Boden. Ihr Rucksack löste sich von ihrer Schulter, die Kamera fiel heraus.

»Lass uns reden«, sagte die Person, während sie nach der Kamera griff.

Joleen schnappte sich die Kamera, richtete sich rasch wieder auf und betätigte den Auslöser. Dann wich sie zurück und stolperte. Sie fiel über die Absperrung des Gleises und rutschte den Abhang hinunter. Spürte, wie das grobe Gestein ihre Oberschenkel und Arme aufschürfte. Mit der freien Hand versuchte sie, in dem Geröll und dem Efeu, das daran haftete, Halt zu finden, aber es gelang nicht. Schließlich kam sie mit voller Wucht auf dem Asphalt auf.

Einen Moment lang wusste sie nicht, wo sie war. Benommen schaute sie hoch und blickte verwirrt um sich. Ihre Kamera hielt sie noch in der Hand. Dann bemerkte sie den grellen Scheinwerfer des dunkelgrünen Autos, das um die Ecke geschossen kam. Und in dem Moment wusste sie: Sie lag mitten auf der Straße. Sie drückte ein letztes Mal auf den Auslöser.

Dann wurde alles schwarz.

Dienstag,
27. September 2022

37

An dem Tag, an dem Kall seine schrecklichen Taten gestanden und auf Uma eingestochen hatte, war ich schwach geworden. Nachdem ich verarztet und mit Medikamenten vollgepumpt worden war, hatte es mich am Abend in die »Pigalle« gezogen. Ein Starkbier nach dem anderen hatte ich mir an der Theke des Pubs eingeflößt. Dazwischen immer wieder Schnaps. Ich konnte nicht anders. So gern ich auch stark genug gewesen wäre, dem Alkohol zu widerstehen, die Geschichte hatte mich zu sehr mitgenommen. Und die Geschichten von davor.

Als ich am darauffolgenden Tag aufwachte, brummte mein Schädel gewaltig. Noch viel schlimmer aber waren die Schmerzen in Rücken und Schulter, dort, wo mich die Pfeile von Kalls Tochter erwischt hatten. Collier versuchte, mich zu einem gemeinsamen Frühstück zu überreden, doch ich schlug sein Angebot dankend aus. Ich musste zu Uma – dass sie das Ganze überlebt hatte, war mein einziger Trost.

Für den Weg vom Eichenberg bis zur Hufengasse rief ich mir ein Taxi. Mit meinem aktuellen Alkoholgehalt im Blut war ich noch nicht wieder fahrtüchtig. Zwar bereute ich die Entscheidung zunächst, da mein Magen krampfte und ich befürchtete, mich in dem fremden Auto zu übergeben – ich musste den Taxifahrer bitten, langsamer zu fahren und das Fenster herunterzulassen –, doch sobald frische Luft ins Autoinnere strömte, ging es mir allmählich besser.

Bald danach fiel mir auf, dass ich vom Rücksitz aus die Stadt ganz anders wahrnahm. Als wir den Werthplatz erreichten und die Sonne hinter dem Wolkendickicht hervortrat, hellte sich auch mein Gemüt allmählich auf.

Es war Markttag und der Werthplatz voller Stände. Es gab Käse, Gemüse, Süßigkeiten, Fisch und Blumen. Die Leute, von denen die meisten einen Korb oder eine Stofftasche mit sich trugen, unterhielten sich angeregt und genossen offensichtlich das soziale Event. Auch die Gospertstraße mit ihren kleinen Läden, Restaurants und Cafés wirkte belebter als an den Tagen davor. Mit Blick auf die gefüllten Terrassen am Weserschiff und am Markt konnte man erahnen, welche Kraft von dieser kleinen Stadt ausging, wenn die Menschen sie zum Leben erweckten. Man spürte, dass die Eupener das Beisammensein, das Bierchentrinken und das »Sich-eins-Erzählen« mochten.

Gleichzeitig war zwischen Gläserklirren, Gelächter und ausgiebigem Small Talk zu erahnen, dass die Menschen von einer gewissen Melancholie begleitet wurden. Ihnen war bewusst, dass der Moment der Euphorie in ein paar Stunden vorbei sein und ihre kleine Stadt dann wieder ruhigere Töne erklingen lassen würde. Dann würden es mittags nur mehr vereinzelte Menschen sein, denen man auf den Straßen begegnete. Und irgendwann am späten Nachmittag, wenn die Büros und Cafés ihre Türen schlossen, die Familien zu Abend aßen und die Rentner den Fernseher einschalteten, würde der Tag, obwohl die Dämmerung noch in weiter Ferne lag, viel zu früh enden.

Als ich im Krankenhaus die Tür zu Umas Zimmer aufdrückte, hörte ich die Stimme der Krankenschwester, die Uma ermahnte, sich nicht zu schnell zu erheben.

»Ich war mir nur einen Kaffee holen, mehr nicht«, verteidigte sich Uma, während sie sich mit schmerzverzerrtem Gesicht auf ihr Bett setzte. »Das wird doch wohl noch erlaubt sein.«

»Wie Sie meinen. Aber beschweren Sie sich hinterher nicht, wenn die Wunde nicht vernünftig ausheilt«, gab die Krankenschwester pampig zurück, ehe sie das Zimmer verließ.

»Kommst du mich etwa abholen?«, fragte Uma, nachdem sie ihren Kaffee geschlürft und mich entdeckt hatte.

»Darfst du denn schon wieder raus?«, fragte ich erstaunt, während ich den Blumenstrauß, den ich unterwegs gekauft hatte, in eine Vase stellte.

Sie nickte zuversichtlich. »Ich denke, ja. Der Doc sagte, dass die Wunde doch nicht so tief war wie zunächst angenommen. Kall ist wohl mit der Machete abgerutscht, als die Klinge auf meine Gürtelschnalle stieß.«

»Du möchtest unbedingt dabei sein«, stellte ich fest.

»Ja.« Sie sah mich mit einem Hundeblick an.

»Gut, ich kann dich mitnehmen«, sagte ich. »Aber wir sollten das zuerst mit dem Doc abklären.«

»Machen wir«, sagte Uma mit einem Lächeln. Sie streckte sich nach dem roten Knopf auf der Fernbedienung, die von der Decke herunterhing. Die Bewegung zerrte offenbar an ihrer Wunde, denn sie schrie kurz vor Schmerz auf.

Ich hob die Augenbrauen und wollte gerade anmerken, dass es wohl doch keine so gute Idee war, das Krankenhaus schon so früh zu verlassen, doch sie kam mir zuvor. »Du siehst scheiße aus.«

»Danke für die Blumen. Ich fühle mich auch so.«

Es war nicht nur mein Aussehen, das im Eimer war. Zwar hatten wir erfolgreich die Morde an Sara Hennen und Xavier Thieron aufgeklärt und darüber hinaus den Vermisstenfall Joleen Pohl gelöst, doch dabei war allen klar geworden, dass ich nach der Auszeit noch lange nicht wieder der Alte war. Und ehrlich gesagt wusste ich nicht, ob ich das jemals sein würde.

Ich besann mich wieder, wofür ich vor gut vier Monaten eine Auszeit von meinem Job genommen hatte. Ich hatte mein Privatleben in den Griff kriegen und alles in Frage stellen wollen, die Probleme anpacken, Lösungen dafür suchen und diese gleich umsetzen. Doch heute, vier Monate später, fühlte sich mein Privatleben an wie ein einziges großes Scheitern. Ich hatte gute Vorsätze gehabt, aber nichts geändert. Rein gar nichts. Im Gegenteil: Es war noch viel schlimmer geworden.

Nach wie vor sah ich meine Tochter kaum, war von Sina getrennt, brachte mich bei der Ausübung meines Jobs in Lebensgefahr. Darüber hinaus hing ich neuerdings an der Flasche und verschleuderte mein Geld auf Online-Wettplattformen.

Kein Wunder, dass Uma als Erstes mein Erscheinungsbild kritisierte.

»Nichts zu danken«, antwortete sie grinsend.

Sie wirkte fitter und aufgeweckter als ich, obwohl sie gestern mit einem Messer angegriffen worden war.

»Und du?«, fragte ich. »Macht es dir nichts aus, dass Kall dich beinahe umgebracht hätte?«

»Doch«, sagte sie, bevor sie einen kurzen Moment lang überlegte. »Aber was soll ich machen? Losheulen und Kamillentee trinken? Nee, da hab ich keinen Bock drauf. Es ist, wie es ist. Hauptsache ist doch, dass wir das Schwein gefasst haben. Schlimm genug, dass es überhaupt erst so weit kommen konnte.« Sie blickte zu der weißen Decke über ihr hoch.

»Es sieht so aus«, begann ich meine Erläuterung, »als hätte Kall zeit seines Lebens nur an sich gedacht. An sich und sein Erbe. Das Verhältnis zu seiner Tochter muss wohl schon immer merkwürdig gewesen sein. Seit sie auf der Welt ist, hat er sie für das Erreichen seiner Absichten und Ziele instrumentalisiert. Schon früh hatte Kall es auf einen Teil von Colliers Erbe abgesehen. Für ihn hat er Arbeiten aller Art ausgeführt, bis es wegen seiner Krankheit nicht mehr möglich war.«

»Was für eine Krankheit hat Kall?«, fragte Uma.

»Parkinson«, antwortete ich. »Als die Krankheit weit fortgeschritten war, musste seine Tochter die körperlich anstrengenden Arbeiten übernehmen. Darüber hinaus hat Kall ihr den Kontakt zu Jungen untersagt. Er werde ihr einen Mann aussuchen, wenn sie alt genug dafür sei, hat er gesagt. Natürlich traf sie sich hier und da doch mit Jungs. Er warf ihr dann vor, dass sie mit ihrem ›unsittlichen Verhalten‹ den Krebs ihrer Mutter verursacht habe. Am Anfang lachte sie über diesen Vorwurf, doch als es der Mutter von Woche zu Woche schlechter ging, schenkte sie der Version ihres Vaters immer mehr Glauben.«

»Wahnsinn«, brachte Uma fassungslos hervor.

»Ihr Selbstbewusstsein war dementsprechend ziemlich im Keller. Kall schaffte es, ihr seine merkwürdigen Ansichten so tief einzupflanzen, dass er sie zum Morden brachte. Sie führte Taten aus, von denen sie wusste, dass sie falsch waren. Aber da ihr Vater ihr den Befehl dazu gab, gehorchte sie. Gleichzeitig tobte in ihr ein Konflikt. Immer mehr zweifelte sie das Geflecht an, das ihr Vater um sie gesponnen hatte. Und wir können dankbar dafür sein, dass sie am Ende daraus ausgebrochen ist.«

Uma war sprachlos. Auch ich hatte nach wie vor keinerlei Verständnis dafür, wie ein Mensch zu so etwas imstande sein konnte. Wie ein Vater so handeln konnte.

»Das musst du dir mal vor Augen führen«, brach es plötzlich aus Uma heraus. »Er hatte doch tatsächlich vor, uns alle zu töten, um hinterher mit seiner erkrankten Frau und seiner Tochter zu fliehen. Aber daraus wird wohl nichts. Das Monster wird den Bau nicht mehr verlassen.«

In Umas Gesicht spiegelte sich die Abneigung wider, die sie für Kall empfand. Sie drückte noch einmal auf den roten Knopf der Fernbedienung, da bisher keine Krankenschwester erschienen war. Mit schmerzverzerrtem Gesicht ließ sie wieder los.

»Er ist tot«, sagte ich. »Der Pfeil, den seine Tochter abgefeuert hat, ging mitten ins Herz.«

»Wow! Bei Sara war sie nicht so zielsicher.«

»Das stimmt. Sie sagt, mit Absicht keinen tödlichen Schuss abgegeben zu haben, in der Hoffnung, dass Sara Hennen überleben würde. Aber dann hat Kall mit dem Messer nachgeholfen.«

»Dann kann sie immerhin auf mildernde Umstände hoffen«, sagte Uma.

»Ja, dafür hat Collier sich gestern schon eingesetzt«, erklärte ich. »Aber ganz ehrlich: Xavier starb ebenfalls durch einen Pfeilschuss, der mitten ins Herz ging. Da wird es mit den mildernden Umständen etwas schwer.«

Uma rieb sich angestrengt die Augen.

»Collier macht sich übrigens wahnsinnige Vorwürfe, dass er nichts von der gefährlichen Kontrolle bemerkt hat, die Kall jahrelang über seine Tochter hatte.«

Uma sah mich stutzig an. »Er war ja nur alle paar Wochen mal in Eupen. Da konnte Kall ihm immer etwas vorspielen.«

»Das denke ich auch«, stimmte ich zu. »Wenn Kall es geschafft hat, seine Tochter für seine Zwecke zu manipulieren, dann hat er Collier sicher auch um den Finger wickeln können. Zumal Collier seinem treuen Mitarbeiter volles Vertrauen geschenkt hat. Er wusste von Kalls Parkinson-Krankheit und hat ihn, wo es nur ging, unterstützt.«

Die Tür des Zimmers wurde aufgestoßen. Ein Mann in einem weißen Kittel trat ein. »Sie wollen uns schon wieder verlassen?«, fragte er freundlich.

»Ja, bitte, bitte, sagen Sie, dass ich gehen darf«, sagte Uma mit einer kindlichen Stimme, während sie die Hände wie beim Beten zusammenlegte. Sie wollte unbedingt bei der Bergung von Joleen Pohls Leiche auf dem Grundstück des Ferienhauses dabei sein.

»Ich würde sie zwar lieber noch hierbehalten. Aber wenn Sie mir versprechen, sich zu schonen, steht es Ihnen ab morgen frei zu gehen.«

Sie hat es tatsächlich geschafft, ihn zu überzeugen.

»Vielen Dank.« Uma ballte ihre Fäuste wie bei einem Sieg. »Ich versuche, mich zu schonen.«

Der Arzt reckte den Daumen in die Höhe und verabschiedete sich.

Nachdem er das Zimmer verlassen hatte, verflog Umas Euphorie schnell wieder. Sie schüttelte fassungslos den Kopf.

»Ich kann noch immer nicht glauben, was da passiert ist. Ich meine, Joleens Leiche liegt auf dem Grundstück des Ferienhauses. Wie krass ist das denn?«

»Ja, es ist grausam«, bestätigte ich. Ich dachte daran, wie viele Gäste völlig ahnungslos in diesem schönen Haus ihre Ferien verbracht hatten, während nur ein paar Meter weiter eine Leiche verweste.

»Was passiert jetzt mit dem Ferienhaus?«, fragte Uma.

»Ich denke, das weiß Collier selbst noch nicht. Er hat an der Geschichte zu knabbern, so viel steht fest.«

Wieder schüttelte Uma den Kopf. »Wenn du dir das mal vor Augen führst: Mit Joleen, Sara und Xavier sind drei Mitglieder unserer damaligen Clique getötet worden. Und das nur, weil Kall so ein egozentrischer Psycho war!«

»Das stimmt«, sagte ich. »Hätte er damals einfach gestanden, nachdem er Joleen überfahren hat, wäre uns einiges erspart geblieben. Du kannst froh sein, dass du noch lebst.«

Sie nickte nachdenklich. »Ja, das bin ich«, sagte sie. »Und Jan sollte es auch sein.«

Ich musste kurz auflachen. »Jan Werts hat mir, nachdem er über Kalls Taten in Kenntnis gesetzt wurde, mit Konsequenzen für meine Karriere gedroht. Er hat die U-Haft wohl sehr persönlich genommen.«

»Ja, das passt zu ihm«, sagte Uma in einem Ton, der nicht viel Begeisterung beinhaltete. »Aber mal was anderes: Wie geht es eigentlich Benno Merlain? Er muss doch am Boden zerstört sein.«

»Ich bin ihm gestern im Pub begegnet«, sagte ich. »Er hat geheult wie ein Schlosshund. Irgendwann ging es dann wieder, und wir haben ein paar Bier zusammen getrunken. Dabei wirkte er erleichtert. Ich denke, er ist froh, endlich Gewissheit zu haben. Vielleicht kann er nun mit der Sache abschließen.«

»Apropos Gewissheit: Hast du auch Joleens Eltern informiert?«, fragte Uma.

»Sie stehen ganz oben auf meiner Liste. Aber ich werde sie erst kontaktieren, wenn wir die Leiche geborgen haben.«

»Du traust dem Braten wohl nicht, was?«

Ich verzog das Gesicht. »Sagen wir mal so: Böse Überraschungen kündigen sich selten an.«

Ich holte Uma am nächsten Tag um neun Uhr vom Krankenhaus ab. Sie konnte sich aufgrund der Schmerzen nur leicht nach vorn gebeugt bewegen, aber sie biss die Zähne zusammen.

Als wir am Ferienhaus ankamen und aus dem Auto stiegen, wehte uns ein übler Verwesungsgeruch entgegen. Im Garten sahen wir schnell, woher er kam: Im hinteren Teil des Grundstücks, im Schatten der Tannen und Kiefern, hatten die Bergungshelfer bereits den Kompost auf einen Anhänger geladen. Es hatten sich einige Menschen auf dem Grundstück versammelt. Neben Collier waren auch Benno Merlain und Jan Werts gekommen. Sie standen in der Nähe des Pools, vor dem ein Absperrband gezogen worden war. Uma zwinkerte mir zu, bevor sie sich zu den Männern gesellte. Derweil begaben Melchior und ich uns auf die andere Seite der Absperrung und rückten bis auf zwei Meter vor zu der Stelle, an der die Leiche vermutet wurde.

Die Grabungshelfer waren gerade dabei, mit Hilfe von Presslufthammern die Betonschicht unter dem Kompost aufzubrechen. Es gelang ihnen nur mit Mühe. Kall schien alles dafür getan zu haben, sein dunkles Geheimnis zu bewahren. Erst nach gut einer Stunde hob einer der Helfer seine Hand, um zu melden, dass er auf etwas gestoßen war. Melchior und ich kamen gleich näher und sahen eine schwarze Plastikfolie, in der der Presslufthammer ein kleines Loch hinterlassen hatte. Ein anderer Helfer beugte sich über die Öffnung und gab Bescheid, dass ein unangenehmer Geruch daraus strömte. Nach kurzer Rücksprache mit dem Grabungsleiter setzten die Helfer ihre Arbeit fort und förderten innerhalb der nächsten halben Stunde so viel von der schwarzen Plastikfolie zutage, dass der Grabungsleiter uns bat, uns die Sache genauer anzusehen.

Wir traten näher, Melchior machte mit einem Cutter einen langen senkrechten und einen etwas kürzeren waagerechten Schnitt in die Folie und faltete das Stück zur Seite. Braun-gelb glänzende Beine kamen zum Vorschein. Sie sahen aus wie ein Hämatom im fortgeschrittenen Stadium.

»Wachsleiche«, kommentierte Melchior. »Das Plastik hat die Leiche konserviert.«

Die Beine waren von der Wade bis zum Oberschenkel sichtbar. Darüber war auch die Kleidung zu erkennen. Sie war ebenfalls vergilbt, aber noch als ehemals blaue Jeans-Shorts zu erkennen. Melchior kontrollierte die Hosentaschen und zog ein Portemonnaie aus der Gesäßtasche hervor.

»Na, was haben wir denn da?«, sagte sie.

Sie öffnete es und zog eine Karte aus Plastik heraus. Es war der Personalausweis, den Melchior mir entgegenstreckte. Wenn auch leicht verblichen, war darauf doch eindeutig der Name der Toten zu erkennen.

»Joleen Pohl«, sagte ich und sah Melchior betreten an.

Melchior steckte den Ausweis zurück in die Brieftasche, ehe sie diese weiter durchsuchte. Zum Vorschein kamen noch Pohls Führerschein, ein Fünf-Euro-Schein und ein gefaltetes Blatt Papier, das sich in einem durchsichtigen Plastikfach befand. Darauf stand ein verblichener Text, den Melchior laut vorlas:

»Hallo Lisa,

du hast den Jungen damals nicht umgebracht. Das hat Uma im Schlaf gesagt.

Pass auf dich auf.
Joleen«

38

»Wir haben eine Leiche gefunden«, sagte ich den vor dem Pool wartenden Personen. »Und es sieht so aus, als handelt es sich dabei um Joleen Pohl.«

Ringsum betretenes Schweigen. Uma verdrückte eine Träne, Benno Merlain schluchzte auf. Collier schüttelte den Kopf, als wollte er zeigen, dass er mit der Neuigkeit nicht einverstanden war. Und Jan Werts blickte wie benommen zu Boden.

Ich machte einen Schritt auf Uma zu und flüsterte ihr ins Ohr: »Hast du einen Moment?«

Melchior, Uma und ich entfernten uns von der Gruppe, bis wir außer Hörweite waren. Ich stellte mich mit dem Rücken zu den anderen. Dann zog ich den Zettel hervor, der sich in der Brieftasche von Joleen Pohl befunden hatte, und zeigte ihn Uma.

Bereits beim Lesen wurde sie furchtbar blass. Danach schlug sie sich die Hände vors Gesicht und schloss die Augen.

»Wie kam Joleen dazu, so etwas zu schreiben, Uma?«, fragte ich mit leiser Stimme.

Sie öffnete die Augen. »Es stimmt, Lisa hat Ben nicht umgebracht«, antwortete sie ohne Umschweife. »Das ist ihr damals in Eupen bewusst geworden. Am Tag vor Joleens Verschwinden.«

Melchior sah genauso verwundert aus, wie ich es war.

»Aber du hast doch gesagt, dass Lisa sich an nichts erinnern kann«, konfrontierte ich sie mit ihrer Aussage von Montagvormittag.

»Ich habe nicht die Wahrheit gesagt.« Uma sah bedrückt zu Boden. »Es tut mir leid, Piet.«

Ich brachte keinen Ton heraus. Zu groß war die Enttäuschung.

»Wenn Lisa es nicht war, wer war es dann?«, fragte Melchior.

Uma zögerte und biss sich auf die Unterlippe, während sie hinaus auf die weite Waldlandschaft blickte. »Jan.«

»Jan Werts?«, flüsterte ich erstaunt, ehe ich überprüfte, ob er sich noch hinter uns befand. Ich stellte beruhigt fest, dass er sich mit Collier unterhielt.

Uma kratzte sich nervös an den Unterarmen. Auf ihrer Haut zeichneten sich die Spuren ihrer Fingernägel ab. »Als ich mit der Clique im Ferienhaus war, hat Lisa mich aufgesucht. Ihr ging es nicht gut. Sie hatte erst seit Kurzem Freigang und wusste nicht so recht, wie sie ihr Leben angehen und gestalten sollte. Sie hatte bereits zwei Wochen vorher meine Nähe gesucht und kam in Eupen erneut zu mir. Doch bevor sie Kontakt zu mir aufnahm, hat sie uns beobachtet. Und als sie Jan gesehen hat, kamen alle Erinnerungen von damals zurück. Sie hat ihn in Eupen wiedererkannt. Das Puzzlestück, das vorher gefehlt hatte, war plötzlich da. Der Filmriss wurde gekittet.«

»Ja, und? Was ist denn damals passiert?«, fragte Melchior ungeduldig nach.

»Jan war ein Bekannter von Ben. Ben hatte schon mal von ihm erzählt, aber Lisa hat ihn an jenem Tag im Internat zum ersten Mal gesehen. Ben fand Jan vor allem cool, weil er viele Fußballkarten besaß – die wertvollen von Upper Deck. Doch dann hat Ben Dinge über Jan herausgefunden. Peinliche Dinge. Und er hat Jan damit aufgezogen. Wahrscheinlich hat er es dabei übertrieben. Jedenfalls ist Jan durchgedreht und hat ihn abgestochen.«

Melchior seufzte süffisant auf. »Sie versuchen auch wirklich alles, um Ihre Schwester und sich selbst aus dem Schlamassel herauszureden. Aber jetzt reicht es mir!« Sie holte die Handschellen hervor und schickte sich an, sie um Umas Handgelenke zu schließen.

Die zog jedoch rechtzeitig ihre Hände zurück. »Ich sage die Wahrheit!«

»Klar«, sagte Melchior, begleitet von einem hämischen Lachen. »Und warum haben Sie dann in den vergangenen knapp zwanzig Jahren nie etwas gesagt und einen Mörder frei herumlaufen lassen?«

Uma kratzte sich abermals an den Armen. Die Haut in diesem Bereich sah inzwischen rot und gereizt aus. »Ich wollte sofort zur Polizei, aber Lisa meldete Bedenken an. Sie hatte Angst vor Jan. Ich wollte sie umstimmen, verstand ihre Haltung nicht. Aber sie meinte, er sei unberechenbar und würde sie bis an ihr Lebensende verfolgen, wenn sie ihn verpfeift. Sie hat schließlich darauf bestanden, dass wir nichts unternehmen. Sie habe die Strafe abgesessen, das könne man eh nicht mehr rückgängig machen. Außerdem war sie sich sicher, dass ihr sowieso niemand glauben würde.«

»Damit könnte sie recht gehabt haben«, sagte Melchior.

»Und Jan?«, fragte ich. »Hat er Lisa nicht wiedererkannt? Und hätte er nicht spätestens dann stutzig werden müssen, als er erfahren hat, dass du ihre Schwester bist?«

»Jan hat Lisa 2004 in Eupen nicht gesehen. Sie konnte sich damals erfolgreich vor ihm verstecken. Demzufolge hat er und auch sonst niemand von der Clique eine Verbindung zwischen Lisa und mir gezogen. Das heißt, Jan wusste nicht, dass wir Schwestern sind – das hat erst sein Anwalt in Erfahrung gebracht.«

Ich stutzte. »Und woher wusste Werts' Anwalt, dass Lisa damals in Eupen war?«

»Von einem Knöllchen für Lisa, weil sie die Straße bei Rot überquert hatte. Wahrscheinlich war das in ihrer Akte vermerkt.«

Ich dachte nach, versuchte, mich zu konzentrieren. Aber es gelang mir nicht. Da waren einfach zu viele Informationen, die ich verarbeiten und einordnen musste. Informationen, aus denen ich ein Gesamtbild formen sollte. Doch das wollte mir ad hoc nicht gelingen.

Uma sah mich traurig an. »Glaubst du mir?«

»Ja«, sagte ich, obschon ich die Lüge noch nicht verdaut hatte. »Aber wir brauchen Beweise.«

»Es gibt keine. Ich habe alles überprüft, es ist ihm nichts

nachzuweisen. Umso wichtiger war es mir, dass Jan nie erfährt, dass Lisa meine Schwester ist. Ich bin mir sicher, er hätte uns sonst beide getötet.«

»Darf man erfahren, was hier über mich erzählt wird?«

Jan Werts' tiefe Stimme klang neugierig, aber höflich. Er hatte sich regelrecht angeschlichen und stand mit einem selbstgefälligen Grinsen in seinem Akne-Gesicht plötzlich vor uns.

»Ach«, sagte Uma scheinbar leichthin. »Wir reden nur gerade über dunkle Keller.«

Ich sah sie verwirrt an.

»Worüber bitte?«, fragte Jan mit aufgesetzter Heiterkeit.

»Genauer gesagt, reden wir über Kinder, die so anstrengend und unbrauchbar sind, dass ihre Eltern sie tagelang in einen dunklen Keller sperren müssen.«

»Ich verstehe nicht, was du uns damit sagen möchtest«, sagte Jan Werts, dessen Lächeln sich allmählich verflüchtigte.

»Hm.« Uma wirkte nun viel selbstsicherer als vorhin. »Dann weißt du wohl auch nicht mehr, dass du mit zwölf, als auf einer Klassenfahrt nachts das Licht ausging, alles eingenässt hast.«

»Woher –« Jan Werts' lange Arme zuckten unsicher.

»Ja, woher weiß ich das wohl?«, unterbrach Uma ihn. »Die ganze Welt weiß, dass hinter der glänzenden Fassade von Jan Werts ein erbärmlicher Loser, eine Pfeife, ein Vollversager steckt. Ein schwanzloser Trottel, der heute noch Angst im Dunkeln hat und zusammenzuckt, sobald er eine Stimme hört, die der seines gewalttätigen Vaters ähnelt.«

»Das ist nicht wahr«, sagte Werts kopfschüttelnd. »Du erfindest hier irgendwelche Geschichten, um von dir selbst abzulenken.«

Uma blickte um sich, jetzt wieder unsicher, während Melchior sie kritisch beäugte.

»Applaus, Applaus für diese wunderbare erfundene Geschichte«, rief Werts, während er in die Hände klatschte. Dann wandte er sich an mich. »Wollen Sie das Theater dann jetzt bitte beenden?«

Uma sah mich flehend an. Ich erkannte die Furcht in ihren Augen. Der Umstand, dass sie sich fürchtete, ließ meine Angst wachsen, dass sie mit der Sache mehr zu tun haben könnte, als wir ahnten.

Plötzlich schweifte ihr Blick ab. Eine weitere Person hatte sich uns von hinten genähert. Umas Hauptschlagader pulsierte, als sie sich umdrehte und die Person erkannte. Dann lächelte sie, als hätte sie bereits geahnt, dass dieser Moment alles verändern würde. »Lisa«, sagte sie.

Lisa stellte sich neben mich und sprach, ohne zu zögern, in Gebärden zu ihrer Schwester.

»Was macht die denn hier?«, fragte Jan Werts. Er blickte sich verunsichert um. »Unfassbar, dass sie überhaupt auf freiem Fuß ist.«

»Sie will ein Geständnis ablegen.« Uma lächelte ihre Schwester an und griff nach ihrer Hand.

»Das hat sie doch bereits getan«, sagte Werts, während er sich an einer der Aknepusteln kratzte. »Sie hat einen Menschen umgebracht und dafür eingesessen. Was will sie denn noch gestehen?«

Auch die anderen Personen, die sich am Pool versammelt hatten, gesellten sich nun zu der Runde. Collier und Benno hatten offenbar mitbekommen, dass hier Aufruhr herrschte. Ihren verwirrten Gesichtern konnte man jedoch ablesen, dass sie den Kontext nicht verstanden.

»Sie hat eingesessen, weil sie sich an nichts erinnern konnte und von der Justiz als Täterin ausgemacht wurde«, sagte Uma. »Aber, Jan, die Erinnerungen an den Tag sind zurückgekommen. Und Lisa will sie der Polizei schildern. Dein Leben wird ab jetzt ein anderes sein.«

»Du bluffst«, sagte Werts. Lachend suchte er in der Runde nach Zustimmung. »Das glaubt euch doch kein Mensch.«

»Nein, Jan. Diesmal kommst du nicht davon. Sie erinnert sich. An alles.«

Werts schüttelte wieder den Kopf. Diesmal so energisch, dass sein schmächtiger Körper mitschwang. Dabei war sein Blick auf Lisa fokussiert.

»Sie weiß, dass Ben dich damals mit der Bettnässerei, deinem Vater und dem dunklen Keller aufgezogen hat. Und sie hat genau vor Augen, wie du Ben mit dem Taschenmesser angegriffen hast. Sie weiß es seit 2004, als sie dich wiedererkannt hat. Sie hat nur nie etwas gesagt, weil sie Angst vor dir hatte. Aber jetzt hat niemand mehr Angst vor dir. Deine Zeit ist vorbei, Jan.«

»Du willst mich bloßstellen, ja? Das ist es, was du willst, richtig?« Entschlossen stapfte Jan Werts auf Uma zu. »Du und deine taube Nuss von Schwester! Habt nichts Besseres zu tun, als meine Zeit zu stehlen und so einen Schwachsinn zu verzapfen, was?«

»Bleiben Sie stehen!«, rief ich Werts entgegen.

Doch er hielt nicht an. Im Gegenteil. Plötzlich schwenkte er zu Lisa um und zog ein großes Küchenmesser aus seinem Hosenbund. Er stach sofort zu. Und noch während ich den Auslöser meiner Waffe betätigte und die Kugel in Werts' Rücken einschlug, sackte Lisa mit rollenden Augen zu Boden.

Epilog

Es war ein milder Tag im Herbst, als ich einen Monat später für letzte Befragungen nach Eupen zurückkehrte. Den gesamten Morgen rekonstruierte ich gemeinsam mit den Kollegen der Föderalpolizei die Geschehnisse. Diese Übung belastete mich mehr, als ich zunächst erwartet hatte. Es waren weniger die Morde an sich und die Brutalität, mit der sie ausgeführt worden waren, als vielmehr das dunkle Gefühl, dass hinter jeder Ecke ein Mörder lauern könnte, das mich bis in meine Träume hinein verfolgte.

Mit Jan Werts und Marc Kall hatten zwei Mörder jahrelang wie gewöhnliche Menschen mitten unter uns gelebt. Und sie wären wahrscheinlich bis an ihr Lebensende mit ihren finsteren Geheimnissen unentdeckt geblieben, wenn Iveta Balczek nicht die alte Kamera von Joleen Pohl gefunden und mit der Entwicklung der Bilder den Grundstein für die Aufklärung des Falls gelegt hätte. Nun aber waren die Mörder gefasst beziehungsweise tot. Ein Grund zum Durchatmen, könnte man meinen, aber wie mit allem im Leben war das leichter gesagt als getan.

Als ich mich nach der Befragung von den Kollegen verabschiedete und mich vom Lascheterweg zu Fuß Richtung Marktplatz aufmachte, brauchte ich einen Moment, um mich zu sammeln. Die Emotionen, die ich mit diesem Fall verband, vermischten sich mit den gegenwärtigen Sinneseindrücken. Das laute Brummen der vorbeifahrenden Lkws, das Kreischen der Schüler des Königlichen Athenäums und die Sirenen des durch den Kreisverkehr wirbelnden Krankenwagens – all das prasselte so intensiv auf mich ein, dass es mir zu viel wurde. Ich rannte los. Lief, so schnell ich konnte, am Krankenhaus vorbei und über die Pflastersteine hinweg durch die schmale Hufengasse hindurch. Als könnte ich mich so freistrampeln. Ich bremste erst wieder ab, als ich das Gläserklirren sowie das wilde Durcheinander warmer Stimmen vernahm.

Die Gasse öffnete sich vor mir, helles Sonnenlicht fiel mir entgegen, und ich erblickte die zwei über dem Marktplatz schwebenden Türme der Sankt-Nikolaus-Kirche. Uma stand vor dem Grenz-Echo-Gebäude und las die Zeitung, die in den Schaukästen ausgehängt war.

»Hallo«, grüßte ich.

Sie drehte sich lächelnd um. »Piet.« Sie umarmte mich ungewohnt innig.

»Alles gut?«, fragte ich, nachdem wir uns wieder voneinander gelöst hatten.

»Ja«, antwortete sie knapp. Doch mir war klar, dass ich die ehrliche Antwort auf meine Frage erst später erhalten würde. Sie sah hinüber zu dem Café, in dem wir uns verabredet hatten. »Gehen wir? Ich habe fürchterlichen Hunger.«

Wir setzten uns an einen Tisch in der Sonne und gaben rasch unsere Bestellung auf.

»Wie geht es deiner Schulter?«, fragte Uma, während sie nervös an ihren Nägeln knabberte.

»Die Wunde ist gut verheilt. Ich habe zwar noch Schmerzen beim Sport, aber es geht von Mal zu Mal besser«, sagte ich.

»Was mich an der ganzen Sache ein wenig tröstet, ist Melchiors Versetzung«, sagte Uma. »Zum Glück hat sie selbst eingesehen, dass sie im zwischenmenschlichen Bereich immer wieder anecken wird.«

Unweigerlich erinnerte ich mich an Melchiors merkwürdige Reaktion auf mein Duz-Angebot und ihr besonderes Verhältnis zu den Opfern Sara und Xavier. »Davon wusste ich gar nichts«, gab ich zu. »Wo ist sie denn hin?«

»Ins Archiv«, sagte Uma zufrieden. »Dort kann sie keinen Schaden mehr anrichten. Sie hat mir damals gedroht, mich zu verpfeifen, als sie herausbekam, dass ich Lisa zusätzliche Medikamente in die Jugendpsychiatrie geschmuggelt habe. Das werde ich ihr nie verzeihen.«

Die beiden werden wohl keine Freundinnen mehr.

Es war Zeit für einen Themawechsel. »Aber sag mal, wie geht es dir wirklich?«, fragte ich.

»Ganz gut«, verkündete Uma stolz. »Ab und zu verspüre ich noch ein Zwicken in der Bauchgegend, aber das ist wirklich nicht der Rede wert.«

Der Kellner servierte unsere belegten Thunfischbaguettes und Softdrinks. Mein Blick wanderte kurz hinüber zu dem Nachbartisch, an dem eine Handvoll Jugendliche mit ihren gefüllten Biergläsern anstießen.

Denk gar nicht erst daran! Es ist besser, einen klaren Kopf zu bewahren.

Als ich mich wieder Uma zuwendete, lag ein Schatten über ihrem Gesicht. Mit Sicherheit hatte sie die Erinnerungen an Kalls Attacke tagtäglich vor Augen. Die Bilder verfolgten sie vermutlich. Sie schlief damit ein und wachte damit auf. Doch das war nicht alles. Da war noch etwas anderes, das sie belastete.

»Wie geht es Lisa?«, fragte ich.

Sie ließ die Schultern hängen, ihr Gesicht fror regelrecht ein. »Sie liegt noch im Koma«, sagte sie mit zitternder Stimme. »Der Arzt sagt, je länger es anhält, desto schlechter sind die Aussichten, dass sie je wieder aufwacht.«

»Das tut mir leid«, sagte ich.

Ein Moment der Stille trat ein.

»Hast du jemanden zum Reden?«, fragte ich schließlich. »Oder kannst du dich irgendwie ablenken?«

Uma winkte seufzend ab, bevor sie in das Baguette biss. Die Wangenpiercings bewegten sich beim Kauen mit. »Ich möchte erst mal raus«, sagte sie mit vollem Mund. »Urlaub machen.« Sie nahm einen kleinen Schluck von ihrer Limo, schluckte kurz und sprach dann weiter. »Ich habe mir letztes Jahr einen alten Van gekauft. Damit einfach drauflosfahren, da habe ich Lust drauf. Aber ich kann es nicht, das weiß ich. Ich könnte es nicht genießen. Lisa muss mitfahren – nur dann macht es Sinn.«

»Bestimmt geht es Lisa bald besser, und sie wacht auf«, sagte ich und verspürte diesbezüglich tatsächlich Zuversicht.

Uma nickte betreten. »Schon krass, was Jans Tat im Internat und die damit einhergehende Lüge alles ausgelöst hat.«

Sie ist noch immer nicht darüber hinweg. Wie auch?

Sie legte das Baguette auf ihren Teller und nahm einen großen Schluck von der Limo.

»Er war der Auslöser«, sagte ich. »Erst seinetwegen hat Lisa ihre Erinnerung verloren und wurde fälschlicherweise als Täterin verurteilt. Und wer weiß, vielleicht ist ja sogar Joleen Pohl letztlich seinetwegen den Abhang hinuntergestürzt und auf die Straße gefallen, wo Kall sie dann angefahren hat. Kall war schließlich jedes Mittel recht, um diese Tat geheim zu halten.«

»Er hat Sara eiskalt abgestochen und Xavier erschießen lassen«, sagte Uma, während ihr Blick fassungslos ins Leere schweifte. »Ich bin die einzige Überlebende von damals.«

»Jan lebt auch noch«, erinnerte ich sie.

Sie nickte schwach.

»Er hat zwar ein Geständnis abgelegt«, sagte ich, »aber um die Hintergründe zu verstehen –«

»Ich habe Lisas Tagebuch«, unterbrach Uma mich unvermittelt.

»Okay«, sagte ich verblüfft. »Das wusste ich nicht.«

»Da steht alles drin«, fuhr sie fort. »Dass Ben damals Details über Jans Ängste herausgefunden hat. Woher genau, wusste Lisa auch nicht. Sie vermutete, dass Ben medizinische Unterlagen dazu bei Jan zu Hause gesehen hatte. Auf jeden Fall wusste Ben, dass Jan mit zwölf noch ins Bett machte und dass sein Vater ihn stundenlang in einen dunklen Keller gesperrt hat, wenn Jan nicht spurte. Irgendwann hat Ben dann damit begonnen, Jan mit diesen für ihn peinlichen Geschichten aufzuziehen, wenn der mal wieder ein Arschloch war. Das war er nämlich vornehmlich, wenn er im Internat auftauchte.«

»Warum tauchte Jan eigentlich im Internat in Sankt Vith

auf, wenn er doch eigentlich in Bütgenbach zur Schule ging?«, fragte ich.

»Laut Ben wohnte Jans Onkel in der Nähe. Und wenn Jan langweilig war, schaute er im Internat vorbei. Dort gab er dann großspurig erfundenes Zeugs von sich und ist mit Vorliebe über die Internatskinder hergezogen.«

»Gab es keine Einlasskontrollen in dem Internat?«

Uma schüttelte den Kopf. »Auf jeden Fall hatte Jan es an besagtem Tag wieder übertrieben, sodass Ben damit drohte, die Zeitung anzurufen. Die ganze Stadt sollte erfahren, was für ein Weichei Jan in Wirklichkeit war. Daraufhin ist der total ausgerastet. Wie wild hat er auf Ben eingeprügelt und dann sein Taschenmesser gezückt. Nach dem Mord hat Jan sich die Klamotten von Ben übergestreift, alles, was sichtbar in dessen Zimmer herumlag, zusammengepackt und ist damit verschwunden.«

»Und wo war Lisa?«, fragte ich.

Ein Falke tauchte plötzlich mit ausgebreiteten Flügeln am Himmel auf und steuerte auf die Türme der Sankt-Nikolaus-Kirche zu. Schließlich setzte er sich auf eine der beiden in Kupfer verkleideten Turmspitzen und ließ seinen Blick über den Marktplatz schweifen.

»Lisa hat alles mitangesehen. Doch Jan hat sie nicht bemerkt, denn sie hatte sich vor seiner Ankunft im Kleiderschrank versteckt. Ben und Lisa wollten ihm eigentlich einen Streich spielen, aber dann kam alles ganz anders. Der Mord versetzte Lisa in Schockstarre. Erst als Jan verschwunden war, trat sie aus dem Schrank, umarmte den toten Ben und kauerte vor seiner Leiche. So wurde sie auch gefunden. Das führte bei den damaligen Ermittlern dann zu dem Schluss, dass sie ihn ermordet haben musste. Aufgrund ihrer psychogenen Amnesie hatte sie dem nichts entgegenzusetzen.«

»Heftig«, bemerkte ich.

»Ja, das ist es«, sagte Uma angestrengt.

»Deswegen hast du Jan provoziert. Du wusstest, dass du

ihn mit seinen Kindheitskomplexen aus der Defensive locken konntest.«

»Ja«, sagte sie niedergeschlagen. »Aber damit habe ich ihn auch auf Lisa gehetzt.« Uma nahm noch einmal das Baguette in beide Hände, knabberte kurz daran, warf es dann aber angeekelt zurück auf den Teller.

»Mach dir keine Vorwürfe«, sagte ich. »Du hast richtig gehandelt. Sonst hätten wir ihn nie überführt.«

»Das stimmt wohl«, sagte sie nickend. »Das Schwein hat alles, was er aus Bens Zimmer mitgenommen hatte, verbrannt.«

»Ja, der Nachtwandler hat all die Jahre vergeblich nach dem Bild gesucht«, sagte ich. »Zumindest Benno ist nun aber erleichtert, dass Gewissheit herrscht. Er hat mir gesagt, dass er vielleicht jetzt anfangen kann, sich mit guten Gefühlen an die Zeit mit Joleen zu erinnern. Das Gleiche gilt für Joleens Eltern. Ich habe kurz mit ihnen telefoniert. Sie haben sich bedankt und baten um einen schriftlichen Bericht der Geschehnisse. Die Frage, ob ich oder ein Kollege vorbeikommen dürfte, beantwortete die Mutter aber mit einem knappen Nein. Sie wollen ihre Ruhe haben und Joleen im kleinen Kreis bestatten.«

Uma blickte ehrfürchtig hinauf zu den zwei Türmen der Sankt-Nikolaus-Kirche. Dabei wurde ihr Blick ganz traurig. »Das kann ich gut verstehen. Sie haben schon genug durchgemacht. Fast zwanzig Jahre sind vergangen, bis der Fall endlich aufgeklärt wurde.«

»Ja, du hast recht. Und doch, auch wenn der Fall jetzt aufgeklärt ist, verstehe ich noch immer nicht ganz, warum keiner von euch damals den Mund aufgemacht hat«, gab ich zu.

Uma sah mich missmutig an.

»Eine Antwort könnte das vorletzte Foto, das Joleen gemacht hat, liefern«, führte ich aus. »Also das, auf dem eine Faust zu sehen ist. Klar, Kall hat Joleen angefahren. Er hat sie auf dem Gewissen. Aber die Person, der die Faust gehört, hat Joleen wahrscheinlich den Abhang hinuntergestürzt. Das Problem ist nur: Der Ring am Ringfinger gehörte Sara, aber mir ist bisher nicht klar, welchen Grund sie gehabt haben könnte, Joleen zu schlagen. Jan Werts' Faust ist es nicht, das konnte das Labor nachweisen.«

Uma schloss die Augen. Ein paar Sekunden lang saß sie so da. Ich dachte, ich würde sie mit diesem belanglosen Detail langweilen. Ich war schon fast so weit, es dabei zu belassen, und wollte sie gerade fragen, ob wir zahlen sollten, als sie plötzlich die Augen wieder aufschlug. »Das war ich.«

»Was?«, fragte ich erstaunt.

»Das ist meine Faust auf dem Foto. Sara und ich – wir hatten am Vorabend die Ringe getauscht.«

Ich konnte nicht glauben, was ich da hörte. »Aber warum? Ich meine, warum hast du Joleen geschlagen?«

»Ich habe sie nicht geschlagen. Auf dem Foto mag es so aussehen, ja, aber ich wollte lediglich nach ihrem Arm greifen. Sie zu mir ziehen und beruhigen.«

Sie musste merken, dass mich die Antwort nicht überzeugte, denn sie holte weiter aus. »An dem Tag habe ich von Lisa erfahren, dass sie sich inzwischen an die Geschehnisse von damals erinnerte und dass Jan der Täter ist. Ich wollte direkt zur Polizei, aber Lisa war strikt dagegen. Wir haben uns gestritten. Deswegen war ich an diesem Nachmittag nicht bei Lisa, sondern mit Joleen unterwegs. Bis in den späten Abend hinein habe ich mich mit ihr betrunken. Am Ende waren wir so voll, dass wir zusammen in einem Bett geschlafen haben. Ich erinnere mich noch vage, dass ich beim Einschlafen irgendwas über Lisa gemurmelt habe, bin aber dann erst mal weggedöst. Wenige Augenblicke später bemerkte ich, dass Joleen zur Tür rausgegangen war. Ich beobachtete sie durch den Türspalt. Sie schrieb etwas auf einen Zettel und flüsterte dabei Lisas Namen.«

»Der Zettel, der in ihrer Brieftasche gefunden wurde«, sagte ich.

Uma nickte. »Ich wusste nicht genau, was sie geschrieben hatte. Ich dachte mir aber, dass es für Lisa, mich und Joleen selbst besser wäre, wenn zunächst niemand etwas über Jans Tat erfahren würde. Ich konnte Joleen nicht direkt damit konfrontieren, weil Sara plötzlich vor ihr stand und mit ihr sprach. Als Sara weg war, habe ich versucht, mit Joleen zu reden. Aber sie flüchtete regelrecht vor mir. Sie hatte Angst vor mir. Am Bahnhof wollte ich ihr alles erklären, aber sie wedelte so panisch mit den Armen, dass sie das Gleichgewicht verlor und nach hinten fiel.«

Ich blickte wieder auf zu den Kirchtürmen und bemerkte, dass sich zu dem einen Falken ein weiterer hinzugesellt hatte. Sie saßen nebeneinander auf der rötlich leuchtenden Turmspitze. Auf der um den Marktplatz herumführenden Straße knatterte plötzlich der Motor eines schwarzen Sportwagens laut los.

»Sie dachte, du hättest den Mord an Ben verübt«, sagte ich.

»Ja, das vermute ich auch. Sie hat mein Gemurmel im Schlaf falsch interpretiert. Sie war zu der Zeit ja auch generell so unsicher, nach der Fehlgeburt und mit der bevorstehenden Ausreise nach Frankreich.« Uma schlug sich die Hände vors Gesicht, beugte sich nach vorn und schluchzte laut los.

»Mach dir keine Vorwürfe.« Ich setzte mich neben sie und streichelte ihr über den Rücken. »Es war ein Unfall. Und das, was Kall daraus gemacht hat, ist ein Verbrechen. Das hat aber nichts mit dir zu tun, hörst du?« Ich reichte ihr ein Taschentuch.

Die Kirchenglocken läuteten, während Uma sich die Tränen aus dem Gesicht wischte. In dem Augenblick hoben die Falken ab und flogen davon.

»Hast du etwas Zeit?«, fragte sie mit leiser Stimme, als das Glockenläuten verhallt war.

»Ja«, sagte ich. Ich hatte noch keine Pläne für diesen Tag. Wenn ich ehrlich zu mir selbst war, hatte ich nicht mal einen Plan, wie die nächste Woche und der folgende Monat aussehen sollten. Der Fall war erfolgreich abgeschlossen. Doch das hieß für mich, dass ich erst mal wieder keine Beschäftigung hatte und vom Wohlwollen meines Chefs abhängig war. Umso mehr wollte ich mich nun auf das Leben einlassen, das vor mir lag. »Was hast du vor?«, fragte ich.

»Es gibt eine Veranstaltung auf dem Werthplatz«, sagte Uma.

»Ein Design-Wettbewerb, für den ich Lisas Pläne eingereicht habe. Die Veranstalterin hat mich gefragt, ob ich stellvertretend für Lisa vorbeikommen möchte.«

»Na los«, sagte ich. »Worauf warten wir?«

Die Veranstaltung auf dem Werthplatz traf auf reges Interesse bei der Eupener Bevölkerung. Geschätzt dreihundert Menschen tummelten sich auf dem Platz, der üblicherweise als Parkplatz genutzt wurde. Jetzt, da so viele Menschen die Fläche füllten, konnte man erkennen, dass sie viel mehr zu bieten hatte als das, wofür man sie im Alltag nutzte.

Es war großartig, über die Köpfe der Menschen hinweg zu den im 18. Jahrhundert errichteten Patrizierhäusern aufzusehen – dem Vermächtnis aus der ruhmreichen Zeit der alten Tuchmacherfamilien. Fünf Gebäude in einer Reihe, ein jedes stand auf einem hohen Blausteinsockel, erhob sich über drei Geschosse und wurde von einem Satteldach vor Wind und Wetter geschützt. Die kleinteiligen Fenster waren mit aufwendig aus Blaustein gefertigten Fenstergewändern umrandet; vor den Fensterbänken hingen Kästen mit farbenfrohen Blumen. Den wenigen Platz zwischen den Fenstern füllten Ziegelsteine. Als Eingang dienten Tore mit Rundbogen und Haustüren aus Holz, die aus demselben Baujahr zu stammen schienen. Ohne Zweifel: Der vergangene Wohlstand war hier spürbar, wenngleich aus den ehemaligen Kaufmannsresidenzen längst Mietwohnungen für Studenten geworden waren.

Am unteren Ende des Platzes stand eine Bühne, auf der die Moderatorin gerade das Thema der Veranstaltung erläuterte. Vor einem Jahr war ein Landschaftsdesignwettbewerb ausgerufen worden, mit dem Ziel, den Werthplatz, der laut der Rednerin zur Blechwüste verkommen war, einladender, nutzbarer und nachhaltiger zu gestalten. Links von der Bühne stand eine mobile Theke. Ich fragte Uma, ob sie etwas trinken wolle, aber sie war so fokussiert auf das, was die Rednerin sagte, dass sie mir gar nicht zuzuhören schien.

Fünf interessante Vorschläge seien letzten Monat eingegangen, führte die Moderatorin aus. Einer von ihnen habe sich aber so sehr von den anderen abgehoben, dass die Jury »am liebsten gleich mit den Arbeiten loslegen würde«. Als die Moderatorin danach in der Reihenfolge der Platzierung ein Projekt nach dem anderen von den Kandidaten vorstellen ließ, fiel mir auf, dass Umas Anspannung langsam, aber sicher zunahm. Nachdem der Name der Zweitplatzierten genannt wurde und bei Uma bereits Tränen kullerten, da sie davon ausgehen konnte, dass ihre Schwester den ersten Platz belegte, kam eine Mitarbeiterin des Veranstalters auf sie zu und bat Uma, sie zur Bühne zu begleiten. Aufgewühlt willigte Uma ein.

»Bis gleich«, sagte sie, ehe sie sich zur Bühne bewegte. Ich glaubte, eine Träne in ihrem Auge zu erkennen.

Aufmerksam verfolgte ich das von der Moderatorin präsentierte Projekt, das, wie sie erklärte, von Uma in Lisas Namen eingereicht worden sei. In dem Projekt verwandelte sich die Asphaltfläche – ausgehend von dem Randweg am Kaperberg bis zu der Blausteinschwelle der Pigalle und den angrenzenden Häusern – in ein Meer aus Grün. Das oben am Platz errichtete Kriegerdenkmal und die darum herumstehenden Eichen blieben bestehen und wurden stilvoll in das Gesamtbild eingebettet. Der Park wurde durch ein Zusammenspiel von Buchen, Himalaya-Birken, Magnolien und Blutpflaumen sowie einen schmalen Gehweg aus Blausteinen abgegrenzt. Alle dreißig Meter wurden Bänke platziert, die auf die innere grüne Rasenfläche ausgerichtet waren, auf der es neben viel Flanier- und Spielfläche auch noch Platz für eine Loungeecke aus überdimensionierten Holzliegen und ein Wasserspiel gab. Darüber hinaus war in dem Bereich hinter dem Kriegerdenkmal ein von Sträuchern umgebener Sportteil vorgesehen, bestehend aus einer Tischtennisplatte und fünf kreisförmig angeordneten Fitnessgeräten.

Besondere Aufmerksamkeit wurde dem Wasserspiel zuteil, das aus einem großen Blaustein und drei breiten Wasserstrahlen bestand, die davor in ein Becken fielen. Ein magnetischer

Effekt sorgte dafür, dass alle drei Strahlen an unterschiedlichen Punkten gebrochen wurden. Während zwei von ihnen danach gerade nach unten fielen, wurde einer mehrmals so stark abgelenkt, dass er auf seinem Weg ins Becken Kurven beschrieb. Im Becken kamen sie schließlich alle zusammen.

Die Idee dahinter war, dass die drei Strahlen sinnbildlich für die Stärke, aber auch für die Resilienz und Anpassung der drei Landesteile Belgiens standen. Ein Zeichen der Eintracht in einem Land des sprachlichen Konflikts, der vor allem zwischen Wallonen und Flamen herrschte. Der stark abgelenkte Strahl sollte den deutschsprachigen Teil verkörpern, denn die Deutschsprachigen mussten sowohl in der Vergangenheit als auch in der Gegenwart am intensivsten und immer wieder aufs Neue für ihre Sprache und ihre Autonomie kämpfen. Oft wollte man über ihren Kopf hinweg entscheiden, sie mal zu Deutschen machen, ein anderes Mal Flandern oder der Wallonie zuschlagen. Erst in den vergangenen Jahren schien die föderale Elite Belgiens die Achtzigtausend-Einwohner-Enklave so weit zu akzeptieren und zu respektieren, dass Ostbelgien endlich von sich behaupten konnte, wirklich autonom zu sein.

Die Juroren waren voll des Lobes für die detailverliebte Arbeit, die sowohl leise Kritik als auch aufrichtige Zuneigung zu unserem vielfältigen Land in sich vereinte.

Während ich meinen Blick über die Zuschauer schweifen ließ, fiel mir zwei Reihen weiter ein Mann mit zotteligen grauen Haaren auf, der seine Finger fest gegen die Augen drückte und reichlich Tränen vergoss. Als ich ein wenig vorrückte, sah ich, dass es der Nachtwandler war. Während er eine wildfremde Frau umarmte, hörte ich ihn sagen, dass Lisas Projekt Elemente des Bilds enthalte, das sein Sohn Ben damals gemalt habe.

Nach dieser Landschaft also hat er jahrelang vergeblich gesucht.

»Es ist alles da«, sagte er schluchzend. »Die Magnolien, das Wasserspiel – nur Ben fehlt.« Er weinte, sicher teils vor Glück, teils aus Trauer.

Wie ich im Nachhinein erfuhr, hatte Ben den Gestaltungsplan damals im Rahmen der Errichtung des August-Thonnar-Centers entworfen. Das um die Jahrtausendwende direkt am Werthplatz errichtete Einkaufszentrum, das nie so richtig zu Eupen passen wollte, wird übrigens heute zu Wohneinheiten umfunktioniert.

Noch ehe die Veranstalterin zum nächsten Programmpunkt übergehen konnte, bestieg Collier die Bühne. Er erbat das Mikro von der sympathischen Frau, die es ihm lächelnd überreichte.

»Ich möchte mich kurzfassen«, sagte er ganz außer Atem. Dann kündigte er an, das Projekt mit fünfzigtausend Euro zu bezuschussen. Applaus hallte über den Platz, und man konnte erkennen, dass die Euphorie auch auf die Lenker der Stadt überschwappte. Ich hielt währenddessen Ausschau nach Uma. Sie stand rechts neben der Bühne. Ich beobachtete, wie die Moderatorin Blickkontakt mit ihr suchte und die beiden sich zunickten. Uma würde sicher gleich auf die Bühne gerufen.

»Du siehst durstig aus«, vernahm ich die Stimme einer Frau, die plötzlich neben mir aufgetaucht war.

»Sina«, sagte ich völlig überrascht. Sie wandte sich mir zu. Ihre braunen Locken fielen geschmeidig auf das eng geschnittene Karohemd, das sie über hellblauen Jeans trug. Über der rechten Schulter baumelte eine Kamera. Und in jeder Hand hielt sie ein Starkbierglas mit der Aufschrift »Néau«.

»Willst du mir vielleicht eins abnehmen?«, fragte sie lächelnd. Dabei kamen ihre leicht schiefen Zähne zum Vorschein. In ihren blauen Augen funkelte das Leben.

Mein Gott, wie sehr hast du diese Frau vermisst.

»Klar, sorry«, sagte ich total überrumpelt. Nach ihrem Auszug aus unserer gemeinsamen Wohnung in Aachen vor sechs Monaten hatten wir uns nur ein Mal gesehen. Und da hatte sie mir gesagt, dass sie jemanden kennengelernt hatte. Dass sie nun neben mir stand und mir ein Bier anbot, konnte nur bedeuten, dass es diesen Jemand in ihrem Leben nicht mehr gab. Oder dass er zumindest an Bedeutung verloren hatte.

Ich streckte meine Hand nach dem Bierglas aus. Doch als ich es umschlossen hatte und schon mit Sina anstoßen wollte, erinnerte ich mich wieder an meine Vorsätze.

»Obwohl«, sagte ich, »ich glaube, das ist keine gute Idee.«

Ich registrierte Sinas verdutztes Gesicht.

»Es wird Zeit für eine Veränderung«, sagte ich und stellte das Bierglas auf einen Stehtisch, der in der Nähe stand. »Ich möchte die Dinge, die mir schädigen, hinter mir lassen.«

»Was heißt das?«, fragte sie verunsichert.

»Das heißt, dass ich keinen Alkohol mehr trinke«, sagte ich. »Und dass ich bei der Polizei aufhöre.«

»Und?«, fragte Sina, noch immer verunsichert.

Ich küsste sie. Und sie küsste mich. Wir küssten uns und vergaßen die Welt um uns herum.

»Wir sollten aufbrechen«, flüsterte Sina mir ins Ohr.

»Wohin?«

»In die Freiheit«, sagte sie und sah mich dabei breit grinsend an. Wir lächelten uns an und kosteten den Moment voll aus. Ich konnte mich nicht an ihr sattsehen. Und ich denke, ihr ging es ähnlich.

Umas Stimme am Mikrofon riss uns schließlich wieder ins Hier und Jetzt zurück. Sie hielt eine kurze Rede im Namen ihrer Schwester. Sie bedankte sich bei allen Unterstützern und allen Menschen, die an Lisa geglaubt hatten. Uma kämpfte mit den Tränen, doch sie hielt sich wacker. Als sie die Bühne verließ, ertönte tosender Beifall.

»Dann gibt es wohl doch keine Moschee«, flüsterte Sina mir ins Ohr.

Woher zum Teufel weiß sie von der Moschee?

Ihr Grinsen wurde immer breiter.

»Hätte mich auch gewundert, wenn du das nicht in Erfahrung gebracht hättest«, sagte ich. »Dabei hast du deinen Blog an den Nagel gehängt, wie ich höre.«

»Du machst mir Angst, so gut, wie du informiert bist«, entgegnete sie kess, bevor sie mir einen Kuss auf die Wange gab.

Doch meine Aufmerksamkeit galt auf einmal etwas ganz anderem. Denn just in dem Moment passierte etwas, das nur wenige Zuschauer mitbekamen. Während Uma die Treppe hinunterstieg, drückte sie ihr Handy fest ans Ohr und schlug Sekunden später ihre Hand vor den Mund.

Da stimmt etwas nicht. Du musst zu ihr!

Ich löste mich von Sina und drängelte mich ungehalten nach vorn durch. Ich stellte mich auf das Schlimmste ein. Als ich schließlich vor Uma stand, war ihr Gesicht leichenblass.

»Ist was mit Lisa?«, fragte ich.

Ich war mir sicher, es sei etwas Furchtbares passiert.

»Ja, sie ist aufgewacht«, sagte sie lächelnd. »Und sie kann wieder sprechen.«

Danksagung

Zuallererst bedanke ich mich bei Ihnen, liebe Leserinnen und liebe Leser. Dafür, dass Sie bis zum Ende durchgehalten haben. Ich hoffe, ich konnte Sie mit meinem dritten Kriminalroman »Belgische Schatten« unterhalten.

Ich würde mich freuen, wenn Sie mir Ihre Meinung zum Buch schreiben.

Besuchen Sie mich unter: www.stephanhaas.com

Auf dem Weg zum fertigen Buch haben mich verschiedene Menschen unterstützt und begleitet. Ich möchte im Folgenden diesen Personen meinen herzlichen Dank aussprechen:

Meinem Literaturagenten Kai Gathemann, der mir jederzeit großartig mit Rat und Tat zur Seite steht und sich für meine Projekte und Ideen einsetzt.

Den MitarbeiterInnen des Emons Verlags danke ich für die professionelle Arbeit und die tolle Betreuung. Insbesondere danke ich Lothar Strüh, der das Lektorat durchgeführt und dem Text den letzten Schliff verpasst hat.

Ein besonderer Dank geht an meine Frau Hanna und meine Kinder, die mir die Kraft und die Energie geben, mit denen ich meine Projekte umzusetzen vermöge.

Ein herzlicher Dank gilt meinen Eltern und Schwiegereltern sowie meinen Geschwistern, für die Unterstützung und das Auffangen von Aufgaben, die man als dreifacher Familienvater nicht immer im Alltag unterzubringen vermag. Ohne euch wäre das alles nicht möglich!

Und schließlich danke ich all den Buchhändlern und Verkäufern, die das Buch bestellen, lesen, verkaufen und weiterempfehlen.

Stephan Haas
im Februar 2023

Stephan Haas
BELGISCHE FINSTERNIS
Broschur, 336 Seiten
ISBN 978-3-7408-0912-6

Der belgische Ermittler Piet Donker wird von Brüssel in eine Kleinstadt in Ostbelgien versetzt. Dort soll er einen fünfzehn Jahre alten Cold Case wieder aufnehmen, bei dem es neue Erkenntnisse gibt. Ein Jugendlicher verschwand damals spurlos, die Polizei ging davon aus, es mit einem Ausreißer zu tun zu haben. Doch nach und nach häufen sich die Hinweise, dass der Junge Opfer eines Serienmörders wurde – und dass das Morden noch lange nicht beendet ist.

www.emons-verlag.de

Stephan Haas
TOD IM HOHEN VENN
Broschur, 336 Seiten
ISBN 978-3-7408-1276-8

In einer ostbelgischen Kleinstadt wird eine Familie vermisst: Ihr ausgebranntes Auto wurde am Rande des Hohen Venn gefunden, von den Eltern und dem Sohn fehlt jede Spur. Sind sie Opfer einer Entführung geworden? Während Suchtrupps die weitläufige Moorlandschaft durchkämmen, forschen Ermittler Piet Donker und seine Kollegen nach den Hintergründen. Doch die Zeit läuft gegen sie, denn der Täter verfolgt einen grausamen Plan.